KB108217

방민호 문학평론집
한국 비평에 다시 묻는다

방민호 문학평론집

한국 비평에 다시 묻는다

초판 1쇄 인쇄 2021년 1월 18일
초판 1쇄 발행 2021년 1월 25일

지은이 | 방민호
펴낸이 | 최병수

펴낸곳 | 예옥
등록 | 2005년 12월 20일 제2005-64호

주소 | 서울시 서대문구 신촌로 1 쓰리알 유시티 606호
전화 | 02)325-4805
팩스 | 02)325-4806
이메일 | yeokpub@hanmail.net

ISBN 978-89-93241-72-3   93810

이 도서는 한국출판문화산업진흥원의 '2020년 출판콘텐츠 창작 지원 사업'의 일환으로 국민체육진흥기금을 지원받아 제작되었습니다.

* 값은 뒤표지(커버)에 있습니다.
* 잘못된 책은 교환해 드립니다.

방민호 문학평론집

한국비평에
다시묻는다

예옥

이상의 「꽃나무」를 생각하며

이 책을 통하여 필자는 한국문학비평에 눈 뜬 이후 스스로 계속해서 고민할 수밖에 없었던 문제들에 나름의 답변을 준비하고자 했다. 한국문학이란 무엇이며, 한국어란 무엇인가? 근대로의 전환과 더불어 '식민지' 상태를 경유해야 했던 한국사회와 한국문학은 어떤 역사적, 문학적 과제를 안고 있는가? 현재 우리 한국인들은 어떤 역사적 시점에 서 있으며 어떤 이상과 가치를 추구해야 하는가? 어느 하나 쉽게 풀릴 수 없는 질문들이다. 이 책은 이 질문들 앞에서 오랜 기간 서성이고 고민해 온 필자 자신의 화답의 형태로 나타난 것이다.

머리말을 대신하여 필자가 이 문제들을 사유해 온 과정을 간략히 밝혀 보는 것이 좋겠다고 생각한다.

필자는 1994년 겨울 비평가로서 문단에 첫발을 디뎠다. 등단작 「현실을 바라보는 세 개의 논리」의 제목에서 보이듯이 그 무렵 필자는 리얼리즘론에서 비평의 길을 찾고자 했다. 학부와 대학원과정을 묵지근한 공부 대신 '활동'으로 보낸 소산이었다.

1984년에 대학에 들어간 이른바 '전형적인' 386세대의 한 사람으로서 '더도 덜도 없이' 386세대'적' 지적 성장과정을 거쳤다. 1985년의 가락동 연수원 점거농성, 1987년 6월 10일의 서울시청·신세계백화점 앞 대규모 시위, 이진경 선생의 비합법조직 '노동계급' 등이 삶의 경험 깊은 곳에 여전히 뜨겁게 남아 있다. 1991년 8월 동국대학교입구역 앞에서 소련 군부쿠데타 소식을 전하는 신문 호외판을 쥐고 역사는 대체 어디로 향하는지 묻지 않을 수 없었던 순간도 역시 기억한다.

역사주의자가 아니면서도 386 그 세대와 그 시대의 한계에 갇혀 성장한 탓에 1990년 전후의 세계사적 전환의 격류를 상실감과 괴로움으로 맞아야 했다. 1990년의 대학원 진학은 학창시절을 꽉 채운 현실적 '실천' 요구로부터의 도피행이었다. 그리고, 다른 길을 엿보려는, 우회로의 탐색이기도 했다.

그렇다고 마음이 평온해지지는 않았다. 바다에 거센 풍랑만이 이는 꿈에 오래 시달렸다. 스무 살 들어 한국사회와 한국문학, 인간과 세계에 눈을 떴으나, 그 눈을 스스로 의심하고 새로 부비고 다시 떠야 했다. 대학원 시절, 만만하지 않은 고립이 있었지만, 전 세계를 아우르는 역사의 전환을 실시간으로 목격하는 충격에 비하면 차라리 아무것도 아니었다. 역사의 바다가 일으키는 혼돈의 격랑 가운데서 기우뚱거리는 몸을 일으켜 중심을 잡는 것이 중요했다.

1991년 봄부터 1993년 1~2월까지, 대학원 석사과정 기간에 다시 어떤 관계망 속에서 문화단체에서 일했으나, 지금 돌이켜보면 이는 지성의 측면에서는 퇴행적이라고도 할 수 있었다. 그리고 필자 스스로가 명민하지 못했기에 그 길에서 벗어나 있지도 못했다. 지적인 무능력과 태만처럼 무서운 것도 없다는 사실을, 이 시기 필자 자신의 지적 무능력이 뼈아프게 가르쳐 주었다. 하나의 민족도, 하나의 세대도 마찬가지일 것이다. 스스로의 지적 무능력, 방향 상실, 심리적 타락 따위로 비롯되는 문제를 외부로 그 이유를 돌려서 해결할 수는 없다.

　1994년 11월의 등단 전후 시기는 여러 가지로 절박했다. 사유의 지체에서 벗어나야 했고 활로를 찾아야 했다. 1996년 가을에 인천과 텐진을 오가는 배를 타고 한국어가 들리지 않는 대륙에 혼자 다녀왔다. 1997년 2월에는 후쿠오카, 오사카, 교토, 도쿄로 이어지는 일본여행을 일본 국제교류기금의 초청으로 다녀왔다. 이 두 여행 경험은 뒤늦게나마 세계에 대해, 그리고 한국의 사회와 문학에 대해 재인식하는 계기가 됐다.

　새 길을 찾는 시선이 갈급했으므로, 동아시아 두 나라의 아름다운 풍경이, 특히 나라를 잃어버린 적이 없는 섬나라 사람들의 '자기애'가, 자신들의 전통과 문학을 향한 그들의 열애가 고통스럽게 비쳐 들었다. 12박 13일의 일본여행에서 돌아오면서 정말로 국문학자가 되어 보자고 다짐했다. 한국어라는 언어의 문학을, 그 전통과 특성과 사건을 구체적으로 살펴볼 줄 아는, 그러면서 그것이 처한 현재와 과거의 상황을 이해하고 미래를 넘겨보는 능력과

혜안도 갖춘 사람이 되고 싶었다. 대학시절의 마르크시즘이나 고교시절의 실존주의 같은 그동안의 사상만으로는 부족했고 새로운 차원의 '사유력'이 절대적으로 필요했다. 박사논문을 준비하는 중에도 일본을 여러 차례 다녔다. 일본 지방도시의 봄 들판을 걸으면서 『포스트 콜로니얼 문학이론(Empire writes back)』의 이석호 선생 번역판 같은 책을 밑줄을 그어 가며 읽었다.

1997년부터 2000년 사이에 국문학계는 마르크시즘이나 모더니즘 대신 포스트모더니즘, 포스트콜로니얼리즘 같은 '포스트' 담론들이 유행했다. 그 뒤로 협력의 양가성, 회색지대, 국민문학, 식민지적 무의식, 네이션, 발명 같은 용어들이 근대성 범주와 더불어 문학 연구 키워드의 위치를 차지했다.

한편으로는 이 과정을 지켜보면서, 또 한편으로는 그 거센 흐름을 같이 타면서 새로운 강박을 갖게 됐다. 한국문학이 현대적으로 형성, 전개된 과정을 피식민 과정과 평행적으로 이해하려는 시도들을, 그리고 그와 같은 사유와 관련된 주장이나 사회적 이슈들을 정면에서 취급해야 한다는 강박, 이것은 '한갓' 연구의 주제가 아니라 살아 있는 비평의 주제, 동시대 비평의 주제가 되어야 했다.

이 책에 그 고민과 탐색을 담았다. 이 책은 한국문학, 한국어문학 연구와 비평을 둘러싼 담론적 쟁점들을 주제로 삼고 있다. 공부가 깊지 못한 탓에 이 작업들은 결코 쉽지 않았고, 특히 「물질적' 인간을 넘어서」 같은 글이 보여 주듯이 마르크시즘과 기타 필자가 '익숙하게' 여겨 왔던 담론과 조류들은 반성과 성찰이 필요하기도 했다.

이 책에 실린 글들이 비교적 긴 시간을 함축하면서도 최근에 쓴 글이 많은 것은 이 '넘어서기' 작업이 아주 어렵기 때문이다. 그러니까 이 작업은 다가와야 할 '초극'을 위한 것, 한국현대비평, 동시대 비평에의 메타적 비평을 의도하고 있다.

지금 이 순간 필자는 소설가 아닌 시인 이상의 「꽃나무」를 생각한다. 벌판 한복판에 꽃나무 하나가 있다. 그의 근처에는 꽃나무가 하나도 없다. 꽃나무는 제가 생각하는 꽃나무를 열심히 생각하는 것처럼 열심히 꽃을 피우려 한다. 그러나 꽃나무는 제가 생각하는 꽃나무에 다가갈 수 없다. '나'는 그 꽃나무로부터 막 달아날 수 없다. 제가 생각하는 꽃을 다 피우지 못한 나무도 꽃나무가 될 수 있는지를, '나'는 그 꽃나무 근처 어딘가에 서서 한참을 골똘히 생각해야 하니까, 다.

그러나 꽃나무는 필자가 알지 못하는 어느 곳, 어느 때에, 반드시 제가 생각하는 꽃을 피우고 있을 것이다.

덧붙여, 이 책의 마지막에 실린 글 「한국근대문학 연구의 이론주의적 경향」은 2001년 당시 신생 학회였던 근대문학회의 학술대회장에서 발표했던 것이다. 반면 가장 최근의 글인 「한국현대문학의 언어, 그리고 '포스트 포스트콜로니얼'」은 2020년 12월에 새로 창간된 천도교계 잡지 『다시, 개벽』의 요청에 답하는 것이지만, 그 직전에 발표한 「'민족'에 관하여─근대주의적 민족론에의 비판적 조명」(『국제한인문학연구』, 2019)의 '속편' 격이다.

이 책에 남아 있는 정제되지 못한 비판적인 언설들은 아직 필자가 평온한 바다의 마음에 가닿지 못한 흔적이다. 이 책이 비판적으로 취급하고 있는 견해들에 대해서 필자가 비록 날카로운 어조를 구사한다 하더라도 그 견해들의 가치와 무게를 가벼이 여기지는 않는다는 사실도 미리 밝혀 둔다. 세상 그 어디가, 세상 그 누구가 필자가 길을 찾는 데에 나침반이 되지 않을 수 있겠는가.

문학의 생명은 자유에 있을 테다. 지배와 차별의 논리를 넘어 자유의 세계를 일구어 내고자 한 한국문학의 선각자들, 선배들께 드리는 깊은 존경과 감사로써 머리말의 마지막 문장을 대신하고자 한다. 그 성함들을 이 자리에 낱낱이 밝힐 수 없지만, 필자는 등단, 일본여행, 그리고 그 이후의 고립과 방랑의 과정에서 훌륭한 분들의 귀한 원조를 얻었다.

2021년 1월 2일
관악, 1동 420호에서

1장
'물질적' 인간을 넘어서

1. 『팡세』, 유한과 무한, 인간

한 편의 글을 쓸 때 최선을 다해야 한다. 어떤 부분은 다음 글을 위해 남겨둘 여유가 우리에게는 없다. 삶이 내일을 필연으로 예비해 두지 않기 때문이다.

필자가 파스칼(Blaise Pascal, 1623.6.19~1662.8.19)에게 관심을 가진 지는 오래되지 않았다. 인간은 생각하는 갈대라는 말이야 누가 모르겠는가. 『팡세(Pensées)』(1670)에 다음과 같은 문장이 있다. "인간은 자연에서 가장 연약한 한 줄기 갈대일 뿐이다. 그러나 그는 생각하는 갈대이다. …… 인간은 자기가 죽는다는 것을, 그리고 우주가 자기보다 우월하다는 것을 알기 때문이다. 우주는 아무것도 모른다."[1] 파스칼 따위는 중고등학생 시절 한때의 감상적 관심

---

1 블레즈 파스칼, 『팡세』, 이환 옮김, 민음사, 2003, 213쪽.

정도로 치부하고 마는 것이 익숙한 모습이고 대학에 들어가서 흔히들 까뮈를 잊듯이 필자 역시 그렇게 파스칼을 잊었다. 입문조차 하지 않고 버려둔 것이다.

몇 년 전 한 시인이 자기 얘기를 들려주었다. 그는 정식 교육이라고는 변변히 받은 것이 없었지만 오랫동안 시를 써 왔고 공사장에서 일하다 떨어져 척추뼈가 부러지는 생사의 고비를 넘은 뒤로 가톨릭에 입교하여 독실한 신앙인으로 살아가고 있었다. 젊은 날 그의 형편이 넉넉하지 못했을 것은 정한 이치, 서울에 물난리가 나던 1980년대의 어느 여름에 그는 제주도에서 막일을 하고 있었다. 아내에게서 전화가 걸려 왔다. 한강 물이 넘쳐 반지하 셋방에 밀려들고 있다는 것이었다. 하던 일을 팽개치고 서울로 올라와 보니 과연 신혼살림을 꾸린 중랑구 한강변 셋방이 물에 완전히 잠겨 버렸다. 절망감 속에서 혹시라도 건져낼 가재도구가 없는지 집안으로 들어간 그의 눈에 뜨인 것은 가난한 생활 중에도 애지중지 아끼던 책장 하나, 거기 빼곡히 들어차 있던 책들이 모조리 물에 잠긴 채 오로지 맨 윗단에 꽂혀 있던 책들만 간신히 수몰을 면한 상태였다. 그러나 이 책들조차 마음껏 가지고 나올 수는 없는 상황, 시인은 자신이 가장 아끼던 책 한 권만 집어 들고 하마 젖을세라 팔을 번쩍 치켜들고 물을 헤쳐 나왔다는 것이다. 책을 움켜쥔 한쪽 팔을 치켜들고 물을 헤쳐 나오는 근육질 사내의 모습이란 상상만으로도 아름답다 하지 않을 수 없다. 시인은 그 책이 파스칼의 「로아네 남매에게 보내는 편지」였다고 했다. 이야기를 듣고 돌아와 몇몇 주요 도서관과 인터넷 헌책방에 들어가 『로아네 남매에게 보내는 편지』라는 책을 찾았지만 보이지 않았다. 오랜 세월이 흐른 탓에 시인이 착각했을지도 몰랐다. 대신에 『파스칼 서한집』이라는 책이 두 번 출판된 적이 있어 바로 두 권 다 주문했는데 「로아네 남매에게 보내는 편지」라는 글이 거기에 들어 있었다.

그렇게 해서 파스칼은 실로 오랜만에 필자에게로 돌아왔다. 「로아네 남매에게 보내는 편지」는, 흔히 '호교론'이라고 해서 언뜻 기독교를 옹호하는 내용을 담고 있는 것처럼 보인다. 그러나 그 내용 너머로 기독교적 논리의 형식을 따라가 보면 거기에는 삶에 대한 사유라는 철학 본연의 질문이 담겨 있다. 이 질문이, 세속적 삶의 순환회로 속에 갇혀 있던 필자를 새로운 심정의 세계에 들어서게 한 것이다.

한국의 한 파스칼 연구자에 따르면 『팡세』로 널리 알려진 파스칼은 "금욕의 성자"[2]였다. 어려서부터 명석했던 그는 불과 16세에 원추곡선론을 펼치고, 19세에 계산기를 발명하고, 토리첼리 진공 실험에 관한 논리를 탐구하여 공기 압력과 진공에 관한 이론을 발전시켰다고 했다.

놀라운 천재적 과학자였던 파스칼은 1954년 "결정적인 회심"[3]을 하게 된다. 그는 1946년에도 이미 한 번의 회심이 있었다고 한다. 필자는 이 회심(回心, conversion)이라는 말을 새롭게 음미해 보게 된다. 회심이란, 사전적으로는 마음을 돌이켜 다른 마음을 갖게 되는 것을 가리킨다. 우리는 이 말을 일상적으로는 잘 사용하지

---

2   이환, 『파스칼 연구』, 민음사, 1980, 17쪽.
3   위의 책, 16쪽.

않지만 그렇다고 아주 낯설다고도 말할 수 없다. 불교에서 이 말은 전통적으로, 나쁜 길에서 벗어나 좋은 마음을 갖게 되는 것이나 욕망을 따르는 삶으로부터 떠나 불법에 귀의하고자 마음먹는 것을 의미해 왔다. 「회심곡」이라는 노래가 있는데, 무명(無明) 세계를, 온갖 집착으로 속된 세상을 헤매는 사람들을 삶에 대한 깊은 깨달음의 세계로 이끌어 내려는 내용을 담고 있다. 서산대사 휴정의 한글 가사 「회심곡」도 있었다. 국악인 김영임의 「회심곡」은 곡절 많은 삶을 마감하고 저승으로 향하는 망자의 이야기를 그녀 특유의 구성진 음색에 실어 들려준다.

　파스칼의 회심은 루시앙 골드만의 저작에 분석되어 있는바, "숨은 신"(Deus absconditus)을 향해 마음을 돌이킴을 의미한다.[4] 루시앙 골드만은 파스칼의 "숨은 신"을 가리켜 그의 시대의 "비극적 세계관"을 가장 극적으로 대변하는 개념이라고 말한다. 필자가 파스칼의 『팡세』를 새로 접한 책은 민음사판 세계문학전집으로 나온 것으로 다소 대중적인 판본이다. 여기 392-(206)이라고 번호가 붙은 단장에서 파스칼은 말한다. "이 무한한 공간의 영원한 침묵이 나를 두렵게 한다."[5] "무한한 공간의 영원한 침묵"이라는 말은 이 문장을 읽는 이의 가슴을 새로운 충격으로 격동시키는 바가 있다. 파스칼은 자기 앞에 놓인 '물질적' 세계의 무한한 연장, 또는 무한히 확장되는 '물질적' 세계를 본다. 그의 눈앞에 놓인 이

4　루시앙 골드만, 『숨은 신─비극적 세계관의 변증법』, 송기형·정과리 옮김, 여강출판사, 1984, 48~49쪽.
5　블레즈 파스칼, 앞의 책, 213쪽.

'가시적' 세계는 아무 말 없이 그를 지켜보기만 한다. 이 가시적 세계가 파스칼의 무한한 공간의 의미의 전부라면 그는 물질적인 '모든 것' 앞에 놓여 있는 인간이게 될 것이다. 그러나 이 가시적인 물질 세계는 과연 세계의 모든 것인가? 다시 말해 눈앞의 모든 것만이 세계의 전체인가? 송기형과 정과리에 의해 번역된『숨은 신』에서 루시앙 골드만은 아마도 이환이 번역한 것과는 다른 판본으로 보이는『팡세』의 단장 559번 대목을 인용해 소개한다. "…… 전체를 모르고 부분들을 아는 것은 부분들을 상세히 모르면서 전체를 알려는 것과 마찬가지로 불가능한 일이다."[6] 만약 이 가시적인 세계가 그것을 포괄하는 더 큰 전체의 일부일 뿐이라면, 우리는 이 가시적인 세계에 대해서도 영원히 알 수 없을 것이다. 그 더 큰 전체 속에서 이 부분이 어떤 의미와 맥락을 할당받았는지 모르는 상황인 것을, 어떻게 그것을 안다 할 수 있단 말인가. 아마도 파스칼의 "숨은 신"은 곧 어떤 감지할 수 없는 '전체'에의 명명법에 해당하는 것이라고도 말할 수 있을지 모르겠다.

이와 관련하여 필자는 미키 기요시(三木淸, 1897.1.5~1945.9.26)의 파스칼 논의에 주목하지 않을 수 없다. 미키는 제국시대 일본의 철학자로서 자신의 첫 저서를 파스칼에 관한 연구로 장식한 바 있다. 1926년에 출간된『파스칼의 인간 연구』는 모두 여섯 개의 장으로 이루어져 있고, 그 가운데 앞의 두 장이『팡세』를 위해 바쳐진 것이다. 이 책의 서문에서 미키는 자신의 파스칼론이 그의 기

---

6 루시앙 골드만, 앞의 책, 8쪽.

독교적인 논리에 관한 것이 아니라 그가 신이라는 명제에 도달하기 위해 고찰한 인간에 관한 것이라고 했다.『파스칼의 인간 연구』를 한국어로 번역한 윤인로에 따르면 미키는 서양철학과 동양적 선을 결합시키고자 한 일본 교토학파의 니시다 기타로(西田幾多郎, 1870.6.17~1945.6.7) 등의 영향 아래서 새로운 철학을 탐구해 나갔다. 나중에 그는 마르크시스트를 인간학적 사상으로 간주하는 맥락에서 좌파 사상에 경사되었고 일제 말기에는 경시청에서 탈주한 사상범을 도왔다는 이유로 체포, 수감되어 패전 이후에도 풀려나지 못하고 옥사하게 된다. 이러한 그를 철학의 길에 들어서게 한 사람은 앞에서 언급했듯이 독일 칸트철학을 동양화'시켜' 수용한 니시다 기타로였지만 그의 스승 가운데에는 독일에 유학하여 신칸트주의를 공부한 하타노 세이치(波多野精一, 1877.7.21~1950.1.17)도 있었다. 일부 설명에 의하면 하타노 세이치는 종교철학자로 알려진 듯한데, 필자는 이광수를 연구하면서 교토로 가기 전에 와세다대학에 몸담고 있던 칸트철학 전공자로 그를 접했다. 그는 도쿄제대 철학과를 칸트의『순수이성비판』서문에 관한 논문으로 졸업하고 1900년 와세다대학 전신인 도쿄전문학교 강사가 되었으며, 1904년부터 1906년에 걸쳐 독일의 베를린대학, 하이델베르크대학 등에 유학하고 1917년에 교토대학으로 적을 옮겨서는 1918년에『실천이성비판』을 공역으로 출간하기도 했다.[7] 미키 기요시는 그러한 하타노의 학생의 한 사람으로 스승과 마찬가지로 독일에

---

7 방민호,「「문학이란 하오」와 「무정」, 그 논리 구조와 한국문학의 근대 이행」,『춘원연구학보』 5, 2012, 224~225쪽.

유학, 하인리히 리케르트 및 마르틴 하이데거에게서 강의를 듣고 프랑스로 옮겨 가 있는 동안에 파스칼의 『팡세』를 새롭게 접하여 강렬한 인상에 사로잡히게 된다. 파리의 하숙방에서 대부분을 썼다는 『파스칼의 인간 연구』가 바로 그 소산이다. 그 제4장 '세 가지 질서'에서 미키는 파스칼의 유한·무한에 관한 시각을 다음과 같이 소개한다.

> 무한한 큼과 무한한 작음은 산술이나 기하학이나 역학이 취급하는 존재에 관한 원리일 뿐만 아니라, 파스칼에 따르면 실로 모든 존재, 따라서 또한 인간적 존재의 방법을 규정하는 개념이다. 각각의 존재는 모두 그 존재가 속한 차원에 있어서 무한히 큰 것과 무한히 작은 것—왜냐하면 각각의 차원에는 그 각각의 큼과 작음이라는 두 개의 무한이 있기 때문에—의 중간에 존재한다. (중략) 무한의 원리는 직접적으로 저 두 개의 무한의 존재를 긍정하는 것이 아니라 오히려 절대적으로 존재하는 것으로서의 유한의 존재를 부정하는 것을 지향하고 있다. 무한은 두 개의 상반된, 함께 도달할 수 없는 극한 사이에서의, 무한대와 무한소 사이에서의, 말하자면 끝나지 않는 운동을 일컫는다. 모든 것은 허무와 전체 사이의 중간에 있는 존재이고, 이 중간의 영역을 여기저기로 운동시키는 존재이다. 무한은 무엇보다 존재의 운동성을 표현한다. 그런데 이 운동은 조금도 정지하지 않는, 즉 끝으로 가까이 가면서도 결코 그 끝에 도달하지 않는 운동이다. 스스로 그

렇게 운동하는 존재로서 그처럼 운동하는 다른 존재 속에서 자기를 발견하는 인간 존재의 상대성은 불안이다. 그런 까닭에 무한은 특히 의식적인 존재의 불안을 표현한다.[8]

미키에 따르면 파스칼은 인간이란 존재를 무한소와 무한대 사이에서 운동하는 '유한적' 존재로 인식했고, 바로 그와 같은 인간적 삶의 차원을 넘어서는, 그것과는 비연속적인 무한의 차원을 상정하고자 했으며, 인간적 차원과 무한의 차원 모두를 포괄하는 '전체'에의 사유를 추구하고자 했다. 그리고 바로 이 사유의 길에 신으로 향하는 의지가 가로놓여 있다.

우리의 정신은 육체 안에 던져져 있고 그 안에서 수, 시간, 공간을 발견한다. 정신은 이것들에 대해 논하고 이것들을 자연, 필연이라 부른다. 그리고 그 이외의 것을 믿지 못한다.

무한에 하나를 더해도 조금도 무한을 증가시키지 않는다. 무한한 길이에 한 자를 더해도 마찬가지다. 유한은 무한 앞에서 소멸되고 순전한 무가 된다. 우리의 이성도 신 앞에서 마찬가지이고 우리의 정의도 신의 정의 앞에서 그러하다.

(중략)

그러므로 우리는 유일한 것의 존재와 본질을 안다. 우리도 마찬가지로 유한하고 넓이를 가지고 있기 때문이다. 우리는

---

8 미키 기요시, 『파스칼의 인간 연구』, b 출판사, 2017, 122~123쪽.

무한한 것의 존재는 알지만 그 본질은 모른다. 우리처럼 넓이는 있어도 우리처럼 한계는 없기 때문이다. 그러나 우리는 신의 존재도 본질도 모른다. 신은 넓이도 한계도 없기 때문이다.[9]

유한·무한에 대한 논의를 신의 존재에 연결시키는 위의 대목은, 파스칼이 인간의 삶이 유한의 차원 안에 갇혀 있으며 그 바깥으로 한 치도 나아갈 수 없음을 뼈저리게 인식하고, 무한으로서의 신의 존재에 대한 '믿음'으로 나아가고 있음을 보여 준다. 인간은 언제까지나 유한 속에 머물러 있으며 따라서 자신을 부분으로 포괄하는 전체에 대한 진정한 앎을 확립할 수 없다. 이것이 곧 합리주의자들의 사상의 근거인 이성의 본질적 한계라 할 수 있다.

『팡세』를 통하여 파스칼은 사람들을, 인간(이성)의 궁극적 한계와, 이를 초월하여 존재하는 신의 존재에 대한 깨달음으로 이끌어 내고자 한다. 그는 말한다. 신은 우리에게 당신의 모습을 좀처럼 보여 주지 않는다고. 그러나 신은 영원히 모습을 감추고 있는 것만은 아니며, 아주 이따금씩 자신의 존재를 나타냄으로써 우리들의 세계가 이 무한으로서의 전체에 포괄되어 있음을 알게 해 준다고.

317-(586) 만약 어둠이 전혀 없다면 인간은 자기의 타락을 느끼지 못할 것이다. 만약 빛이 전혀 없다면 인간은 구원을

---

9 블레즈 파스칼, 앞의 책, 180쪽.

바라지 않을 것이다. 그러므로 신이 어느 정도 숨어 있고 또 동시에 어느 정도 드러내 보이는 것은 우리에게 정당할 뿐만 아니라 유익하다. 자기의 비참을 모르고 신을 아는 것이나 신을 모르고 비참을 아는 것은 다 같이 위험하기 때문이다.

(중략)

319-(559) 만약 신이 전혀 나타나지 않는다면 이 영원한 결여는 모호한 것이 될 것이고, 그래서 모든 신성의 부재와 연결되기도 하고 또 인간이 신을 알 수 없는 무자격과도 연결될 것이다. 그러나 신은 항상은 아니더라도 때때로 나타남으로써 이것은 모호함을 제거해 준다. 신은 단 한 번이라도 나타나면 영원히 존재한다. 그러므로 여기서 결론지을 수밖에 없는 것은 신은 존재하고 또 인간들이 신에게 합당하지 않다는 것이다.[10]

바로 위에서 언급한 신의 존재 '증명'에 관한 이야기는 널리 알려져 있고 반복해서 해석이 시도되는 부분이기도 하다. 루시앙 골드만은 『팡세』의 이 대목을 파스칼을 모르던 시대의 생철학자 루카치의 견해에 연결 지어 해석하고자 했다. 그럼으로써 새롭게 규정된 파스칼적 장세니즘의 '비극적 세계관' 속에서 무한으로서의 신은 영원히 침묵한 채 "인간과 그의 운명의 놀이, 신이 관람하는 놀이"[11]를 대면하기만 한다. 그런 의미에서 인간의 비극은 바로 "인간

---

10 위의 책, 172쪽.
11 루시앙 골드만, 앞의 책, 50쪽.

이 대답을 갖지 못하는 고뇌 어린 질문의 세계"[12]라 할 수 있다. "숨은 신은 〈언제나 현존하며 언제나 부재하는〉 신이다."[13] "이것이 비극적 세계관의 중심 사상이다."[14] 이 "비극적 신은 가치 있는 유일한 삶이란 〈본질〉과 〈전체성〉의 삶이라는 것을 깨우쳐 준다."[15]

반복하여, 가치 있는 유일한 삶이란 〈본질〉과 〈전체성〉의 삶일 수밖에 없다. 파스칼은 천재적 귀족으로서 그 자신이 누리는 지적 날카로움과 물질적 풍요로움으로도 세속적 삶의 차원에 끝내 사로잡혀 있을 수밖에 없는 인간적 현실을 처절하게 깨닫고, 신성을 향한, 신에의 믿음을 향한 목숨을 건 '내기'로 나아간다. 이 처절한 '회심'은 필자를 사로잡는다. 우리 또한 파스칼적 회심이 필요한 것은 아닐까. 파스칼이 그 자신을 송두리째 던져 신의 제단에 엎드린 것은 이 세속적 세계의 "위락"으로는 진정한 구원을 얻을 수 없으리라는 깨달음 때문이었을 것이다. '나' 자신의 행복이 잠시 찾아올 수 있다 하더라도 그것은 인간의 근본적인 비참을 잠깐 동안 잊게 해 주는 마취제에 불과하다. 파스칼은 썼다. "…… 이 숱한 비참에도 불구하고 인간은 행복하기를 바라고 또 행복하기만을 바란다. 그리고 또 행복하기를 바라지 않을 수도 없다. 그러나 어떻게 할 것인가. 진정 행복하기 위해서는 죽지 않고 영원히 살 수 있어야 한다. 그러나 이것이 불가능하자 인간은 이것을 생각하는 것

---

12 이환, 앞의 책, 79쪽.
13 루시앙 골드만, 앞의 책, 49쪽.
14 위의 책, 50쪽.
15 위의 책, 52쪽.

을 스스로 막기로 작정했다."[16] "사람은 죽음과 비참과 무지를 치유할 수 없으므로 자기의 행복을 위해 이것들을 생각하지 않기로 작정했다."[17] 파스칼 당대의 무사태평한 사람들을 향한 이 진단은 그의 시대만의 문제였다고 할 수 있을까? 파스칼이 제기한 신의 선택, 신에의 간구는 분명 기독교적인 절대자에의 귀의와 같은 것이라 말할 수 있다. 그러나 오늘의 필자에게 파스칼의 내기와 회심은, 육체적인 삶, 현세적 행복, 물질적 풍요를 향한 이 시대 사람들의 열광적인 내달림에 대한 속 깊은 성찰의 한 형식을 제공해 주는 것처럼 보인다. 파스칼처럼 우리 또한 우리 자신에게 물을 수 있어야 한다. 영원히 살 수 있는가? "위락"으로써 우리의 삶이 본질적으로 '비참하다'는 것, 덧없다는 것을 가릴 수 있겠는가?

2. 마르크시즘, 자연사적 인간, 그리고 해방

사실, 루시앙 골드만이 『숨은 신』을 쓴 전략은, 작가 또는 문제적 개인의 정신이 그 사회의 시대정신에 맞닿아 있고 다시 그 정신은 그 시대의 사회계급이 처한 상황을 '투영'한다고 하는 일종의 '유물변증법적' 준칙을 파스칼(및 라신느)에 적용한 것이었다고 할 수 있다. 파스칼은 마르크스가 비판해 마지않던 기독교를 극력 옹호한 사람인 것을, 루시앙 골드만은 파스칼의 장세니즘조

---

16 블레즈 파스칼, 앞의 책, 136쪽.
17 위의 책, 137쪽.

차 시대적 환경의 산물임을 논의함으로써 역설적인 효과를 거두려 한 것이다. 장세니즘은 예수회와 일련의 논쟁을 거치며 프랑스에서 이단적인 위치를 점하게 되지만, 세속적 참여를 극단적으로 거부하고 오로지 신에 귀의하는 내세적 삶을 지향하면서 당대의 지식인들에게 깊은 영향력을 행사했다. 이러한 장세니즘의 대표자 격인 파스칼을 17세기 프랑스 사회의 사회계급적 및 그들의 세계관의 구조 속에서 포괄함으로써 루시앙 골드만은 마르크시즘의 분석적 능력을 입증하려 했다.[18] 이러한 의도 때문에 이 문제적 저작도 그 살을 거두어 내면 토대와 상부구조의 관계에 대한 마르크스의 교의가 뼈대로 드러나는 양상을 띠게 된다. 마르크스는 널리 알려진 「정치경제학 비판 서언」에서 이를 다음과 같이 정식화했다.

　…… 즉 인간은 그들 생활의 사회적 생산에서 그들의 물적 생산제력의 일정한 발전수준에 조응하는 일정한, 필연적인, 그들의 의사와는 무관한 여러 관계, 생산관계를 맺는다. 이들 생산관계 전체가 사회의 경제적 구조, 현실적 토대를 이루며, 이 위에 법적이고 정치적인 상부구조가 세워지고 일정한 사회적 의식형태들이 그 토대에 조응한다. 물적 생활의 생산양식이 사회적, 정치적, 정신적 생활과정 일체를 조건 짓는다. 인간의 의식이 그들의 존재를 규정하는 것이 아니라, 반대로

18　이환, 앞의 책, 87~91쪽.

그들의 사회적 존재가 그들의 의식을 규정하는 것이다. 사회의 물적 생산제력은 어떤 발전단계에 이르면 그들이 지금까지 그 안에서 움직였던 기존의 생산 여러 관계, 또는 이것의 단지 법률적 표현일 뿐인 소유제관계와 모순에 빠진다. 이들 관계는 생산제력의 발전형태들로부터 질곡으로 전환된다. 그러면 사회혁명의 시기가 도래한다. 경제적 기초의 변화와 더불어 거대한 상부구조 전체가 조만간 변혁된다. 그러한 변혁들을 고찰함에 있어서는 언제나 경제적 생산제조건의 물적인, 자연과학적으로 엄정하게 확인될 수 있는 변혁과, 인간들이 그 안에서 이 갈등을 의식하게 되고 해결하는 법률적, 정치적, 종교적, 예술적 또는 철학적, 간단히 말해 이데올로기적 제형태의 변혁을 구분해야 한다. 한 개인이 어떤 사람인가를 그 자신이 무엇을 생각하느냐에 따라 판단하지 않듯이 그러한 변혁기를 이 의식으로부터 판단할 수는 없으며 오히려 이 의식을 물적 생활의 제 모순으로부터, 사회적 생산제력과 생산제관계 사이에 주어진 갈등으로부터 설명해야 한다. 한 사회구성체는 그 내부에서 발전의 여지가 없을 정도로 생산제력이 발전하기 전에는 멸망하지 않으며, 새로운 보다 높은 생산제관계는 그들의 물적 전제조건들이 낡은 사회 자체의 품에서 부화되기 전에는 결코 대신 등장하지 않는다. 따라서 인류는 그가 해결할 수 있는 과업만을 제기한다. 자세히 관찰해보면 과업 자체가 그 해결의 물적 제 조건이 이미 주어져 있거나 또는 적어도 생성과정에 처해 있는 곳에서만 출현하기

때문이다.[19]

이 '정식'은 인간의 삶의 총체를 생산력과 생산관계라는 두 변증법적 대립물로 구성되는 생산양식에 기초하여 형성되는 것으로 본다는 점에서 파스칼과는 전연 다른 총체를 제시한다. 그의 절대적인 신관에서 드러나듯이 파스칼은 인간적 차원의 삶은 그 자체로는 절대로 총체를 구성할 수 없다고 생각했다. 전체를 알지 않고서는 부분 또한 알 수 있다고 말할 수 없음은, 유한한 존재로서의 인간은 그것을 초월하여 존재하는 무한으로서의 신을 인식할 수 없고, 때문에 인간은 자신의 삶의 차원의 의미도 영원히 정확히는 인식할 수 없음을 의미한다. 반면에 마르크스의 총체는 이 지상적 인간의 삶만을 근거로 하여 구성된다. 인간은 "그들의 의사와는 무관하게", 즉 그들의 의식을 통과하기 전에, 먼저 자연적으로, 물적 생산력의 발전단계에 조응하는 생산관계를 맺는다. 그리고 이 의식을 통과하기 전에 먼저 '결정'되는 생산관계가 인간의 삶의 "토대"를 이룬다. 그는 생산관계라는 "현실적 토대" 위에 "법적이고 정치적인 상부구조"가 구축되고 "일정한 사회적 의식형태들"이 다시 그 위에 들어선다. 그러므로 "인간의 의식이 그들의 존재를 규정하는 것이 아니라, 반대로 그들의 사회적 존재가 그들의 의식을 규정하는 것이다." 의식을 이렇게 물적 토대 위에 구축되는 이차적, 심지어 '부차적인' 기제로 묘사함으로써 인간은 비로소 자

---

19 카를 마르크스, 『정치경제학 비판을 위하여』 개정판, 김호균 옮김, 중원문화, 2017, 9~10쪽.

연이라는 총체의 유기적 일부가 된다. 이러한 자연사로서의 사회 변화 역시 의식이 먼저 작동해서가 아니다. 인간의 총체적 삶의 물적 토대를 이루는 생산력과 생산관계의 갈등이 먼저 고조되고 이러한 '위기' 상태가 "법률적, 정치적, 종교적, 예술적 또는 철학적"인 "이데올로기적 제형태"에 '이차적으로' 투영됨으로써 사회혁명은 비로소 도래한다.

　다른 하나의 글에서 마르크스는 이러한 자연사로서의 인간의 삶에 있어서 물적 토대에 대한 의식의 이차성을 보다 정교하게 설명해 나간다. 헤겔 관념론에 대한 비판을 함축한 이 대목에서 마르크스는 구체와 추상이라는 용어를 사용하여 17세기 경제학자들과 자신의 정치경제학적 방법론상의 차이를 논의한다. 그들은 한갓 추상적 개념일 뿐인 '인구'에서 출발하여 '계급'으로, 다시 '계급'을 구성하는 '임노동', '자본' 등으로, 더 단순한 개념으로 나아갔다. 그러나 이러한 방법은 구체적인 것을 파악하는 충분한 방법이라 할 수 없다. 마르크스는 이와 달리 "상상된 구체성으로부터 갈수록 미세한 추상들로" 나아가 이로부터 다시 "수많은 규정과 관계의 풍부한 총체성"으로서의 '구체성'에 도달하는 방법을 제안한다.

　　후자가 분명히 과학적으로 올바른 방법이다. 구체적인 것은 그것이 수많은 규정들의 총괄, 다양한 것들의 통일이기 때문에 구체적이다. 따라서 구체적인 것은 비록 그것이 실재적 출발점이고 따라서 직관과 표상의 출발점이라고 할지라도,

총괄과정, 결과로서 현상하지 출발점으로 현상하지 않는다. 첫 번째 경로에서는 완전한 개념이 추상적 규정으로 증발했다. 두 번째 경로에서는 추상적 규정들이 사유의 경로를 통해 구체적인 것의 재생산에 이른다. 이러한 방식으로 헤겔은 현실적인 것을 자체 속에서 총괄되고, 자체 속으로 침잠하며, 자체로부터 운동해 나오는 사유의 산물로 파악하려는 환상에 빠진 반면, 추상적인 것으로부터 구체적인 것으로 상승해 가는 방법은 사유가 구체적인 것을 점취하고, 이를 정신적으로 구체적인 것으로 재생산하는 방식일 뿐이다. 그러나 결코 구체적인 것의 생성과정 자체는 아니다. (중략) 따라서 이해하는 사유가 실재적 인간이고, 이해된 세계 자체가 비로소 현실적인 세계가 되는 의식에서 범주들의 운동은 세계를 그 결과로 낳는 실재적인 생산행위로서 현상한다. 이는 사유 총체성, 사유 구체성으로서의 구체적 총체성이 사실상 사유의, 이해의 산물인 한에 있어서는 옳다. 그러나 직관과 상상의 밖에서 또는 위에서 사유하고 스스로 잉태되는 개념의 산물이 아니라, 직관과 상상을 개념들로 가공한 산물이다. 두뇌 속에서 사유의 총체로 현상하는 바와 같은 전체는 세계를 유일하게 가능한 방식으로 점취하는 사유하는 두뇌의 산물인데, 이 방식은 세계의 예술적, 종교적, 실천적이고 정신적인 점취와는 상이하다. 즉, 두뇌가 사변적, 이론적 상태에만 있는 한에 있어서, 현실적 주체는 여전히 두뇌 밖에서 자립적으로 존속한다. 따라서 이론적인 방법에 있어서도 주체, 즉 사회는 전체

로서 항상 표상에 어른거리고 있어야 한다.[20]

여기서 마르크스는 사유는 현실 속에 존재하는 "구체적인 것의 재생산"에 지나지 않는 것임을 주장한다. "구체적 총체성"은 "직관과 상상의 밖에서 또는 위에서 사유하고 스스로 잉태되는 개념의 산물이 아니라, 직관과 상상을 개념들로 가공한 산물"이다. 이러한 방식으로, 파스칼이 인간 전 존재를 걸고 육체적 죽음에 대한 인식을 딛고 절대적 신에의 귀의를 통한 영원한 삶을 꿈꾸었다면 마르크스는 그 초월 대신 현세에서의 해방을 구상한 사람이었다.

그러나 해방 및 한국전쟁 이래 한국사회에서 이 마르크시즘은 제도적인 학문으로서는 본격적, 심층적으로 탐구되거나 실험된 적이 없었다 해도 과언이 아니다. 잔혹한 전쟁으로 인해 한국에서는 마르크시즘 독서가 엄격히 제한되었기 때문에 시대가 경과하면서 이에 대한 신비주의적, 물신적 숭배가 은밀히 점증한 반면 이를 학문적으로 엄격히 다루는 경향은 그에 반비례하여 '자기 검열'적으로 억제되었다. 자유로운 독서와 지적 논의가 제약된 곳에서 학문적 풍요로움을 기약할 수 없음은 물론이지만 그렇다 해서 한국판 마르크시스트들의 지적 무능력 또는 나태가 변명될 수 있는 것도 아니라는 사실이 또한 인정되어야 한다. 이러한 한국적 마르크시즘의 취약성이 가장 극명하게 드러난 때는 바로 1980년대 중반~1990년대 전반의 시기다. 1980년대 초중반에 걸쳐 한국에서 마

---

20 카를 마르크스, 『정치경제학 요강』, 백의, 2000, 71~72쪽.

르크시즘은 마르크스, 레닌, 루카치, 그람시 등의 저작을 은밀히 회람하고 번역, 지하 출판하는 과정에서, 자유롭고도 창조적으로 담론들을 새롭게 생성하는 대신 몇몇 주요 사상가의 논의를 교과 서적으로 수용하고 그 내용을 한국적 상황에 연역적으로 적용하는 수준에서 소화했다. 제도적으로 인정되지 못한 독서와 연구는 이론적 탐구를 제약하는 면이 있지만 그렇다 해도 한국의 마르크 시스트들은 마르크시즘 '준칙화'된 원리들을 날카롭게 정사하는 (scrutinize) 태도를 보여 주지도 못했고, 이 사회의 풍토에 맞게 이론적 원리들을 창조적으로 구체화한 새로운 마르크시즘을 실험 하지도 못했다.

　이러한 이론적 '지체'가 가져온 폐해는 컸다. 무엇보다, 한국 마르크스주의는 구소련이나 중국, 북한 등의 교조화된 마르크시즘을 이른바 정통 마르크시즘으로 이해하고 레닌 등이 『프롤레타리아 혁명과 배신자 카우츠키』 등에서 설파했듯이 독일 사회민주당을 중심으로 한 제2인터내셔널의 수정주의를 죄악시하면서 동구권과 다른 사회주의를 구상한 서구 마르크스주의에 대해 어떤 진지한 탐색도 보여 주지 않았다. 이와 같은 교조적 태도는 "마르크스주의적 문제에서의 정통성이란 오로지 방법에만 관련된다."[21]라고 하면서도, 그 "정통성은 변증법적 마르크스주의 속에서 올바른 연구 방법이 발견되었으며, 이 방법은 오직 그 창시자들(마르크스와 엥겔스)의 정신에 따라서만 확장, 확대, 심화될 수 있다는 과학

21　게오르그 루카치, 『역사와 계급의식』 4판, 박정호·조만영 옮김, 거름, 2005, 64쪽.

적 확신"이고, "그 방법을 극복하거나 '개선'하려는 모든 시도는 결국 천박화, 진부함, 절충주의로 귀착되어 왔고, 또 그럴 수밖에 없었다는 과학적 확신"이라 한 게오르그 루카치의 단계에서부터 충분히 준비되고 있었다고 할 수 있다. 1980년대의 한국에서는 대학과 같은 제도권에서 서구 마르크스주의에 대한 이론적 탐색이 일부 모색되지 않은 것은 아니었으나 마르크시즘이 본래 실천적 사상이라는 점을 고려하면 지나치게 소극적인 차원에 머물러 있었다고 해야 한다. 구소련 중심의 동구권 사회주의 '세계체제'가 붕괴된 지금 이 정통 마르크스주의 체제가 나치즘과 유사한 '국가사회주의'의 변형태 가운데 하나였음을 의심하는 사람은 아주 적었다. 영국 신좌파 이론가 가운데 한 사람인 알렉스 캘리니코스는 관료와 국가의 결합물로서의 노멘클라투라 계급이 소비에트 국가자본주의 체제의 특수한 '자본가'로 기능한다고 논의했다. 그는 노멘클라투라가 주도한 스탈린주의 아래의 소비에트 체제를 일종의 국가자본주의로 규정하면서 '본래'의 마르크시즘이 지향하는 사회주의와 구별하고자 하였으나, 이와 같은 분리 시도의 전도는 밝지만은 않다.[22] 노멘클라투라란 "공산 체제의 당/국가의 고위직 또는 어느 정도의 직급 이상을 포함하는 사실상의 정치 경제 엘리트의 핵심"으로서 "같은 사회적 지위에 있으면서 동일한 가치체계와 일치된 행동을 하는 사람들이 속해 있는 공산주의 체제의 지배 그룹이다."[23] 그런데 만약 이와 같이 노멘클라투라가 지배하는 소

---

22 알렉스 캘리니코스, 『역사의 복수』, 김택현 옮김, 백의, 1993, 32쪽 및 39쪽.
23 윤덕희, 「체제 전환과 노멘클라투라의 변신―동유럽과 러시아의 비교」, 『세계지역연

비에트 사회주의가 전체주의의 한 유형인 국가사회주의 체제의 변형물일 따름이라면 소련이나 중국, 북한 등을 사회주의적 이상의 모델로 '상상'했던 1980년대 좌파 학생운동 및 노동운동의 난점은 더욱 크게 부각된다.

필자는 1984년에 대학에 들어온 이른바 386세대의 한 사람이다. 교육제도는 한 사회의 지적 풍토를 변화시키기에 충분한 힘을 갖는다. 이 386세대가 중고등학교를 거쳐 대학에 들어간 시대는 대체로 제5공화국의 고교평준화 정책과 맞물리는 까닭에, 예를 들어 학생들은 철학이든 문학이든 깊이 있는 독서와는 거리가 먼 성장과정을 거쳐 대학에 들어오기 일쑤였다. 1980년대 후반 한국의 학생운동, 그리고 노동운동은 그들이 토대로 삼고 있던 마르크시즘의 취약성과 더불어 그 운동 주체들이 전반적으로 인문학적 소양 결핍을 앓고 있었다는 점 때문에도 그 성숙, 발전에 큰 어려움을 겪어야 했다.

1980년대 중반을 전후로 하여 대학에 진학한 386세대는 중고등학교 시절에는 앞에서 간략히 언급했듯이 까뮈나 사르트르, 파스칼, 헤르만 헷세나 도스토예프스키 같은 범실존주의 사상을 피상적으로 접했을 뿐이었고, 이러한 토대 위에서 일본어 번역본의 중역이나 임의적인 편집, 간략화에 기초한 사상 서적들을 무분별하게 소화해야 하는 상황을 맞이했다. 지적 무능력이나 태만을 변명하기 위함이 아니라 그들이 처했던 당대 사회의 지적 상황이 그

구논총』 13, 1999, 281쪽.

러했다는 것이다. 이러한 상황에서 1980년대 학생운동은 NLR, NDR, PDR 등 혁명 방법론의 차이는 있을망정 대체로 민주주의혁명과 사회주의혁명을 연속적으로 구상하면서 이 이행과정에서 국가가 부르주아계급에 대한 프롤레타리아 계급독재의 수단이 되어야 한다는 '영구혁명론'적 사유를 공유하고 있었다. 이들은 마르크시즘에 대한 '교과서'적 이해를 바탕으로, 국가의 억압적인 기능을 회의하고 인간의 자발성, 능동성을 옹호하고자 한 아나키즘을 원천적으로 거부하고, 프롤레타리아계급이 주도하는 민중적 계급 동맹을 통해 민주혁명을 거쳐 국가 주도의 사회주의 체제를 건설해야 한다고 믿었다. 이로부터, 제5공화국이라는 야만적인 전체주의 체제에 대한 비판적 인식에 토대를 둔 민주주의운동이 의식화되면 될수록 또 다른 형태의 전체주의를 '무의식적으로' 지지하는 역설적인 양상이 나타났다. 그들이 민주혁명 이후에 도래할 더 민주적인 사회주의 체제로 상상하고 지지한 소비에트는 그런 사회와는 거리가 전연 멀었던 것이다.

1980년대에 대학생 사회에 광범위하게 수용된 마르크시즘은 인간에 대한 경제주의적, 물질주의적 이해 방식을 확산시키는 결과를 낳았다. 중고등학생 시절 동안 실존은 본질에 선행한다는 사르트르의 『존재와 무』의 명제를 중심으로 인간 개체의 실존적 상황에 주목하는 '개체주의'적 사상에 몰두했던 이들이 대학생이 되면서 그와 대칭되는 '집합주의'적 사상의 대표라 할 마르크시즘에 경사된 것이다. 그러나 그들이 수용한 마르크시즘은 서구 마르크시즘처럼 구조주의나 포스트구조주의의 시험을 통과한 복잡한 것이 아니라 앞에서 언급한 것과 같이 마르크스에서 레닌으로 이어지고 루카치 등에 의해 보충된, 단선적 괘선을 정통으로 삼는 마르크시즘이었다. 이 마르크시즘은 개체 혹은 개인에 대한 사유가 결핍된, 표현 그대로의 '사회주의' 사상이다. 그들은 사회적 존재가 사회적 의식을 결정한다는 명제를, 계급, 계급의식, 계급투쟁의 논리를, 사회주의혁명의 숭고함을 믿었으며, 사랑하기 위해 투쟁해야 한다고, 계급적 투쟁이야말로 인류적 사랑의 가장 극적인 표현 형태라고 생각했다. 어느 시대나, 어떤 사상이나 숭고한 대상을 설정하지 않고는 체계와 지속을 담보받을 수 없는 법이다. 마르크시즘에서 그것은 관념화된 프롤레타리아계급 및 프롤레타리아 의식이었다. 루카치는 "그들은 자신의 상황 속에 집약되어 있는, 오늘날 사회의 모든 비인간적 생활 조건을 폐기하지 않고서는 그들 자신의 생활 조건을 폐기할 수 없다."[24]라고 한 마르크스의 『신성가족』의 일절을 되풀이해서 말한다. 또한 그는 "오직 프롤레타리아트의 의식만이 자본주의의 위기에서 벗어날 길을 보여줄 수 있다."[25]라고도, "프롤레타리아트는 자기를 지양함으로써, 곧 자신의 계급투쟁을 끝까지 수행하여 계급 없는 사회를 성취함으로써 비로소 스스로를 완성한다."[26]라고도 썼다. 1980년대의 학생운동은 루카치의 이런 언설들을 믿었다. 프롤레타리아는 현실의 비참에도 불구하고 숭고한 역사적 사명을 짊어진 존재로 믿어졌다. 프

---

24 게오르그 루카치, 앞의 책, 91쪽.
25 위의 책, 168쪽.
26 위의 책, 175쪽.

롤레타리아는 1980년대의 국가독점적인 자본주의와 이 경제적 토대를 지탱하는 전체주의 체제에 맞서 싸울 수 있는 계급들의 전위였고, 마침내 다가올 해방의 그날에 최후로 자기 자신마저 해방시킬 계급이었다. 그러나 이 프롤레타리아계급이라는 것이 자본주의 생산양식이라는 물적 토대의 한 대립축을 가리키는 개념이라면 이 경제적 계급의 해방에 인류적 이상의 모든 것을 거는 방식은 '내기'로서는 지나치게 협소한 가능성에 너무 많은 판돈을 거는 행위일 수 있지 않을까.

마르크스는 존재로부터 의식이 결정된다고 보았고 따라서 존재의 해방이 의식의 해방조차 결정할 수 있다고 보았다고 말할 수 있다. 그러나 이 '경제적' 존재와 의식의 해방이 과연 인간 '전체'의 '총체적인' 해방이 될 수 있는가는 매우 미심쩍다. 1980년대 '급진적' 학생운동의 노선을 따라 국가독점자본주의를 폐절할 수 있다면 인간은 해방될 수 있는가. 정치경제학적 혁명의 강령들을 가지고 인간 해방 또는 인간 구원이라는 오래된 문제를 해결할 수는 없을 것 같은데, 그럼에도 불구하고 이 시대의 학생운동을 통과한 386세대들은 정치경제학적 문제 해결을 사회 문제 또는 인간 문제의 해결에 근사한 것으로 사유하는 체질을 쉽게 포기하지 않았다. 필자가 보기에 이러한 노선은 그들이 대항해 싸우고자 한 독점자본주의 체제의 지배 논리와 어떤 점에서 '공모적'이다. 둘 모두에서 물질과 육체는 삶의 근본적인 관건이 된다. 더 많은 물질을 더 잘 나누어 가질수록, 더 작은 육체적 고통과 더 많은 육체적 '위락'으로 인간은 행복해질 수 있다.

3. 『해방 전후사의 재인식』, 식민지근대화론, '에스노 심볼리즘'

지난 2006년 두고두고 논란이 된 책이 출간되었다. 『해방 전후사의 재인식』(이하 『재인식』)이라는 이름을 가진 이 논문 모음집은 그 제목이 가리키듯이 1979년에 출간되어 1980년대 내내 넓고 깊은 영향력을 행사한 『해방 전후사의 인식』(이하 『인식』)의 논리 체계를 다분히 의식하고 겨냥하면서 편집된 것이었다. 편집자들은 『인식』이 한국인들의 현대사 인식에 큰 영향을 미쳐 왔음에 유의하면서,

"『인식』이 드러낸 두 가지 문제점, 즉 민족지상주의와 민중혁명 필연론이 우리 역사 해석에 끼친 폐해에 대한 우려를 담"[27]고자 했다. 편집자들을 대신하여 머리말을 쓴 박지향은 예의 "민족지상주의" 비판을 향해 날카로운 비판을 가한다. 그에 따르면 "민족주의는 본래 배타적이고 폭력적인 이념"으로서 "굳이 배타적일 필요가 없는 혈육이나 고향에 대한 애정과 구분된다."[28] 이 문장들 앞에서 필자는 잠시 고개를 갸웃거리게 되는데, 왜냐하면 "혈육이나 고향에 대한 애정"만큼 배타적인 애정도 따로 없을 것이라 생각하기 때문이다. 특히 한국에서 이 문제는 지극히 심각한 것이, 이른바 "혈육"에 관한 배타적 애정 문제라면, 1922년에 출생하여 십대의 성장기를 일본에서 보내고 해방과 더불어 한국에 돌아왔던 작가 손창섭은 한국의 혈연 중심적 가족주의가 얼마나 문제적인지를 그의 장편소설들을 통하여 뚜렷하게 부각시켜 놓고 있으며, "고향"

---

27 박지향 · 김철 · 김일영 · 이영훈 편, 『해방 전후사의 재인식』, 책세상, 2006, 13쪽.
28 위의 책, 『재인식』, 13쪽.

에 대한 배타성 문제라면 한국 정치가 박정희 정부 이래 오늘날까지 오도된 지역주의가 상수가 되어 왜곡되어 온 바탕에는 특히 영남 지역민을 중심으로 한 지역패권주의가 가로놓여 있음을 부인할 수 없고, 더 나아가 이 어긋한 '애향심'에서라면 호남이나 충청 같은 다른 지역의 사람들도 결코 만만하다고만은 할 수 없을 것이기 때문이다.

편집자들을 대표하여 서술자는 "민족지상주의"에 대한 비판을 좀 더 밀어붙인다. 그에 따르면 "민족지상주의"로는 "고난의 우리 현대사를 제대로 인식하고 과거로부터 교훈을 얻을 수 없"는 바, 왜냐하면 이 이념은 "우리 민족은 대단히 우수한데 다른 나라 때문에 나라가 망하고 식민지배와 민족분단의 비극을 겪었다고 주장하는 것은, 역사에서 아무것도 배우지 말자는 주장과 다르지 않"기 때문이다. "우리는 남 탓하기 전에 우리 잘못이 무엇이었나를 자성해야 하고, 그럴 때 우리가 참으로 많은 것을 잘못했음을 깨닫게" 된다.[29] 서술자가 논의하고 있는 "민족지상주의"가 무엇인지는 이 책이 겨냥하고 있는 『인식』을 살펴보아야 하겠다. 그러나 1979년에 편집되어 1980년대 내내 영향력을 행사한 시리즈 저작물에 대한 비판이 곧 『재인식』 저자들의 논리의 정합성을 증명해 주지는 않는다는 사실은, 한국 독점자본주의와 전체주의 체제에 대한 혁명적 비판을 주장한 1980년대 학생운동의 논리가 그 비판 대상이 실제로 '부정의'함에도 불구하고 논리적, 현실적으로는

---

29 위의 책, 13~14쪽.

옳을 수 없었던 점을 통하여 '방증된다'고 할 것이다. 다시 말해 이 저술의 올바름은 이 모음집이 겨냥하는 『인식』 저자들의 결핍됨이나 그릇됨에 의해서가 아니라 그 자신의 논리의 올바름을 통하여 증명되어야 한다.

백여 년 전 과연 한국인들은, 우리의 선배들, 선조들은 무엇을 잘못했으며 어떤 점에서 부족했을까? 『재인식』 서술자는 말한다. "국가의 생존이 걸린 절체절명의 순간에 위정자들은 무엇을 했는지, 사회 지도층은 또 무슨 노력을 했는지에 생각이 미칠 때 우리는 분노하지 않을 수 없다."[30] 필자는 그런 점에서라면 『인식』의 저자들 역시 똑같이 당대의 "위정자들"이나 "사회 지도층"에 대해, 비록 표현이 충분하거나 적절치는 않지만, "분노"를 품었던 것으로 보인다. 조선의 개항 전후에서 한일합병에 이르는 구한말의 역사는 한국인이라면 언제라도 다시 돌아가 성찰해야 할 역사적 가능성의 상실의 시대였다. 이 시대를 체계적으로 조명한 김영작의 『한말 내셔널리즘 연구』(청계연구소, 1989)는 1884년의 갑신정변, 1894년의 동학농민운동과 갑오경장, 1994년의 러일전쟁을 당대의 조선과 동아시아 국제관계에서 아주 중요했던 결절점들로 설명한다. 1876년 강화도조약을 통한 개항에서 1884년 갑신정변까지는 팔 년의 간격이 있었지만 나머지 사건들은 각각 십 년씩 떨어져 있어 구한말 역사를 보다 간명하게 이해할 수 있다. 이 저술에 따르면 구한말의 한국인들은 독립국가를 유지한 채 근대국가로 나아갈

---

30 위의 책, 14쪽.

수 있는 가능성이 없지 않았다. 그러나, 수백 년 조선 역사를 통해 축적되다 못해 힘이 다한 낡은 제도와 권력을 제때 개혁하지도 못하고, 때마침 숨 가쁘게 변화하던 국제적 환경에도 슬기롭게 대처하지 못해서, 마침내 1905년 을사조약에 이어 1910년 경술국치라는 역사적 파국에 처하지 않을 수 없게 된다. 저자에 따르면, 갑신정변 전후 시기의 일본은 조선 개국까지는 힘으로 밀어붙일 수 있었으나 조선을 본격적으로 침탈할 만한 내적 정황은 확보하지 못했다. 동학농민운동이 일어난 1894년에도 일본은, 1885년 청나라와 체결한 톈진조약을 빌미 삼아 조선으로 들어와 농민운동을 좌절시키고 일본식 제도개혁을 강행했지만 여전히 국제적 압력을 이겨낼 만큼 강하지는 못하였으므로, 조선은 김홍집 내각을 중심으로 한 새로운 가능성은 사라지지 않았다. 그러나 1994년의 러일전쟁에 와서는 모든 것이 달라졌다. 그때 러시아군은 영국의 방해로 수에즈 운하를 통과하지 못하고 멀리 아프리카 희망봉까지 장장 34,000km를 에돌아온 끝에 기진맥진 상태에 빠져 버렸다. 이 러시아 발틱함대를 일본이 대한해협에서 최후로 격퇴하고 나자 어떻게든 독립에의 길을 개척해 나가려던 조선의 운명은 만사휴의가 된다.

강화도조약에서 한일합병에 이르기까지의 34년은 일제강점기의 35년 기간만큼이나 긴 시간인데 이 기간에 전개된 역사적 행정에 대해서 필자는 그야말로 새로운 인식이 필요하다고 생각한다. 대체로 이 기간은 조선이 외세에 의해 일방적으로 침탈당한 과정, 외세가 강요한 서구적 근대화를 수동적으로 수용한 과정으로 인식

된다. 그러나 구한말의 이 시대는 숱한 약점에도 불구하고 자립적 근대화를 추구한 수많은 역동적 흐름들을 끌어안고 있다. 위로부터든 아래로부터든 치열하게 대두된 이 역동적 흐름들이 좌절, 분쇄되는 과정을 거치면서 구한말 조선은 일제의 강점 아래 들어가게 된다. 이 시기의 한국인들은 남들보다 우수할 것도 자랑스러울 것도 없으나, 어떤 창조성도, 능동성도 없이 수동적으로 시대에 끌려갔다고만 할 수는 없다. 또는 당시 제국주의 세계체제는 가혹한 힘의 법칙 아래 작동하고 있었던 반면, 조선은 좀 더 단결하지도, 좀 더 지혜롭지도, 좀 더 눈을 크게 뜨고 세계사의 격변을 냉철하게 인식하지도 못했기에 외세의 지배 아래 들어간 것이었다. 그뿐이다. 좀 더 들어가 말한다면, 구한말의 계급, 계층적 지형도 속에서 자주적 근대화를 이루고자 한 사람들의 힘이 구체제를 유지하고자 하는 사람들의 힘도, 외세에 의지해 힘을 가지거나 근대화를 이루려던 사람들의 힘도 능가하지 못했을 뿐이다. 이러한 시각은 필자가 앞에서 잠깐 언급했던 알렉스 캘리니코스의 논의를 통하여 보다 명료하게 표현될 수 있다. 그는 『역사와 행위(Making History)』(1988)라는 저술에서 "구조가 행위를 강압하지만 동시에 구조는 행위 주체에게 구조적 능력을 부여함으로써 행위자로 하여금 구조를 변동시킬 수 있게 한다는 이론"[31]을 제시하고자 한다. 복잡한 논의를 거쳐 그가 도출한 결론 가운데 하나는 다음과 같다.

---

31 김용학, 「옮긴이 서문」, 『역사와 행위』, 사회비평사, 1997, 13쪽.

구조는 인간이 가지고 있는 능력 중 중요한 부분을 결정짓는 것이기 때문에 사회이론에서 결코 배제할 수 없는 역할을 수행한다. 나는 에릭올린 라이트의 용어를 빌려서 이것을 구조적 능력이라고 부른다. 구조적 능력이란 생산관계 속에서 어떠한 위치를 점하고 있느냐에 따라 행위자가 가지게 되는 능력을 말한다. 이러한 견지에서 구조를 바라보게 되면 구조를 개별 행위나 집합 행위에 대한 제약이라고 보는 생각과는 결별하게 되며, 행위자가 그 안에서 자유롭게 행동할 수 있는 틀을 제공하게 된다. 구조 속에서 행위자들이 점하는 위치가 그들에게 열린 가능성의 범위를 제한하기는 하지만, 그들은 여전히 자신의 목표를 특정한 방향으로 추구할 수 있는 기회를 가진다. (중략) 서로 다른 종류의 자원들, 즉 물질적, 문화적, 조직적인 자원들은 행위자들이 생산관계 속에서 어떤 위치를 점하느냐에 따라서 이용이 가능하기도 하고 그렇지 않기도 한 것이다. 구조가 사회이론 속에서 중요해지는 것은 자원 그 자체로서가 아니라, 사람들이 그 자원을 이용할 수 있느냐 없느냐를 결정짓는 요소로서인 것이다.[32]

필자는 알렉스의 논의를 전적으로 신뢰하는 편은 아니지만, 역사 행위에 있어 구조와 '행위주체'의 관계를 다룬 이 저서는 많은 시사점을 던져 주는 것으로 보았다. 구한말의 한국사회 역시 새롭

---

32 알렉스 캘리니코스, 『구조와 행위』, 김용학 옮김, 사회비평사, 1997, 381~382쪽.

게 전개되는 동아시아 세계체제, 즉 역사적 '구조' 속에서 당대 한국인들이라는 '행위 주체'가 무엇을 얼마나 할 수 있었는가에 관한 문제를 새롭게 검토해 보아야 한다. 중화주의 제국 청나라가 쇠퇴하고 일본이 서구문물을 재빨리 수용하여 새로운 힘을 키워 나가는 상황에서 미국을 비롯한 서구열강들은 한국 문제보다는 중국이나 필리핀같이 더 많은 이익을 가져다줄 '먹잇감'에 관심을 가지고 있었다. 한국인들의 역량이라는 것도 추상적인 말에 지나지 않고 『재인식』의 서문 작성자가 언급한 "위정자"니 "사회 지도층"이라는 것도 여러 갈래로 나뉘어 있는 이상 단순하게 쓸 수 있는 말은 아니지만, 그들까지 포함해서 당대의 한국인들이 이 변화하는 세계체제의 구조적 장에 적응하고 상황을 타개해 나가는 데는 실패했다고 보아야 한다. 이것은 엄연한 역사적 사실이다. 이를 두고 『재인식』의 저자들이 겨냥하고 있는 "민족 지상주의"처럼 우리 민족은 우수한데 다른 나라 때문에 식민지배를 당하고 민족분단을 겪었다고 주장한다면 그것도 잘못이겠지만, 반대로 그것을 "우리 잘못"으로만 돌리는 것도 당대의 세계사적 국면에 대한 제대로 된 판단이라고는 볼 수 없다. 이 저자들의 생각대로 "민족주의는 본래 배타적이고 폭력적인 이념"인가에 대해서는 많은 반론이 있을 수 있겠지만 적어도 조선이 국권을 상실하던 이 시대만큼은 분명 제국주의화한 민족주의가 다른 나라, 다른 사람들의 "인권과 자유"[33]를 말살하려 든 "배타적", "폭력적" 광풍의 시대였다

---

33 박지향 · 김철 · 김일영 · 이영훈 편, 앞의 책, 14쪽.

고 할 수 있을 것이다. 3·1운동이 보여 주듯이 한국인들은 이러한 제국주의적 민족주의에 맞서 국권을 빼앗긴 후에도 이 세계사적 흐름에 맞서 권리를 회복하고자 하는 노력을 포기하지 않았다. 이러한 노력들이 일제의 태평양전쟁 패전에 의한 1945년 8·15 해방에 이르도록 좀처럼 성공에 다다를 수 없었던 것은 '행위 주체'로서의 한국인들의 무능력이나 "잘못"에만 책임이 있는 것이 아니라, 그 시대에 한반도를 둘러싼 지정학적 환경과 세계열강들의 각축이라는 '구조'가 그들의 값진 행위들을 심대하게 제약한 탓이 컸다고 보아야 한다. 이것이 바로 위에서 캘리니코스가 말한바, "구조속에서 행위자들이 점하는 위치가 그들에게 열린 가능성의 범위를 제한"한 경우에 해당한다고 할 것이다. 이는 다음 장에서 필자가 분석적으로 다루게 될 이광수와 안창호의 '민족 개조론'과 관련된 문제이기도 하다. 이 문제는 과연 한국사회가 물질주의적 근대주의를 넘어 새로운 사회를 구상할 수 있는가에 관련되어 있는 중요한 물음과 관련되어 있다.

『재인식』의 저자들은 숫자가 많지만, 이 가운데 앞에서 박지향이 언급한 "민족지상주의"의 시각을 기각하면서 구한말에서부터 동시대에 이르는 한국사를 문명사적 시각에서 재구성할 것을 논의한 이영훈의 글은 제목에서부터 『인식』의 역사관에 대한 전면적 비판을 의도하고 있다. 이를 위해 그는 "직업으로서의 역사학"[34]이라는 것을 이야기하는데, 그것은 "대중의 역사의식, 곧 그 집단적

기억체계에 대한 객관적이고 냉정한 관찰력"[35]과 "사료가 뒷받침 되지 않은 주장은 어떠한 것이라도 삼갈 줄 아는 절제력"[36]에 의해 뒷받침되고, "공정한 배심 능력과 엄한 징벌 능력을 갖춘 고급문 화의 연구자 사회"[37]를 필요로 한다고 했다. 필자는 역사가는 아 니기 때문에 이 요구들이 막스 베버의 『직업으로서의 학문』(1918)에 서 영감을 얻은 학문적 태도에 관한 것이라면 함께 동의할 수 있 는 항목들이라고 생각한다. 사실 단지 역사학만이 아니라 한국의 학문은 여러 면에서 공정성과 책임성을 얼마든지 더 요청해야 하 는 상황이며, 그때그때의 대중적 관심사나 기호에 치우치지 않는 학문적 냉철함을 가져야 한다는 것도, 또 논의를 상상적 고안물 로 채워가지 않고 자료를 충분하고도 성실하게 섭렵하고 취사선 택해야 한다는 것도 모두 필요한 덕목들이다. 그러나 논자가 "냉 철한 관찰력"이 필요함을 말하면서 "역사가가 할 수 있는 일"이란 "오로지 드러내는 일일 뿐", "대중의 집단적 기억체계로서 역사라 는 것이 어떻게 생겨난 것인지를 드러낼 뿐"이라고 말할 때, 필자 는 모든 학문의 '비극적' 운명은 그가 말한 것과 달리 사실을 그대 로 드러낼 수 없다는 데 있다는 것, 오로지 해석 행위를 통해 사실 일 것이라고 추정되는 '그 무엇'을 향해 접근해 갈 수밖에 없다는 데 있다는 것을 새삼스럽게 상기하게 된다. 학문을 하는 사람 누 구도, 역사가라 하더라도 순객관적 관찰자일 수 없음은 『재인식』

---

35 위의 책, 같은 쪽.
36 위의 책, 36쪽.
37 위의 책, 38~39쪽.

이 출간된 이후 이 저작에 내장된 '이데올로기'에 관한 숱한 이야기들을 통하여 이미 '입증'되었다고 할 수 있다. "사료"를 취급하는 데 있어 엄정한 태도가 필요하고 "사료"를 떠난 주장을 함부로 펼치지 않는 "절제력"은 무조건 중시되어야 하지만, 동시에 어떤 사료의 취급 행위도 해석 행위를 수반하지 않을 수 없음은 『인식』의 저자들뿐 아니라 『재인식』의 저자들도 무조건적으로 수용해야 할 사항일 것이다. 돌이켜 보면 『인식』의 저자들 또한 그 책이 출간된 1979년의 상황에서 기존의 통설과는 다른 시각을 자신들의 새로운 자료를 통하여 제시하고자 했던 것이고, 그로부터 오랜 시간이 흘러 취급할 수 있는 자료의 양과 질이 과거와는 몰라볼 정도로 나아진 시대에 씌어진 『재인식』의 저자들도 그들이 취사선택한 자료에 입각한 해석 행위를 통하여 자신들의 의식을 형성하고 또 전달하고자 한 것이다.

그러므로 진실로 자료를 어떻게 취급할 것인가 하는 문제는 중요하다 하지 않을 수 없다. 이와 관련하여 주목되는 것은 다음과 같은 대목인데, 이는 『재인식』이 출간된 시기를 전후로 하여 현재에 이르기까지 줄곧 학문적 쟁점이 되고 있는 한국에서의 '민족'의 형성 문제에 관련되어 있다.

앞의 백두산 이야기는 오늘날 한국인들을 정신적으로 결속하는 최대공약수로서 '민족'이라는 것이 실은 생겨난 지 얼마 되지 않은 것임을 넉넉히 시사하고 있다. 이미 여러 차례 지적된 바이지만 '민족'이라는 단어는 1904년 러일전쟁 이후 일본에서 수입된 것이다. 조선시대에는 '민족'이나 동일한 뜻의 다른 말이 없었다. 말이 없었음은 오늘날 그 말이 담고 있는 한국인들의 집단의식이 조선시대에는 없었거나 다른 형태의 것이었음을 이야기하고 있다. '민족'이라는 말이 대중적으로 널리 유포된 것은 1919년 최남선이 지은 〈조선독립선언서〉를 통해서였다. '민족'이라는 한국인의 집단의식도 그렇게 20세기에 걸쳐 수입되고 나름의 유형으로 정착된 것이다. 두말할 것도 없이 주요 계기는 일제의 식민지배로 인한 한국인들의 소멸 위기였다. 그에 따라 한국인들은 공동 운명의 역사적 문화적 공동체로 새롭게 정의되었고, 그렇게 한민족은 일제의 대립물로서 성립했다. 민족 형성에 요구되는 신화와 상징도 일본의 것들을 의식하면서, 그에 저항하거나 그를 모방하면서, 새롭게 만들어졌다.[38]

위에서 논자는 '민족'이라는 어휘가 러일전쟁 이후에 일본에서 수입된 말이라 하는데, 비교적 최근의 다른 논의에 의하면 이러한 논의와 비슷한 시기에 발표된 또 다른 논문은 '민족'이라는 말이 한국에서 쓰이게 된 과정을 보다 복잡하게 설명한다. 그에 따르면, 민족이라는 말의 "대한제국으로의 전파는 메이지 일본으로부터의 직접적인 회로가 아니라 중개자를 매개로 하는 간접적인 회로를 중심으로 이루어졌는데, 이 회로를 통하여 들어온 논의는 메

---

38 이영훈, 「왜 다시 해방 전후사인가」, 『해방전후사의 재인식』, 책세상, 2006, 32~33쪽.

이지 일본의 그것보다 민족 개념에 압도적인 중요성을 부여하는 형태로 구성되어 있었다."[39] 즉 한국에서 '민족' 논의는 직접적으로는 중국의 량치차오(梁啓超, 1873.1.26~1929.1.19)의 『신민설』(1902~1903)에 자극받은 것이었는데, 여기서 그는 민족주의란 "각지의 종족을 같이하고 언어를 같이하고 종교를 같이하고 습속을 같이하는 사람이 서로를 동포와 같이 보고 독립자치하기에 힘써 완비된 정부를 조직함으로써 공익을 도모하고 타민족을 제어하는 것"[40]이라고 한다. 이 논자는 구한말 조선에서 민족 개념이 부상하는 과정의 '차별성'을 일본과 중국, 한국의 각기 다른 사정을 들어 깊이 있게 조명하는데, 이는 호미 바바의 저서 제목이기도 한 '문화의 위치'라는 시공간적 차이가 불가피하게 야기하는 차별성에 관심을 갖고 있는 필자에게 매우 흥미로운 대목이다. 그러나 필자는 이 차별성이 '모방'과 '차이화'라는 타자 지향적인 행위를 통해서만 구축되는 것으로는 보지 않는다는 점에서 호미 바바와는 시각을 달리한다. 호미 바바의 『문화의 위치』는 뛰어난 저작이기는 하지만 프로이트주의, 라캉주의가 포스트콜로니얼리즘적 의제를 향해 '착종적으로' 뒤섞여 들어옴으로써 그 해방적 담론으로서의 지위를 약화시키는 면이 크다. 그런데 「왜 다시 해방 전후사인가」의 저자 역시 위의 인용 대목이 보여 주듯이 한국에서의 '민족' 의식 및 민족주의 발흥을 오로지 제국주의적 타자로서의 일본으로부터의

---

39 강동국, 「근대 한국의 국민·인종·민족 개념」, 『한국동양정치사상사 연구』 5권 1호, 2006, 19쪽.

40 위의 논문, 20쪽에서 재인용.

"수입" 및 "모방"으로만 설명하고 있는 것은 아닌가 하는 의문을 버리지 못하게 한다. 필자의 견지에서, 이러한 '해석'은 그와 다른 논의를 참고할 때 '사실'에도 부합하지 않으며, 특히 "수입"과 "모방"과는 다른 차원의 새로운 창조 내지 '접합적' 창조의 계기를 외면하고 있다고 말할 수 있다. 앞에서 언급한 강동국의 논문「근대 한국의 국민·인종·민족 개념」은 조선 후기에서 구한말에 이르는 시기에 한국인들이 국민, 인종, 민족이라는 말을 어떻게 변전시키거나 전유해 갔는지 치밀하게 설명한다. 이러한 과정을 참고하면 한국에서 '민족'이라는 말은 영어의 'nation'을 먼저 번역한 일본의 '민족'과도 내포가 같지 않고 나아가 유럽의 'nation'과도 함축이 같지 않다. 사실, 지금도 한국인들은 '민족'이라는 말을 빈번히 사용하지만 그 함의는 서구인들이 사용하는 'nation'과는 여러 면에서 다르다. 이는 마치 문학에서 서구의 'novel'이라는 말을 '소설'이라는 말로 번역해 들이기는 했지만, 동양 전통적인 '小說'의 전통이 뿌리 깊게 작용하고 있는 탓에 오늘날 우리가 쓰고 있는 '소설'이라는 말이 서양의 'novel'과는 아주 다른 뉘앙스들을 내포하고 있는 것과 같은 이치다.[41]

더 나아가 필자는 「왜 다시 해방 전후사인가」의 논자가 당연한 것처럼 사용하고 있는 '민족'이라는 개념이 사실은 '민족'에 대한 근대주의적 개념에 지나지 않음을 검토해 보고자 한다. 한 논문은 이 근대주의적 민족 관념에 대해 다음과 같이 설명한다.

---

41 방민호, 『문학사의 비평적 탐구』, 예옥, 2018, 44~68쪽.

근대주의란, 기본적으로 역사학과 사회학의 구세대들의 입장인 원생주의(Primordialism)와 영존주의(Perenialism)를 거부하면서 '18세기 서유럽'이라는 시간과 공간을 중심으로 민족과 민족적 정체성 그리고 민족주의를 설명하는 관점이다. 근대주의자들은 민족의 출현을 근대국가의 형성과 결부 지으면서 민족의 정치적·경제적 요소들을 강조하고 있다. 이러한 관점에서는 민족과 민족주의가 아주 최근의 현상으로 간주되고, 그것들의 인위성, '발명', '상상'과 같은 요소들이 강조된다. 또한 근대주의는 기본적으로 전근대와 근대 사이의 단절성을 강조하면서, 민족이란 본디 근대의 산물로 출현한 것이므로, 탈-근대 시대에 이르게 되면 필연적으로 소멸될 것으로 파악한다.[42]

여기서 말하는 "원생주의"란 민족이 아주 고대에서부터 형성되어 왔다는 시각을 말하며, "영존주의"란 또 민족이 사라지지 않고 계속해서 존재하리라고 보는 관점이다. 이러한 시각들을 기각하면서 민족, 즉 'nation'은 유럽에서 18세기 자본주의적인 이행과 새로운 국가 형성을 매개로 성립되었다고 보는 것이 민족에 관한 "근대주의"적 관점이라는 것이다. 위 논문의 저자는 이러한 시각이 특히 1960~1970년대의 연구에서 주류적 시각을 차지하게 되었으며, 이를 극복하고자 한 새로운 흐름이 바로 앤서니 스미스

---

42 김지욱, 「민족과 민족주의에 대한 역사학적 접근방식—에스노 심볼리즘(ethno-symbolism)을 중심으로, 『숭실사학』 31, 2013, 359쪽.

(Anthony D. Smith)의 "에스노 심볼리즘(ethno-symbolism)" 같은 논의들로 나타나게 되었다고 한다. 사실, 「왜 다시 해방 전후사인가」의 저자를 포함한 『재인식』의 논자들은 바로 이 근대주의적 시각을 따르는 것으로 보이는데, 그렇다면 이들의 논의는 일종의 학문적 지체 현상이라고 극언할 수 있을까? 그렇게만 볼 수 없는 것은 '근대주의'와 이 '에스노 심볼리즘'이라는 것이 민족에 대한 개념 차이를 넘어서 이를 가공, 작동시키는 데 따르는 각각의 동기와 이념적 배경을 거느리고 있는 것으로 판단되기 때문이다.

앤서니 스미스는, 사회주의자들과 자유주의자들은 민족 또는 민족주의를 근대의 산물로 보고 그 폐해를 주장하는 점에서 공통된 견해를 가지고 있다고 말한다.[43] 또 그들은 민족주의가 논리적으로 일관성 없는 논리를 기반으로 삼고 있고, 필연적으로 극단적, 배타적, 폐쇄적이고 개인의 독립성, 다양성, 인권을 부정하며, 또 불안정할 뿐만 아니라 분할적인 지정학적 상황을 야기한다는 이유들을 들곤 하지만, 그 상당한 부분들은 민족주의에 인위적으로 덧씌워진 것이라 한다.[44] 민족주의를 부정 일변도로 보는 시각을 거절하는 앤서니의 논의는 근대주의적 민족론을 넘어서는 국면으로 나아간다. 그의 에스노 심볼리즘에 대한 논의에 따르면 그는 "민족과 민족주의가 근대적인 현상임을 인정하면서도, 그것이 결코 無에서 출현한 것이 아니라 전-근대시기, 심지어 고대시기로까지 소급되는 역사적 연속성을 가진다고 주장한다. 스미스는 그

---

43 앤서니 스미스, 『세계화 시대의 민족과 민족주의』, 이재석 옮김, 남지, 1997, 202쪽.
44 위의 책, 202~210쪽.

러한 민족의 원형이 되는 집단을 '족류(ethnie)'라고 불렀으며, 그것이 민족이 형성되는 과정에서 정체성, 신화, 전통, 상징물 등을 제공했음을 보여 주고 있다."[45] 이와 같은 앤서니의 논의는 필자에게는 근대주의의 민족(주의) 논의보다는 훨씬 논리 정합적인 것으로 여겨지는데, 그 이유는 단순한 지식 이해의 차원이라기보다 이광수 등을 비롯한 한국현대문학과 관련된 역사 인식 문제들을 다루어 본 경험이 떠오르기 때문이다.

2000년대 들어 역사학계의 이영훈이나 박지향 같은 논자들이 근대주의적 민족론을 통해 이른바 식민지근대화론으로 넓게 명명될 만한 시각을 확산시켰던 것과 맥락을 같이 하여 국문학계에서도 이른바 '신라의 발견' 논쟁이라고 할 만한 주목할 만한 논의가 있었음을 확인할 수 있다. 『신라의 발견』(동국대학교출판부, 2008)이라는 논문 모음집의 저자들 가운데 한 사람은 '통일신라' 담론이 "근대에 새롭게 '발명'된 담론"[46]이라고 하여 베네딕스 앤더슨의 『상상의 공동체(reflections on the origin and spread of nationalism)』(1983)가 한국 학계에 '수입'된 이후 열렬하게 전개된 '발명'론을 따르면서, 한국에서의 민족주의라는 것은 일본의 '근대' 조선사학자 하야시 타이스케(林泰輔, 1858~1922)의 저술 『쵸센시(朝鮮史)』(1892)에서 "최초로 확인"[47]되는 통일신라 개념에서 '배운' 것이라 한다. 이에 관한 반론은 특히 김흥규의 『근대의 특권화를 넘어서—식민지 근대

---

45 김지욱, 앞의 논문, 360쪽.
46 윤선태, 「통일신라의 '발명'과 근대 역사학의 성립」, 『신라문화』 29, 2007, 127쪽.
47 위의 논문, 같은 쪽.

성론과 내재적 발전론에 대한 이중비판』(2013)에 잘 나타나 있거니와, 그 요점은 하야시의 저술에 실린 통일신라 담론은 기실 김부식의 『삼국사기』(1145)와 서거정이 편찬한 『동국통감』(1485)의 역사기술을 "짜깁기"한 것임을 밝히면서 한국인들의 민족 또는 민족주의 담론을 일본 민족주의의 수입, 모방으로 보는 시각을 역사적 논거들을 들어 기각하는 데 있다.[48] 흔히 김부식의 『삼국사기』는 일련의 '민족주의' 사학자들에 의해 사대주의 그득한 저술로 폄하되곤 하지만, 그가 신라 무열왕–문무왕–신문왕으로 이어지는 '일통삼한'의 시대를 저술한 태도는 이 저술을 단순하게만 평가할 수 없게 하는 면이 있다. 특히 문무왕 법민의 역사를 서술한 부분은 다른 두 왕의 시대보다 훨씬 긴데, 그것은 그가 사서로서는 '이례적으로' 당나라 장수 설인귀와 문무왕 사이에 오간 서신을 '전문'으로 실어 놓았기 때문이며, 이는 삼국통일의 과정에서 문무왕 법민이 처했던 곤경과 이를 극복하고 '일통삼한'으로 나아간 고투의 과정을 드라마틱하게 보여 주려 했기 때문인 것으로 판단된다. 그리고 이와 같은 태도는 일통삼한을 이룬 세 왕과 적어도 김부식의 시대에 이미 민족이라는 말은 없었을지언정 세 나라를 하나의 '공동체'로 간주하는 시각이 대두되고 있었음을 방증해 준다. 비록 미완에 그친 신채호(1880.11.7~1936.2.21)의 『조선사』(=『조선상고사』)에 나타나는 '민족사'에 대한 담대한 사적 구상이 아니더라도 한국에서의 '민족' 또는 '민족주의'가 앤서니 스미스의 논의처럼 유구

---

48   방민호, 「'신라의 발견' 논쟁에 붙여」, 『문학사의 비평적 탐구』, 예옥, 2018, 472쪽, 참조.

한 역사적 연원을 가지고 있음을 가늠할 수 있는 것이다. "족류적 민족공동체의 개념은 '민족'을 역사와 문화를 공유하는 공동체로 파악하는 것이며, 그 구성원들은 계보적인 유대, 토착적인 족류사의 전통, 지방어, 관습 그리고 종교와 같은 종교들로 연결되어 있다고 본다."[49] 그리고 이러한 맥락에서 「왜 다시 해방 전후사인가」의 저자가 말하는 민족(이나 민족주의) 개념, 그로부터 구한말 일본의 민족 개념 수입 이전의 한국인들에게서 민족 관념은 발견되지 않는다는 식의 판단은 '공민적'(civic) 개념을 전제로 삼고 비서유럽 지역에서 광범위하게 발견되는 족류적(ethnic) 개념의 민족공동체들을 간과 내지 외면하는 근대주의적 관행을 따른 것에 불과하다고 평가할 수 있다.[50]

4. 이기적 인간, 『리바이어던』, '무정한 세상'

앞에서 논의한 '신라의 발견' 논쟁을 통하여 김흥규가 논박하고자 한 '식민지근대화론'이 「왜 다시 해방 전후사인가」의 저자에게서 전형적인 형태로 간취된다고만은 할 수 없다. 민족주의와 마찬가지로 식민지근대화론 또한 넓은 스펙트럼을 가지고 있고 논자에 따라 강조점이 일정하지 않다. 그러나 이들에게서 공통적으로 발견되는 논리적 징표 가운데 하나는 일제의 식민지배로 인해 한국

---

49 김지욱, 앞의 논문, 372쪽.
50 김지욱, 위의 논문, 371쪽.

인들은 일제의 의도와 관련 없이 '아이러니하게도' 민족을 형성하고, 민족주의를 키울 수 있었으며, 서구의 근대가 이미 확보한 여러 지표들을 나누어 가지는 등 많은 '이득'을 볼 수 있었다고 주장한다는 점이다. 일제강점기 아래서 한국인들의 소득 수준이 향상되고 식량 소비가 늘고 영양 상태가 좋아졌으며 일상생활에서 소비와 휴가를 즐길 수 있었다는 논의는 그러한 '이득'의 연장선상에서 설명될 수 있는 요소들이다. 이러한 이득의 내용들은 대체로 '토대'로서의 경제적 향상과 그에 따른 '상부구조'로서의 여러 정신생활 면에서의 향상들로 묘사되곤 한다. 이러저러한 통계와 자료를 통하여 식민지근대화론은 한국의 식민지화가 한국인들과 한국사회의 근대화를 촉진했다고 객관적으로 평가할 수 있다고 본다. 이러한 이득을 외면한 채 배타적 민족주의에 함몰되어 일제강점과 분단에서 부정적 측면 및 손실만을 발견하면서 불행할 뿐만 아니라 정당하지 못했던 것으로 '상상된' 과거와 싸우려는 부질없는 시도는 거두어 들어야 한다는 것이다. 필자는 어쩔 수 없이 이러한 논의들의 이면에 육체적, 물질적, 경제적 인간 이해가 작용하고 있다고 생각하게 되는데, 「왜 다시 해방 전후사인가」의 한 부분에서 식민지근대화론을 떠받치고 있는 인간관의 일단을 엿볼 수 있다.

내가 머리에 그리고 있는 문명사에서 출발점은, 그리고 언제나 다시 돌아오게 되는 마음의 고향은 분별력 있는 이기심을 본성으로 하는 호모 에코노미쿠스(homo economicus), 그 인간 개체이다. 인간은 이기적인 동물이며, 이기적이기 때문에

도덕적이다. 도덕적이기 때문에 협동하며, 협동하기 때문에 문명을 건설한다. 현대의 진화론적 생물학에서 배운 이 같은 단순 명료한 몇 가지 명제들이 내가 이야기하고 싶은 문명사의 기초를 이루고 있다.

(중략)

마지막으로 그렇게 출발한 한국의 현대사에 대한 평가로 이 글을 마무리한다. 북한의 수령 체제와 재분배 경제는, 일제가 남긴 공업화의 유산으로 나름의 경쟁력을 구가하다가, 1970년대부터 문명사의 막다른 골목으로 접어들었다. (중략) 다름 아니라 '민족과 혁명의 이중주'가 울려 퍼지는 가운데 인간 정신의 자유가 철저히 말살되었기 때문이다. 그렇게 북한의 수령 체제는 처음부터 인간 본성에 거슬리는 반문명이었다.

(중략)

반면에 남한의 민주주의와 시장경제는 온갖 잡동사니 문명소들이 뒤엉켜 출발이 심히 불안정했지만, 인간 본성인 자유와 이기심이 한껏 고양되는 가운데, 한반도에서 문명사가 시작된 이래 최대의 물질적, 정신적 성과를 축적했다. 이 대조적인 현대사를 역사의 신 클리오는 처음부터 알고 있었다. 왜냐하면 그녀의 손에 들린 역사의 잣대는 자유와 이기심을 눈금으로 하기 때문이다. 어리석고 고집이 센 인간들 가운데서도 역사가 그러한 잣대로밖에 발전하지 않음을 익히 안 소수의 선각자들이 있었다. 민주주의와 시장경제의 토대에서 대한민국이라는 국가를 세우는 데 공이 컸던 사람들이다. 그들의 나라 세우기가 처음부터 '정의'였던 것은 그들이 선택한 체제 원리로서 민주주의와 시장경제가 현대 인류가 공유하는 기나긴 문명사의 경험에서 '정의'였기 때문이다.[51]

이 대목이 포함된 「왜 다시 해방 전후사인가」의 5장 '대안으로서의 문명사' 부분은 토마스 홉스의 『리바이어던』(1651)과 아담 스미스의 '이기심'과 리처드 도킨스의 『이기적 유전자』 등을 접합시켜 한국 현대사 해석에 적용하려는 노력으로 특징지어지며 이러한 접합 과정은 물론 비판되어서 안 될 뿐 아니라 장려할 만한 것이다. 학문이란 본래 그래야만 발전할 수 있기 때문이다.

먼저, 「왜 다시 해방 전후사인가」의 문명사관은 토마스 홉스의 『리바이어던』으로부터도 상당한 영감을 받고 있다고 할 수 있는데, 이 원래의 『리바이어던』은 절대왕권을 이론적으로 뒷받침하기 위해 쓰였던 만큼 '정치 국가' 없는 인간의 자연 상태를, "만인에 대한 만인의 전쟁"[52]으로 요약하고, "인간은 평화와 자기방어를 위해 그가 필요하다고 판단하는 한, 또한 다른 사람들도 모두 그럴 경우에는 만물에 대한 이 권리를 기꺼이 포기하고 자신이 타인에게 허락한 만큼의 자유를 갖는 것으로 만족해야 한다."[53]라고 논의한다. 나아가 이로써 나타나는 "공통권력은 그들을 외적의 침입이나 서로의 침해로부터 방위함으로써 안전을 보장하고, 그들이 스스

---

51 박지향 · 김철 · 김일영 · 이영훈 편, 「재인식」, 55~63쪽.
52 토마스 홉스, 『리바이어던』, 최공웅 · 최진원 옮김, 동서문화사, 1988, 131쪽.
53 위의 책, 136쪽.

로의 노동과 대지의 산물로 일용할 양식을 마련하여 만족스런 삶을 살 수 있도록 하기 위한 것"[54]이라 한 『리바이어던』의 논조는 국가(commonwealth)라는 '괴물'을 너무 이상적으로 그리고 있다는 위화감을 갖게 한다. 사실, 모든 역사가 보여주건대, 국가는 임박한 전쟁을 방지할 수도 없었고, 국가와 주권자와 다중(multitude)들의 관계를 평화롭게 유지시켜 주지도 못해 왔다. 필자는 홉스의 『리바이어던』이 쓰인 그 시대에 바다 건너편에서는 파스칼이 장차 『팡세』에 수록될 사색들을 섬세하게 축조해 나가고 있었음을 여기서 상기해 본다. 『리바이어던』의 머리말에 나타난 거대한 '바다 괴물'의 모습은 지상에서 "인간의 기술에 의해서"[55] 창조된 것들 가운데 가장 위대한 것처럼 보이며 한시라도 그 작동을 멈추면 안 되는 "인공적 생명"[56]의 담지체인 것처럼 보인다. 그러한 '괴물' 국가에 의해 주도되는 문명이 과연 자연인을 보호하고 방어할 수 있을까? 이 바다 괴물의 "안에서 주권은 온몸에 생명과 운동을 부여하므로 이는 곧 인공의 혼이며, 위정자와 그 밖의 사법, 행정 관리는 인공관절에 해당한다. 상벌은 모든 관절과 팔다리를 주권자와 연결시켜 그 의무 수행을 위해 움직이도록 하므로 자연인의 몸에서 신경이 하는 일을 맡는다. 구성원 저마다의 부와 재산은 인공인간의 체력이다. 국민의 복지는 그의 업무이며 그가 알고 있어야 할 내용들을 제시하는 고문관들은 기억인 셈이다. 공정과 법률은

---

54 위의 책, 176쪽.
55 위의 책, 16쪽.
56 위의 책, 같은 쪽.

인공의 이성이자 의지이며, 화합은 건강, 소요는 질병, 그리고 내란은 죽음이다."[57] 『리바이어던』에 대한 최근의 한 논의는 이 '신체의 정치학'(=바디 폴리틱)이 왕당파 전체주의자로서뿐 아니라 개인주의적 자유주의자로서의 홉스의 면모를 재해석하게 해 준다고도 한다.[58] 그러나 『리바이어던』이 주권을 온몸에 생명과 운동을 부여하는 "인공의 혼"으로 비유할 때 필자가 이 신체의 비유에서 떠올리는 것은 일제 말기의 천황제 파시즘이나 북한의 국가사회주의 체제가 모두 국가체제의 정점에 놓인 자를 '뇌수'로 표현하고 있다는 사실이다. 사실, 일제강점기의 총독부 권력에서 해방 이후 북한의 노동당 정권이나 남한의 자유당 정권으로 나아가는 과정은 전체주의국가의 강압적, 공포적 체제 메커니즘에 아감벤적 의미에서의 '벌거벗은 생명'들이 포획, 통제, 관리되는 과정이 아니었다고 어떻게 강변할 수 있을까 생각한다. 전체주의의 등급에 양적이거나 질적인 차이는 있었다 할지언정 이 '체제들'이 모두 거대한 바다 괴물이었음은 객관적이고도 냉정한 관찰에 의해 인식될 수 있는 사실(史實)이 아니었던가.

그러나 이 체제들은 시각 여하에 따라서는 옹호될 수도 있다. 「왜 다시 해방 전후사인가」의 저자가 상상하는 "문명사"의 출발점, "언제나 다시 돌아오게 되는 마음의 고향"은 "호모 에코노미쿠스(homo economicus), 그 인간 개체"라는 것이다. 이 '경제적 인간'

---

57 위의 책, 같은 쪽.
58 김태진, 「홉스의 정치사상에서 신체의 문제―'신체'(body)와 '인격'(person) 사이의 아포리아」, 『한국정치학회보』 51권 1호, 2017, 30쪽.

이 앞에서 보았듯이 "분별력 있는 이기심을 본성으로" 삼는다고 한 것은 아담 스미스의 『도덕 감정론(The Theory of Moral Sentiments)』 (1759)인 것으로 보이는데, 이 아담 스미스의 "이기심"(selfishness)에 관하여 최근의 한 논문은 그가 이기심을 무조건적으로 용인한 것이 아니라 "타인의 감정과 행위의 적정성을 판단하는 기준"으로서의 "동감(sympathy)"이라는 "공평한 관찰자(impartial spectator)"에 의해 조율된 이기심만을 가치 있는 것으로 판단했다고 주장한다.[59] 즉, "스미스는 자기 이익 추구가 그 자체로서 용납되거나 거부되는 것이 아니라 '공평한 관찰자'로 표현되는 사회적으로 합의된 기준에 따라 동감할 수 있는 수준이냐에 의존한다는 것을 역설한 것이다. 즉 자기 이익에 대한 스미스의 견해가 사회 일반의 도덕 감정을 있는 그대로 설명한 것이지 그것을 넘어서는 정도까지 자기 이익을 추구하는 것을 옹호하는 새로운 윤리적 기준을 제시한 것이 아니라는 것이다."[60] 필자는 「왜 다시 해방 전후사인가」의 저자가 제시한 "분별력 있는 이기심"이 이러한 범주에서 크게 벗어난 것이 아니기를, 일탈의 뉘앙스가 짙게 나타나고 있음을 감지하는 중에도 애써 기대한다.

「애덤 스미스 구하기」의 논자에 따르면 주류 경제학은 기본적으로 인간을 이기적인 존재로 본다고 하면서도 아담 스미스가 말한 이기심을 추구하는 인간은 고립된 개체로서의 인간이 아니라 사

---

59 임일섭, 「애덤 스미스 구하기: 좋은 목적 나쁜 방법」, 『경상논총』 35권 1호, 2017, 23쪽 및 24쪽.
60 위의 논문, 26쪽.

회적 존재로서의 인간이며 이 점에서 주류 경제학의 원천 모델로서의 개인주의적 인간이란 아담 스미스에게서가 아니라 제레미 벤담에게서 유래한다고 논의한다.[61] 이와 관련하여 필자가 오래 전에 읽었던 알렉스 캘리니코스의 공리주의 논의는 시사하는 점이 있다. 그는 마르크스가 제레미 벤담을 비판했던 대목을 상기시키면서 그가 공리주의적 행위이론에 반대했던 것은, 그것이 "근대의 '프티부르주아'를 '정상적 인간'으로 취급함으로써 인간의 질적으로 다양한 능력과 성향, 그리고 그에 따른 '다양한 관계들'을 '유용성이라는 단 하나의 관계'로 동질화시키고 있으며, 그럼으로써 '인간 본성 일반'이 무엇인지를 왜곡하고 있다는 데"[62]에 이유가 있다고 한다. 나아가 인간 행위 주체의 특징 중의 하나는 단순한 욕구 외에 2차적인 욕구를 가지는 데 있다는 논의도 소개한다. 그에 따르면 찰스 테일러라는 이론가는, 인간은 '약한 평가' 외에 '강한 평가'를 내릴 수 있는 능력이 있으며, "둘 사이의 결정적인 차이점은 '약한' 평가에서는 어떤 것이 좋다고 판단되기 위해서는 그것이 욕구된다는 것만으로 충분하지만, 강한 평가에서는 '선'이라는 기준이 개입하거나 또는 어떤 다른 평가적인 용어가 개입하게 되므로 욕구된다는 것만으로는 충분치 않다"[63]고 했다는 것이다. 나아가 "강한 평가를 하는 사람은 주체의 존재 양식까지를 성찰의 대상으로 삼는다. 동기나 욕구는 단순히 행위의 결과에 이끌린다는

---

61 위의 논문, 18쪽 및 27쪽.
62 알렉스 캘리니코스, 앞의 책, 200~201쪽.
63 위의 책, 201~202쪽.

의미뿐만 아니라 이러한 욕구가 어떠한 종류의 삶이나 주체에 속하는가를 함축하기 때문에 중요하게 된다."[64] 여기에까지 다다르면 필자는 경제학이 그리는 인간 모델로서의 '이기적 인간'이라는 것이 인간의 삶에 대한 전면적이면서도 총체적인 모델이 될 수 있는가에 관해 되짚어 보아야 한다고 생각하게 된다.

한편, 한국현대문학 연구 쪽에서 식민지근대화론은 매우 자주 이광수의 소설이나 논설의 담론들을 그 유력한 근거 자료로 채택하곤 한다. 이러한 논의들에 따르면 「민족개조론」(『개벽』, 1922.5)은 그가 사회진화론적, '우승열패'론적 진화론 사상을 수용한 징표라고 이해되며, 그의 장편소설 『무정』(『매일신보』, 1917.1.1~6.14)은 「민족개조론」이나 문학론 「문학이란 하오」(『매일신보』, 1916.11.10~23) 등에 나타나는 '근대화 담론' 또는 서양 근대의 '번역 수입'론을 소설적으로 표현한 것으로 독해되곤 한다. 「민족개조론」에서 이광수는 "개조라는 말이 만히 유행되는 것은 개조라는 관념이 다수 세계인의 사상을 지배하게 된 標"라고 주장하면서, "그러나 오늘날 조선사람으로서 시급히 하여야 할 개조는 실로 조선민족의 개조"일 것이라고 주장했다.[65] 이와 같이 개조의 시급성을 논의하면서 이광수는 이어 문명론에 입각한 인간 개조를 논의해 나간다. 그에 따르면 "원시민족, 미개민족의 목적의 변천은 오즉 자연한 변천, 우연한 변천이로되 고도의 문명을 가진 민족의 목적의 변천은 의식

---

64 위의 책, 202쪽.
65 이광수, 「민족개조론」, 『개벽』, 1922.5, 18쪽 및 19쪽.

적 개조의 과정"[66]이며, 그들은 "자기의 속도를 측량"하고 "생활의 목적을 확립"해야 한다.[67] 민족적 "자각과 판단"을 가진 민족은 이미 "고도의 문화력"을 가진 민족이며 그것이 없는 민족은 "멸망"에 든다는 이광수의 논의는 그의 장편소설들, 특히『무정』,『재생』,『흙』,『사랑』 등이 당대의 유행이었던 진화론뿐 아니라 그 변형태로서의 퇴화론까지도 심도 있게 섭렵한 소산이라는 한 논의를 환기시킨다.[68] 이 논의에 따르면 특히 "이광수는 「민족개조론」에서 race regeneration 담론 가운데 하나인 'positive methods', 즉 적극적 인종 개조를 논의했다. 이 방법은 표준 이상의 걸출한 개인의 증식을, 개인으로서 실행 가능한 범위를 넘어서는 사회적 통제를 통해 지향하는 것이었다." 그렇다면 이광수가 「민족개조론」에서 제시한 민족 개조는 어떤 내용을 갖는 것일까?

이것을 다시 줄여 말하면 덕·체·지의 三育과 부의 축적, 사회 봉사심의 함양이라할 수 잇습니다. 조선민족 중에 이러한 사람이 만케 하자, 그리하야 마츰내는 조선민족으로 하여금 참되고, 부즈런하고, 신의 잇고, 용기 잇고, 사회적 단결력 잇고 평균하게 부유한 민족이 되게 하자 함이외다. 불행히 현재의 조선인은 이와 반대외다. 허위 되고, 공상과 공론만 즐겨 나타하고 서로 신의와 충성이 업고 臨事에 용기가 업고 이

---

66 위의 책, 20쪽.
67 위의 책, 같은 쪽.
68 와다 토모미,「이광수 장편소설 연구」, 예옥, 2014, 168~189쪽.

기적이어서 사회 봉사심과 단결력이 업고 극히 빈궁하고, 이
런 의미로 보아 이 개조는 조선민족의 성격을 현재의 상태에
서 정반대 방향으로 방면을 변환하는 것이라 할 수 잇습니
다. 개조주의자가 생각하기에 현재의 조선 민족성을 그냥 두
면 개인으로나 민족으로나 열패자가 될 수 밧게 업스니 이를
구원하는 것은 오즉 그 반대방향을 가르치는 개조가 잇슬
뿐이라 합니다.[69]

그는 이와 같은 개조를 위해 "개조 동맹"[70]을 제안하는데 이것
이 수양동맹회(1922.2)를 거쳐 수양동우회(1926.1)로 나아가게 됨은
많은 이들이 아는 사실이다. 이광수의 장편소설『무정』은 「민족개
조론」의 문명개화론, 사회진화론적 개조주의와 맥락을 같이 하는
것으로 해석된다. 이와 같은 맥락에서 빈번하게 인용되는 것은 삼
랑진 수해 직후에 주인공 형식과 세 명의 여성이 함께 앉아 미래를
기약하는 다음의 대목이다.

저들에게 힘을 주어야 하겠다. 지식을 주어야 하겠다. 그리
해서 생활의 근거를 안전하게 하여주어야 하겠다.
"과학! 과학!"
하고 형식은 여관에 돌아와 앉아서 혼자 부르짖었다. 세 처
녀는 형식을 본다.

---

69 이광수, 앞의 책, 56쪽.
70 위의 책, 66쪽.

"조선 사람에게 무엇보다 먼저 과학을 주어야겠어요. 지식을 주어야겠어요."

하고 주먹을 불끈 쥐며 자리에서 일어나 방안을 거닌다.

"여러분은 오늘 그 광경 보고 어떻게 생각하십니까."

이 말에 세 사람은 어떻게 대답할 줄을 몰랐다. 한참 있다 병욱이가,

"불쌍하게 생각했지요."

하고 웃으며,

"그렇지 않아요?"

한다. 오늘 같이 활동하는 동안에 훨씬 친하여졌다.

"그렇지요. 불쌍하지요! 그러면 그 원인이 어디 있을까요?"

"물론 문명이 없는데 있겠지요. 생활하여 갈 힘이 없는데 있겠지요."

"그러면 어떻게 해야 저들을…… 저들이 아니라 우리들이 외다……. 저들을 구제할까요?"

하고 형식은 병욱을 본다. 영채와 선형은 형식과 병욱의 얼굴을 번갈아 본다. 병욱은 자신 있는 듯이,

"힘을 주어야지요! 문명을 주어야지요!"

"그리하려면?"

"가르쳐야지요! 인도해야지요!"

"어떻게요?"

"교육으로! 실행으로!"

영채와 선형은 이 문답의 뜻을 자세히는 모른다. 물론 자

기네가 아는 줄 믿지마는 형식이와 병욱이가 아는 이만큼 절실하게, 단단하게 알지는 못하다. 그러나 방금 눈에 보는 사실이 그네에게 산 교훈을 주었다. 그것은 학교에서도 배우지 못할 것이요, 대 웅변에서도 배우지 못할 것이었다.[71]

수재를 만나 무기력한 난민으로 전락해 버린 사람들을 보며 형식과 세 사람의 여성은 그들을 구제해야겠다고, 힘을 주어야겠다고, 문명을 주어야겠다고 생각한다. 그들을 "교육"과 "실행"으로 "인도"하여 새로운 삶을 향해 나아가도록 해야 하겠다는 이 장면의 결의에 찬 모습은 사회진화를 믿는 계몽주의자로서의 작가 이광수의 내면세계를 잘 보여 주는 듯하다. 최근 몇년간에 걸쳐 『무정』의 이 '문명개화론'을 보다 깊이 보려는 움직임들이 있었고 이와 같은 맥락에서 필자 역시 이 작품의 마지막 회 연재분에 주목해야 한다고 생각했다. 그곳에서 작가 이광수는 고아로 성장한 경성학교 영어 선생 형식이 옛 은인의 딸 영채를 저버리고 선형과 약혼하여 미국으로 공부하러 떠나게 되는 이 '무정'한 이야기의 결말을 '유정'한 세계에의 꿈으로 장식하고 있다.

아아, 우리 땅은 날로 아름다워 간다. 우리의 연약하던 팔뚝에는 날로 힘이 오르고 우리의 어둡던 정신에는 날로 빛이 난다. 우리는 마침내 남과 같이 번적하게 될 것이로다. 그러

---

71 이광수, 『무정』 123회, 『매일신보』, 1917.6.11.

할 수록에 우리는 더욱 힘을 써야 하겠고, 더욱 큰 인물……
큰 학자, 큰 교육가, 큰 실업가, 큰 예술가, 큰 발명가, 큰 종
교가가 나야 할 터인데, 더욱더욱 나야 할 터인데, 마침 금년
가을에는 사방으로 돌아오는 유학생과 함께 형식, 병욱, 영
채, 선형 같은 훌륭한 인물을 맞아들일 것이니 어찌 아니 기
쁠까. 해마다 각 전문학교에서는 튼튼한 일꾼이 쏟아져 나오
고 해마다 보통학교 문으로는 어여쁘고 기운찬 도련님, 작은
아씨들이 들어가는구나. 아니 기쁘고 어찌하랴.

어둡던 세상이 평생 어두울 것이 아니요, 무정하던 세상이
평생 무정할 것이 아니다. 우리는 우리 힘으로 밝게 하고, 유
정하게 하고, 즐겁게 하고, 가멸게 하고, 굳세게 할 것이로다.

기쁜 웃음과 만세의 부르짖음으로 지나간 세상을 조상하
는『무정』을 마치자…….[72]

여기서 작가의 목소리를 대변하는 화자는 총독부의 무단통치
가 심각하던 당대의 시대 환경이 무색할 만큼 희망찬 미래에의 꿈
을 이야기하며 이를 무정한 세상에서 유정한 세계에의 이월이라는
명제로 요약하고 있다. 결국 이를 통해서 보면『무정』은 지식인 형
식이 기생으로 몰락한 영채를 버리는 것과 같은 '무정'한 생존 논
리와 생리가 지배하는 당대 세계, 즉 현대 세계에 머무르지 말 것
을, 영채와 같은 구세계의 사람, 헐벗은 사람, 여성, 민중도, 형식이

---

72 이광수, 『무정』 126회. 『매일신보』, 1917.6.14.

나 선형과 같이 복된 삶을 부여받은 사람과 함께 어우러져 살 수 있는 새로운 세계를 꿈꾸고 있는 작품이라고 할 수 있다. 필자는 이를 진화론적 우승열패의 문명관을 넘어서는 '무정·유정'의 사상으로 명명하고자 하는데, 그렇다면 이러한 사상을 이광수는 어디에서 찾아 자신의 것으로 만들 수 있었던 것일까?

5. 안창호, 바울, 그리고 '회심'을 위하여

평북 정주 출생인 이광수와 평양 인근 대동군 출생의 안창호(1878.11.9~1938.3.10)는 어려서 서당에서 한문을 익힌 후 서울로 가 신학문을 익히고 각각 일본과 미국으로 유학했다는 공통점이 있다. 이광수보다 14년 선배인 안창호는 7, 8세부터 십 년 동안 한문 공부를 했고 서울로 '올라가' 선교사 언더우드가 세운 구세학당에서 공부한 후 더 큰 포부를 안고 미국으로 떠났다. 독학으로 공부하던 그는 낯선 타향에 일하러 온 한국인들의 삶을 새롭게 이끌겠다는 결의를 한 후 리버사이드라는 곳에 한국인들만의 이상촌을 건설하는 경험을 통해서 조선 독립, 흥사단 운동, 이상촌 운동에 매진하게 된다. 최근에 필자는 안창호와 이광수의 만남에 주목하면서 그들의 만남이 이광수가 2·8 유학생 독립선언서를 기초하고 상해로 떠난 직후에 시작된 것은 아니었다는 사실에 주목한 바 있다. 안창호와 이광수의 만남은 안창호가 을사조약 직후 국권 상실의 위기에 처한 조선의 독립을 위해 운동을 펼치러 귀국하던 1907년경 일본 도쿄에서 이루어졌다. 서북 출신의 대선배 안창호의 연설과 행동에 깊은 감명을 받은 이광수는 이후 안창호의 무실역행 사상을 자신의 것으로 받아들이고 메이지중학 유학생의 신분으로 방학을 이용하여 신민회 안악 지부에서 주최한 야학 활동에 참가하기도 했고, 한일합병을 앞두고 해외로 재차 망명을 떠나기 직전의 안창호를 서울에서 비밀리에 접촉한 후 남강 이승훈의 정주 오산학교 선생으로 일하기도 했다. 이와 같은 맥락에서 이광수는 상하이에서 흥사단 원동 지부에 가입, 임시정부 활동을 하기 오래전부터 안창호의 준비론적 사상의 맥락에 서 있었다고 볼 수 있으며, 비록 안창호의 만류를 뿌리치고 귀국하기는 하였으나 귀국 후 그의 '첫' 문필 활동이라 할 수 있는 「민족개조론」은 넓게 보아 안창호의 '개조' 사상의 차원에서 해석할 수 있을 뿐아니라 특히 글 속에 등장하는 "이제 나의 말하는 민족개조의 근본은 懋實과 力行의 사상이외다."[73]라든가, "그럼으로 민족의 개조는 반듯이 懋實에 始한다 함이니 허위의 죄의 대가가 멸망인 것과 懋實의 덕의 보상이 갱생인 것을 따끔하게 자각할 것이외다."[74] 라는 문장들을 통하여서도 이를 확인할 수 있다.

그런데 이러한 안창호의 산문 가운데 하나로 '섬메'라는 필명으로 쓴 「무정한 사회와 유정한 사회—정의돈수의 의의와 요소」(『동광』, 1926.6)라는 것이 있다. 여기서 안창호는 이광수의 유정·무정 사상의 '원본' 격이라 할 자신의 독특한 '무정·유정'론을 개진한

---

73 이광수, 「민족개조론」, 『개벽』, 1922.5, 55쪽.
74 위의 책, 59쪽.

다. 이 글에 따르면 당대의 한국사회는 무정한 사회이며 이에 반해 서구사회는 유정한 사회다. 이 강렬한 대비법에 일본이라는 중개항이 누락되어 있음에 일단 주목할 필요가 있다. 그는 이 무정한 사회가 유정한 사회로 나아가려면 정의돈수(情誼敦修)하는 태도가 필요하다고 했는데, 이는 正義가 아닌 情誼, 즉 서로 깊이 친애하는 마음의 관계가 필요하다고 보았다. 글 중에서 그는 이 정의돈수에 관하여 다음과 같이 설명하고 있다.

情誼는 친애와 동정의 결합이외다. 친애라 함은 어머니가 아들을 보고 귀여워서 정으로써 사랑함이요 동정이라 함은 어머니가 아들의 당하는 苦와 樂을 자기가 당하는 것 가티 녀김이외다. 그리고 敦修라 함은 잇는 情誼를 더 커지게 더 만하지게 더 두터워지게 한다 함이외다. 그러면 다시 말하면 친애하고 동정하는 것을 공부하고 연습하여 이것이 잘 되어 지도록 노력하자 함이외다.[75]

그러니까 이 정의는 자식을 귀여워하는 친애의 마음이자 자식의 고통을 괴로워하는 동정의 마음이다. 자식을 향한 어머니의 지극한 사랑 같은 마음을 북돋우고 갈고 닦을 때만 한국사회는 무정하지 않은 유정 사회, 곧 情誼 넘치는, 사람 살 만한 세상이 될 수 있다는 것이다. 이 안창호의 생각을, 필자는 한문 수학에서 기

---

75 섬메(안창호), 「무정한 사회와 유정한 사회—정의돈수의 의의와 요소」, 『동광』, 1926.6, 29쪽.

독교로 나아간 그의 역정을 고려하여 情誼로 표현된 동양적, 한국적인 '인정'의 논리에 서양 기독교 또는 가톨릭의 '피에타' 사상을 결합시킨 것으로 이해하고자 한다. 그는 한학의 토양 위에서 기독교 사상의 근저에 놓인 어머니의 사랑을 접합시킴으로써 조선이 나아갈 사회와 그에 다다르는 방법을 새롭게 제시하고자 한 것이다. 그런데 이렇게 보면 이러한 안창호의 사상을 자신의 것으로 '전유' 했다고 볼 수 있는 이광수의 '민족개조론'과 안창호 본래의 개조 사상 사이에는 결코 작지 않은 거리가 있었다고 말할 수 있지 않을까. 다시 말해 이광수는 안창호의 무정·유정의 사상을 자신의 것으로 삼으면서도 여기에 '철지난' 우승열패식의 사회진화론, 문명개화론을 결합시켜 "측량"과 "목적"을 중심으로 한 한국인들의 '개조'를 강조하고 이를 다시 '수양'과 이를 위한 동맹의 조직으로 이끌어야 한다고 본 반면, 안창호의 '무정·유정' 사상의 한가운데에는 종교적인 차원의 사랑, 그 피에타의 사랑의 정신이 자리잡고 있었다. 안창호의 개조 사상을 분석한 논문 가운데에는 그와 이광수의 개조 사상의 차이를 논의한 것도 있어, "도산의 민족개조론이 사회개조론과 국가개조론 및 세계개조론이라는 개혁사상의 총체적 연결고리 속에서 한국민족의 자주독립과 근대적 발전을 추구하기 위한 올바른 민족주의론이었다면 춘원의 「민족개조론」 은 민족지도자 도산의 권위를 빌어 그의 반민족적 입장을 호도하기 위해 펼친 왜곡된 사이비 민족주의론이었다."[76]라고 날카로운

---

76 박만규, 「도산 안창호의 개혁사상과 민족개조론」, 『역사학연구』 61, 2016, 246~247쪽.

평가를 내리고 있다. 이러한 평가는 상당 부분 타당하다고 보겠지만 안창호의 개조론을 "근대적 발전을 추구하기 위한" 논리로 평가한 것은 재고할 필요가 있어 보인다. 형식이 영채를 버리고 입신출세를 추구하는 식의, 근대적 논리가 지배하는 무정한 사회에 머무르지 말 것을 주장한 『무정』의 '탈근대' 사상의 '원본' 격으로서 안창호의 '정의돈수'는 당대 유행 사상이었던 '개조주의'의 용어들을 자신의 것으로 전유하면서도 이를 제국의 지배와 폭력으로 점철된 근대화를 용인하는 논리가 아니라 그 무정한 세계를 넘어설 수 있는 사랑의 논리를 핵심으로 하는 새로운 세계를 구축하고자 했고, 이것이 바로 그가 평생에 걸쳐 추구한 이상촌 건설이었다고 해야 하기 때문이다. 이광수가 측량하고 목적을 의식하는 근대적 인간으로의 개조를 이야기했다면 안창호는 그러한 인간을 넘어서는 '情誼의 인간'이라는 새로운 인간상을 제시하고자 한 것이다.

필자가 생각하기에 이러한 안창호의 '인간'은 근대와 문명을 동일시하는 시각이나 지상적 세계의 '행복'을 지선의 것으로 간주하는 세계관과는 어딘지 모르게 격차가 있어 보인다. 만약 근대가 자본주의이고 이 자유주의적 자본주의를 지탱하는 것이 인간의 이기심이라면 안창호의 인간은 아담 스미스의 인간도, 토마스 홉스의 인간도 아닌, 차라리 파스칼의 인간에 가까울 것이다. 파스칼의 인간이란 곧, 지상적 삶이 결코 영원할 수 없음을 깨닫고 신체와 정신과 자비의 삶이 서로 차원을 달리하여 존재한다고 믿는 인간, 정신의 삶이 물질과 육체에 부속된 것이 아니라 물질과 육체만큼이나 중요하다고 믿는, 아니 그보다 더 정신의 삶을 추구해야 한다고 믿는 인간이다. 미키 기요시는 『팡세』에서 우리가 만나게 되는 것은 의식이나 정신의 연구가 아니라 오히려 구체적인 인간에 관한 연구, 즉 문자가 갖는 뜻 그대로 안트로폴로기(anthropology)이다. 안트로폴로기는 인간의 존재에 관한 학문이다."[77]라고 했다. 그런가 하면 "그 사상의 날카로움과 그 문체의 명석함이 뚫고 들어갈 수 없는 것은 한 가지도 없어 보인다. 그에게는 근대문학과 근대철학의 모든 장점이 결합되어 있다."[78]면서 파스칼을 최대한의 수사로 추켜세운 캇시러는 "물리적인 것들은 그 객관적 속성들로써 기술될 수 있으나, 인간은 오직 그의 의식으로써만 기술되고 정의될 수 있다."[79]고도 했다.

토마스 홉스가 『리바이어던』(1651)을 쓰고 있을 때 파스칼은 자신의 죽음 뒤에 편집될 사색의 기록을 남기고 있었다. 『팡세』는 그가 세상을 떠난 후 1670년에야 책이 되어 세상에 나왔다. 과연 인간이 이 지상에서 추구해야 할 가치라는 것은 무엇인가? 무엇이 인간의 삶을 진정으로 보람되게 해 줄 것인가? 필자가 이 시대 한국인들의 삶을 관찰하면서 절감하는 것은 우리가 그렇게 열렬하게 추구해 온 근대적 발전이라는 것, 그 안에 도사리고 있는 '인간'에 대해 근원적 성찰이 필요하다는 '사실'이다. 세속적 신념으로부터의 회심, 그로부터 마음을 돌려 무엇인가 성스럽고 근원적인 것에 귀의해야 한다는 절박감이 이 시대를 타인들과 함께 호흡하며

---

77 미키 기요시, 파스칼의 인간 연구, 윤인로 옮김, b출판사, 2017, 9쪽.
78 에른스트 캇시러, 『인간이란 무엇인가』, 최명관 옮김, 창, 2008, 31~32쪽.
79 위의 책, 22~23쪽.

살아가는 필자의 마음을 한없이 무겁게 한다. 사회주의든, 자유주의든 도구적 이성의 발현 속에서 지상선을 꿈꾸는 세속적 종교로부터 우리는 마음을 돌이켜야 한다.

　마음을 돌이킨다는 이 문제 앞에서 필자는 지금 사도 바울을 떠올리고 있다. 지난 이십여 년 사이에 관심을 새롭게 갖게 된 이채로운 존재가 바로 이 바울인데, 한번 관심을 갖게 되자마자 그는 여기저기서 모습을 바꾸어 나타나곤 했다. 처음에 그는 귄터 보른캄이라는 신학자가 쓴 『바울-그의 생애와 사상』이라는 책을 통하여 필자 앞에 모습을 드러냈다. 왜 이 책을 손에 잡게 되었는지는 분명하게 떠오르지 않지만 어떤 갈증 때문이었던 것이라고 생각된다. 그 무렵, 그러니까 나이 마흔 살 무렵 전후에 몹시도 갈증이 났다. 실존주의에서 마르크시즘으로, 그리고 불교로, 온갖 '포스트' 사상으로 찾아다녀 보았지만 해결의 실마리가 떠오르지 않았다. 기독교나 천주교 쪽으로는 여간해서 눈 돌리지 않던 필자인데 그때쯤 문득 서점에서 우연히 만난 표지가 하얀 이 책에 관심이 갔다. 지금 필자가 갖고 있는 책은 두 번째이니 그때쯤에는 하얀 표지의 책이 아니었던 것도 같다. '서론'이 무엇보다 인상적이어서 그것은 마치 신학서적이라기보다는 국문학을 하는 사람도 꼭 읽어 보면 좋은, 엄격하고 까다로운 텍스트 비평의 산 증거 같았다. 신약성서의 정경 스물일곱 개 중에 바울의 이름으로 되어 있는 것이 무려 열세 편이나 된다는 처음 듣는 이야기로부터, 그중에 몇몇은 바울의 권위를 빌리기 위해 이름을 가져다 쓴 것으로 판명되었지만, 바울은 초기 기독교 시대의 고민과 시험을 생생하게 보여 주는 사료로서, 특히 다른 네 복음서보다도 더 신뢰성을 갖춘 사료로서 이해되어야 한다는 저자의 이야기는 아주 흥미로웠다. 말하자면 네 복음서는 바울이 살아서 겪었던 많은 문제들이 해결되었거나 잊혀진 바탕 위에서 자신들의 시대적 물음에 입각해 씌어졌다는 것이었다. 성서라는 텍스트가 신비로운 숭배의 대상 자체로서가 아니라 역사적 안목을 동원하여 뜯어보기도 해야 할 것임을 알게 되자 그리스도며 바울이 한국기독교가 보여주는 그 끔찍하다시피 한 문제들에도 불구하고 비로소 새롭게 읽어야 할 존재가 되었다. 누구나 문장들을 쓰지만 어떤 사람의 문장은 기운이 뭉쳐져 마치 달마도처럼 그것을 읽는 사람에게 힘과 용기를, 진정한 사유를 향한 길을 열어 줄 수 있다. 저자에 따르면 이 바울의 서신들은 영의 힘과 마음의 힘이 하나로 되어 있고 지극히 경탄할 수밖에 없는 언어로 표현되어 있다고 했다. 물론 거기에는 지나치게 어렵고 과장된 경우도 없지 않지만 그럼에도 그것들은 항상 부과된 사명과 소식에 의해 잘 규제되고, 그 주인의 손에 잡혀 있는 좋은 도구 역할을 하고 있어서, 그 내용이 공허한 형식으로 굳어 버리거나 듣는 이들을 단순히 설교 대상으로 만드는 경우는 없노라고 했다.[80]

저자의 설명에 따르면 바울은 신비로운 존재였다. 그는 디아스포라 유대인, 그러니까 고향 이스라엘을 떠나 지금의 터키 소아시아 지방에서 살아가던 그리스어를 쓰는 유대인이었고, 마치 미국

80　귄터 보른캄, 『바울―그의 생애와 사상』, 허혁 옮김, 이화여대출판부, 1998, 24~25쪽.

에 일찍 이민 간 한국교민들이 한국에 사는 사람들보다 더 한국적인 의식을 가지고 있듯이, 유대교의 율법에 충실한 바리새인이었다. 그러나 그는 어느 날 다마섹(다마스쿠스)으로 가는 길에 극적으로 마음을 돌이켰다. 그로부터 오랫동안 자신에게 부여된 모든 일을 다 하면서 로마제국의 동반부를 구석구석 여행하고, 소아시아, 마케도니아, 그리스 지역에 생동하는 교회를 세우고 로마와 스페인 지방까지 전도의 계획 속에 집어넣고 있었다.[81] 도대체 무엇이 그를 그렇게 버텨 나가게 해 주었던 것일까. 이러한 질문과 관련하여 이 책은 필자와 같은 '불신자'로서는 언뜻 이해하기 어려운 해법을 제시한다. 다소 길지만 충분히 인용해 본다.

　돌이켜 보면, 바울에게 생의 전환을 준비해 준 것은 무엇이며, 직접 그런 생의 전환을 일으킨 것은 무엇인가 하는 물음이 절실하게 제기된다. 이 물음에는 긍정적으로 아주 단순하게 다음과 같이 대답할 수 있을 것이다. 그가 처음에 미워하고 박해한 헬레니즘 지역의 ─다메섹이든 혹은 다른 어떤 곳에서든─ 그리스도인들과 대결한 것을 감안할 때, 돌연 다음과 같은 생각이 그의 머리에 떠올랐을 것이다. 그가 전에 유대교적 신앙의 가장 신성한 토대를 파괴한 자로 간주했고 십자가에서 죽은 것이 마땅하다고 생각했던 그 예수는 사실 누구였으며, 그의 사명과 죽음은 그와 세계를 위해 무슨 의미를

81　위의 책, 26쪽.

가지는가? 하는 것이다. 그의 제자들의 신앙과 증언에 의해 일깨워진 이 물음이 그에게서 아니 그의 마음속에서 작용했다는 것은 확실히 받아들일 수 있다. 물론 그 자신은 이에 대해 아무 말도 안 하고, 그에게 전환을 초래한 것은 원만한 성숙 과정이 아니라 오직 신의 절대적이고 자유로운 행위라는 것을 분명히 확인하고 있다. 여하간 다음과 같이 환상적으로 생각해 낸 가정은 거부되어야 할 것이다. 오래전부터 그에게는 내적 분열이 싹트고 있었다는 것이다. 왜냐하면 그는 이른바 이미 경건한 바리새인으로서 차츰 그의 경건의 토대가 썩어 있음을 깨닫게 되었고, 높은 이상들과 율법의 엄격한 요구들에 대해 점점 커지는 불만으로 괴로워하고 있었기 때문이라는 것이다. 바울 자신의 말은 이와 반대 방향을 지시하고 있다. 십자가에 달리고 부활한 그리스도와의 만남 및 신의 부름이, 양심의 가책에 쫓기는, 자기 자신에 대한 불만에 의해 일그러진 사람─우리가 루터에 관해 그렇게 알고 있듯이─에게가 아니라, 선택된 민족의 일원임과 신의 율법 그리고 그 자신의 義를 무한한 자랑으로 알고 있는 오만한 바리새인에게 일어난 것이다. 그러므로 자신이 경험한 생의 전환에서 신에 이르는 길을 발견한 바울은 불신자가 아니라 그 누구보다도 신의 요구와 약속들을 진지하게 받아들인, 신을 위하여 열심을 가졌던 자였다. 신은 수치스럽게 십자가에서 죽은 그리스도에 의해 이 경건한 자의 길을 차단하고, 바울이 다른 곳에서 말하고 있는 빛을 그에게 비추었다. "빛이 어두움에서부터 비쳐 나오라! 고 말한 신이 그것을 우리 마음속에서 빛나게 함으로 그리스도의 얼굴에 나타난 신의 영광을 명백히 알게 했기 때문이다."[82]

위의 설명에 따르면 다메섹에서의 바울의 회심은 양심의 가책에 시달리며 고뇌하던 자의 마음 바꿈이 아니라 자신의 사상이나 신조에 대해 어떤 의심도 품지 않고 있던 자에게 찾아든 신의 빛살과 음성으로 인해 이루어진 '역사'라는 것이다. 과연 그런 방식으로 마음을 바꾸는 일은 일어날 수 있을까? 아니면 기독교적인 회심의 세계와 필자와 같은 세속인이 마음을 바꾸는 방식에는 어떤 근본적인 차이가 있는 것일까? 전혀 딴판인 생각을 하던 사람이, 그 생각에 대한 싫증이나 회의가 점진적으로 축적되어 가는 일 없이도 하루아침에 마음을 바꾸어 먹을 수 있을까? 이광수의 『무정』이나 그 밖의 모든 소설들 속에서 살아가는 인물들은, 문제를 '겪지' 않고는, 자신을 세류 속에 밀어 넣어 통과시키면서 벗겨 내고 씻어 내는 지난한 과정 없이는 새로운 생각을 받아들이기 무척이나 어려운 법임을 말해 준다. 그런 방식이 아니라 정말 '은혜롭게', 기적적으로 새로운 삶을 향한 회심이라는 것을 이루어 낼 수 있는 것일까?

어느 날 바울은 지금은 세상을 떠나고 없는 작가 최인훈의 초기 소설 「라울전」(1959)을 통해서도 필자에게 다가서기도 했지만,

---

82 위의 책, 57~58쪽.

최근의 일로서 아주 인상적이었던 것은 프랑스 철학자 알랭 바디우가 쓴 『사도 바울』이라는 책을 통해서였다. 이 책에서 저자는 바울을 "사건의 사상가=시인인 동시에 투사의 모습이라고 부를 수 있는 것의 한결같은 특징들을 실천하고 진술하는 사람"[83]으로 인식하면서 그에 관한 이야기를 쓰기 위해 참고한 서적의 하나로 필자가 지금껏 소개했던 권터 보른캄의 『바울』을 꼽고 있었다. 바디우가 보른캄에게 지고 있는 빚은 특히 그의 책의 「텍스트들과 콘텍스트들」이라는 장에서 잘 드러나 있는데, 그는 여기서 바울 서신이 신약성서에 들어오게 된 경위를 보른캄의 텍스트 비평을 바탕에 두고 논의하고 있다.[84] 그러나 필자에게 아주 흥미로웠던 장은 「주체의 분열」, 「죽음과 부활의 반변증법」, 「율법에 맞선 바울」, 「보편적 힘으로서의 사랑」 같은 장이었던바, 여기서 그는 우리가 지극히 '자연스럽게' 받아들여 온 바울과는 다른, 그러니까 육체 사멸 이후의 영생을 약속하는 기독교의 바울과는 전혀 다른, 이 지상에서의 '약속'을 이야기하는 바울을 말하고 있다. 바디우는 니체가 『안티크리스트』에서 냉정하게 평가한 바울을 자신의 방식으로 일으켜 세우려 한다.

바울이 "삶의 중심을 삶이 아니라 내세[저 너머], 즉 무에 두었다"고 말하는 것, 그리고 그렇게 함으로써 그가 "삶의 중심에서 삶 그 자체를 박탈해 버렸다"(『안티 크리스트』, 43절)고 말

83　알랭 바디우, 『사도 바울』, 현성환 옮김, 새물결, 2008, 13쪽.
84　위의 책, 65~79쪽.

하는 것은 이 사도의 가르침과는 정반대되는 것을 주장하는 것이다. 바울에게 있어 삶이 죽음에 보복하는 것은 바로 지금 여기에서이며, 우리는 지금 여기에서 죽음의 사유인 육체를 따라 부정적으로 살지 않고 영에 따라 긍정적으로 살 수 있다. 이전에 율법 속에 자리잡고 있을 때는 부활이 죽음에 대한 삶의 복속을 조직했던 데 반해 바울에게서 부활이란 그것에 기반해 생의 중심이 생에 자리잡게 해주는 것이기 때문이다.[85]

그러니까 이 말은, 바울에게 부활이 결정적인 중요성을 가졌던 것은 그것이 육체의 죽음 이후의 초월적인 영원성을 약속하기 때문이 아니라는 것이다. 해석의 전도라고나 할까. 보통 사람들은 예수의 부활을 그가 신의 아들이자 신 그 자체임을 깨닫게 해 주는 것으로 이해하고 그럼으로써 죽음 이후의 영생을 가르치는 표지로 이해하는 데 반해, 바디우는 바울에 있어서의 부활은 오히려 이 지상적인 삶을 영에 따라 긍정할 수 있게 해 주는 표지였다는 것이다. 바디우는 바울에 있어 "그리스도라는 사건은 본질적으로 단지 죽음의 제국일 뿐인 율법에 대한 폐지"[86]를 가리키는 것이었으며, "그리스도의 부활은 또한 우리의 부활로, 그것은 율법하에서 주체가 자아라는 폐쇄적인 형태로 은거하고 있는 장소인 죽음

---

85 위의 책, 121쪽.
86 위의 책, 165쪽.

을 파괴한다."[87]라고 이야기한다. 그리고 그럼으로써 우리는 "영과 삶에 속하며 믿음에 의해 다시 세워지는 법"[88]으로서 사랑이라는 것에 도달하게 된다.

사랑의 원리는 사유로서의 주체가 사건의 은총을 부여받을 때 −이것이 주체화(믿음, 확신)이다− 죽었던 주체가 삶의 위치로 다시 되돌아온다는 것이다. 주체는 율법 쪽으로 추락했던 −그것의 주체적 형상이 죄이다− 힘의 속성들을 다시 회복한다. 그는 사유와 행동 사이의 현재적 통일성을 되찾는다. 그리하여 삶 자체가 보편적 법칙으로 바뀌게 된다. 율법은 모든 사람들을 위한 삶의 접합, 믿음의 길, 법을 넘어선 법으로서 회귀한다. 이것이 바로 바울이 사랑이라고 부르는 것이다.[89]

여기서 말하는 '바울의 사랑'이란 로마서 13장 8~10절의 내용으로 압축되는 사랑의 사상을 가리킨다. 여기서 바울은 이렇게 설파했다. "다른 사람을 사랑하는 빚 이외에는 아무 사람에게, 아무런 빚도 지지 마십시오. 남을 사랑하는 사람은 율법을 온전히 이룬 것이나 다름없습니다. …… 사랑은 이웃에게 악을 행하지 않습니다. 그러므로 사랑은 율법의 완성입니다."[90]

---

87 위의 책, 166쪽.
88 위의 책, 167쪽.
89 위의 책, 168쪽.
90 아가페 출판사 편집부 편, 『쉬운 성경』, 아가페 출판사, 2005, 258쪽.

이렇게 해서 필자는 다시 회심에서 사랑에 이르는 길로 돌아온다. 지금 필자는 보른캄과 바디우의 바울 논의에 대한 생각 끝에 이광수의 장편소설 『사랑』의 이야기를 떠올리게 된다. 이광수는 수양동우회 사건으로 일제에 검속되어 대일 협력으로 나아가기 직전, 그러니까 자신의 사상의 '최고점'을 그릴 때 장편소설 『사랑』(1938~1939)을 썼다. 거기서 이광수는 불교의 자비와 기독교의 사랑이 근본에서 통하는 것임을 이야기하며 법화경 행자 안빈과 안식교도 석순옥이 육체적 사랑에 빠지지 않고 오로지 순수한 사랑에 기대어 빈자들과 병자들을 구원해 나가는 과정을 그려 냈다. 사실, 불교와 기독교의 교섭사를 논의하는 흐름 가운데에는 인도 문명권과 아랍문명권이 지리상으로도 근접해 있을 뿐 아니라 자비를 강조하는 대승불교의 성립 시기에 예수도 실존했음을 논의한 것이 있다.[91] 또한 다시 필자는 『회색인』에서 작가 최인훈의 내면적 주인공 독고준이 자신의 혁명을 위해서는 "시간과 사랑"이 필요하다고 이야기했던 것을 상기한다.[92] 한쪽에서는 자본주의가, 한쪽에서는 마르크시즘이 지배하는 시대를 살아가면서 최인훈은 "사랑"이 종교적 차원이 아니라 세속적 원리로 적용될 수 있는 정치를 발명하기 위해서는 그야말로 장구한 "시간"이 필요하다고 여겼다.

　이 세속적 세계의 지난한 유한성 속에서 사랑을 세속적 입법으

91　방민호, 「이광수의 『사랑』과 종교 통합 논리의 의미」, 『일제말기 한국문학의 담론과 텍스트』, 예옥, 2011, 255~256쪽.
92　방민호, 「'데가주망'의 논리—최인훈 장편소설 『회색인』」, 『어문논총』 67, 2016, 168~178쪽

로 도입한다는 것은 차라리 불가능에 가까울 것이다. 그러나 분명 사랑은 대립과 투쟁에 지친, 물질적, 육체적, 경제적 경쟁과 개발에 지친 영혼들을 감싸 안으면서 욕망과 분란으로 점철된 이 세계에 평온과 평화의 빛을 선사할 수 있으리라. 지금 이 순간 필자는 이 세계를 살아가는 사람들이, 필자까지도 포함하여 모두가 저 다메섹의 바울처럼 자신이 지금까지 믿고 있던 교리에서 벗어나 새로운 빛과 목소리를 접하여 놀람에 떨면서 새로운 세계에 눈뜨는, 기적 가까운 일을 공상해 본다. 그런 사건이, 지금껏 자신이 해온 일에 어떤 의심도 없던 이들에게 일어나, 사람이 이 유한한 세계를 견디며 살아가기 위해서는 다른 무엇보다 사랑이, 자비가 필요하다고 생각하는 날, 사랑과 자비가 종교적 '성채'에만 기거하지 않고 세속적 입법 원리로 새롭게 설 때만 사람들은 진정한 공동의 삶을 누릴 수 있으리라고 생각하게 되는 날. 그런 날은 오지 않을 테지만 그러면서도 필자는 오지 않으면 안 된다고 새벽의 공상을 꿈꿔 보는 것이다.

그렇다. 현대의 물질주의를 구가하면서도 그러나 동시에 그에 시달리는 한국인들에게는 지금 어떤 '회심'이 필요한 것 같다. 이 종교적 어휘가 아니고는 우리가 처한 상황의 절박감을 다르게 표현하기 어려운 것도 같다. 그러나, '이 열정적인 세계의 메아리 없는 공허는 나를 두렵게 한다.' 우리는 지금도 너무 물질적인 삶을, 육체적인 삶을 산다. 영혼으로부터, 사랑으로부터 먼 채.

6. 인간에 있어 혼과 육은 무엇인가에 관한 동서양의 견해들

여기서 필자는, 그러나, 다시 하나의 질문으로 돌아오지 않을 수 없다. 근현대의 한국인이 너무나 물질적인, 육체적인 삶을 살아온 것이 사실이고, 이를 역사적인 도정으로 실체화했다고 하더라도 이 난제를 푸는 길은 인간이란 어떤 존재인가, 인간에게 구원이란 무엇인가 하는 질문을 새롭게 던지는 것 외에는 없다.

이로부터 필자는 철학이 인간을 이해한 방식, 인간에 있어 정신과 육체의 관계를 이해한 방식을 필자의 방식으로 되돌아보고, 나아가 한국인들이 역사적 근대로의 전환과정에서 인간에 대한 새로운 이해를 얻기 위해 분투한 과정을 되짚어 보지 않을 수 없다.

플라톤의 후기 저작에 속하는 『티마이오스(τιμαιος)』는 인간의 혼(프시케, ψυχὴν, psychē)에 관한 이해에서 앞선 시대의 『파이돈(Φαίδων)』에서와는 다른 태도를 표명한다고 한다. 『티마이오스』에서는 "혼의 지성적인 부분은 신적이고, 따라서 불사인 반면, 기개와 욕구에 해당되는 부분은 사멸적이어서 인간의 죽음과 함께 소멸"되며, 이는 "플라톤의 다른 대화편들과 비교해 보면 적잖이 파격적"이라는 것이다. 즉 "플라톤은 여러 대화편들에서 혼의 불사를 주장하고 또 논증하기도 하지만, 『티마이오스』 외에는 그 어느 곳에서도 혼의 사멸을 말하지 않기 때문이다."[93] 특히 『파이돈』은 혼의 불사를 논증하는 것이 전체 주제라고도 한다.[94]

---

93 김유석, 「작품 안내」, 플라톤, 『티마이오스』, 김유석 옮김, 아카넷, 2019, 424~425쪽.
94 위의 책, 같은 쪽.

대개 플라톤은 영혼과 육체를 이분법적으로 사유하는 서구 형이상학의 비조로 알려져 있지만 그의 지적 편력 가운데에는 서로 이질적인 사유 구조를 드러내는 저작들이 혼재되어 있음을 보여주는 것도 같다. 그러나 필자는 그래서인지 이 『티마이오스』가 인간의 '혼'을 세 부류로 나누면서 육체, 즉 몸과 맺는 관계를 설명하는 대목에 관심이 간다.

저작 중에서 티마이오스는 요약한다. "우리 안에는 세 종류의 혼이 세 가지 방식으로 거주하며, 그것들은 각각 운동능력을 가지고 있"[95]다고. 이 세 가지 방식이란, 우주혼의 불사의 원리를 건네받은 혼과 그와는 달리 사멸의 운명을 부여받은 두 부류의 혼이 그것이다. 이에 관하여 티마이오스는 다음과 같이 말했다.

그러나 신은 이 모든 것들에 먼저 질서를 부여했고, 이어서 그것들로 이 우주를 구성해 냈으며, 이 우주는 자기 안에 사멸적인 생물과 불사적인 생물을 모두 포함하고 있는 하나의 생명체가 된 것입니다. 또한 신 자신은 이 신적인 것들의 제작자가 되었고, 죽기 마련인 것들이 생겨나도록 만드는 일은 자기에게서 태어난 자식들에게 부과했습니다.

그리고 그를 모방하는 자식들은 혼의 불사적인 원리를 건네받고는, 그 다음으로 그것을 위해 사멸적인 몸체를 둥글게 빚어냈으며, 그것에다가 탈 것으로 몸 전체를 주었고, 몸 안

---

95 위의 책, 169~170쪽.

에다가는 혼의 또 다른 종류인 사멸적인 것을 추가적으로 정
착시켰는데, 그것은 자기 안에 무시무시하고 피할 수 없는 인
상들을 갖게 되니, 우선 악의 가장 강력한 미끼이기도 한 '즐
거움'이 있고, 다음으로는 좋은 것들로부터 도망치게 되는
'괴로움'이 있으며, 다시 이번에는 분별이 결여된 한 쌍의 조
언자인 '무모함'과 '공포'가 있고, 달래기 힘든 '격정'이 있는
가 하면, 쉽게 속여 이끄는 '희망'도 있지요. 그들은 이것들을
이성이 결여된 감각 및 모든 것을 감행하려 드는 애욕과 함께
섞어 냄으로써, 필연에 따라서 사멸적인 종을 구성했던 것입
니다.

　또한 그들은 그것들로 인해 신적인 것이 더럽혀질까 걱정
하였기에, 도저히 어쩔 수 없는 경우가 아닌 한, 사멸적인 것
들을 신적인 것과는 별도로 몸의 다른 거처에다 거주시켰으
니, 머리와 가슴 사이에 좁은 길로 경계를 설정하고는 그 가
운데 목을 놓음으로써 그렇게 했던 것이지요. 이는 신적인 것
이 사멸적인 것과 따로 있도록 하기 위함이었습니다. 그리하
여 그들은 가슴과 우리가 '몸통'이라고 부르는 것 안에 혼의
사멸적인 부류를 묶어 두었던 것입니다. 또한 사멸적인 것의
한 부류는 본성상 우월한 반면 다른 한 부류는 열등하기에,
마치 여성들과 남성들의 거소를 따로 나누듯이, 신들은 그것
들의 중간에 횡격막을 격벽처럼 세움으로써 다시 몸통 안의
공간을 둘로 나눴습니다. 그리하여 혼 가운데 용기와 기개를
분유하는 것은 승리를 열망하는 것으로서, 그들은 이 부분

을 머리에 더 가깝도록 횡격막과 목 사이에 정착시켰습니다. 이는 그것이 이성의 말을 귀담아 들음으로써, 욕망의 부류가 성채로부터 하달되는 명령과 이성의 말에 어떻게 해도 자발적으로 복종하려 들지 않을 때마다, 이성과 연합하여 강제로 그것들을 제압할 수 있도록 하기 위함이었지요.

(중략)

자, 이번에는 먹을 것과 마실 것을 비롯하여 몸이 자연스럽게 필요로 하는 모든 것들을 욕구하는 혼의 부류에 관해 말하자면, 신들은 그것을 횡격막과 배꼽 쪽으로 난 경계 사이에 정착시켰지요. 몸의 양육을 위해 마치 구유와 같은 것을 이 장소 안의 전체에 걸쳐 짜맞추고는 말이에요. 그리고 마치 야생동물을 가둬 놓듯이, 실로 혼의 그러한 부분을 이곳에 가둬 놓은 것이지요. 하지만 장차 죽기 마련인 종족이 생존하기 위해서는 욕구적인 부분과의 접촉을 유지하면서 양육할 수밖에 없습니다. 그래서 신들은 욕구적인 부분이 늘 구유 곁에 머물면서도 숙고하는 부분에서 최대한 멀리 떨어져 거주케 함으로써 소란과 아우성의 전달을 최소화하고, 혼의 가장 강력한 부분이 전체와 부분 모두에게 유익한 것을 조용히 숙고할 수 있도록 하기 위하여, 이러한 이유로 해서 그들은 이곳에다가 욕구적인 부분의 위치를 지정해 주었던 것입니다.[96]

---

96 위의 책, 128~132쪽.

이러한 티마이오스의 혼의 세 '양식' 설명은 서구철학의 정신, 육체의 이분법과는 다른, 해부학적 관점에서 몸의 세 부류에 대응하는 혼의 삼분법을 보여 주는 것이다. 흥미로운 것은 이러한 삼분법이 기독교사상에서 말하는 영혼의 삼분법에 대응된다는 사실이다.

에바그리오스는 영혼을 삼분하여 지성, 욕처(欲處), 화처(火處) 등으로 구분했다. 이런 구분은 영혼을 이성적인 부분, 격정적인 부분, 욕구적인 부분으로 나눈 플라톤의 영혼의 삼분법과 동일하다. 에바그리오스가 플라톤의 영혼의 삼분법을 수용하였던 것이다. 이런 영향으로 인해 에바그리오스의 영성신학의 근본구도는 영혼의 삼분법을 바탕으로 한 플라톤의 영혼의 삼분법과 닮은꼴이다. 에바그리오스의 영성신학의 근본구도는 영혼이 그리스도의 은혜로 욕과 화를 정화한 다음에라야 밝게 빛나는 지성으로 하나님을 관상할 수 있다는 것이다. 플라톤은 이성적인 부분이 격정적인 부분의 보조로 욕구적인 부분을 절제하고 길들여 아름다움 자체를 바라보고 덕을 낳아 불사자(不死者)가 된다고 영혼의 상승을 설명하였다.

플라톤 철학에서는 덕을 쌓는 정의로운 자라야 신의 사랑을 받는 불사자(不死者)가 될 수 있다. 플라톤적인 정의로운 삶이란 지성이 지혜를 구하고 지성이 명령하는 바를 격정의 부분이 따르는 동시에 지성과 격정의 부분이 힘을 합쳐 욕망의 부분을 절제시키는 것이다. 이렇게 영혼의 각 부분에 지혜, 용기, 절제가 있을 때라야 영혼은 비로소 정의롭게 된다. 에바그리오스는 플라톤의 영혼의 삼분법을 기독교적으로 변형하여 '하나님의 아들됨'(마 5:9)을 설명한다. "그대 안에 있는 세 가지 끈이 마치 거룩한 삼위일체의 명령을 통해 하나 되는 것처럼 평온하게 되면, 그대는 '화평케 하는 자는 복이 있나니 저희가 하나님의 아들이라 일컬음을 받을 것임이요'(마 5:9)라는 말을 들을 것이다." '세 가지 끈'이란 지성과 화처와 욕처를 일컫는데 "지성(nous)이 늘 주님과 함께 있고, 화처가 주님을 떠올림으로 겸손으로 가득차고, 욕처가 주님을 갈망하는 자"는 평온한 상태에 있으므로 "우리의 몸 밖을 배회하는 적들을 두려워할 필요가 없다." 이렇듯 플라톤에게 있어 영혼의 각 부분이 구해야 할 지혜, 용기, 절제는 에바그리오스에게서는 그리스도와의 관계로 대체된다. 에바그리오스는 이런 상태를 『실천학』 86장에서 다음과 같이 표현했다. "지성적인 영혼이 본성에 따라 행하면 욕처가 덕으로 향하고 화처는 덕을 위해 싸우며 지성적인 부분은 존재들을 있는 그대로 보게 된다."[97]

그런데 기독교적 전통에는 이러한 에바그리오스 영성신학의 삼분법과는 다른 것처럼 보이는, 인간에 관한 '영, 영혼, 몸'의 삼분법적 이해가 또한 존재한다. 이에 관하여 한 논문은 다음과 같이, 이 '영, 영혼, 몸'이 각기 다른 실체를 가리키는 것이 아니라 '마음'의 세 가지 구별을 가리키는 것이라 말함으로써 그 플라톤적 전통을

---

97 남성현, 「플라톤의 영혼의 삼분법과 에바그리오스의 영성신학」, 『장신논단』 48, 2016.6, 81~82쪽.

새롭게 환기시킨다.

　윤리생활과 진정한 의미의 영성생활의 구별은 그리스도교 전승 안에서 위계(une hiérarchie)적 형태로 자주 나타난다. 이러한 구분은 다양한 문화 안에서 그리고 다양한 용어를 통해서 인정되고 있는데, 통상적으로 삼분법적 인간학(anthropologie tripartite, 몸, 영혼, 영)에 기초를 두고 있다. 그런데 이 삼분법은 분명 인간 안에 있는 세 실체(substance)나 세 능력(faculté)'을 뜻하는 것으로 이해해서는 안 된다. 오히려 인간 안에 있는 활동의 세 영역, 중심의 세 주변, 곧 전통적 표현으로 그리고 다른 어떤 말로 바꿀 수 없는 표현을 빌려 말하자면 '마음(cœur)'의 세 주변의 구별을 말하는 것이다. 삼분법적 구분은 요즘의 많은 사상가들, 그리스도인이거나 비그리스도인이거나 여러 '현자들' 사이에서 기본적인 틀로 충분한 지지를 제공해 주고 있는 이분법적 인간학과 분명한 대립을 이루고 있다 그러나 삼분법적 인간학은, 우리가 곧 살펴 볼 이분법적 인간학과 대립하기보다는 오히려 이를 완성해준다는 사실을 파악하게 될 것이다.[98]

　결국 필자는 이러한 기독교적 삼분법에 대한 인식을 거쳐 다시 한번 플라톤의 『티마이오스』로 돌아오게 되는데, 여기서 흥미로운

98　앙리 드 뤼박 (Henri de Lubac), 「삼분법적 인간학 (Anthropologie tripartite, 몸, 영혼, 영)-사도 바오로에서부터 교부시대까지」, 곽진상 역, 『가톨릭신학』 22, 2013, 6쪽.

것은 이 저작에서 말하는 혼이라는 것이 그 해부학적 '이야기'를 통하여 확인되듯이 몸(=육체)과 별개의 차원에 존재하는 실체로서가 아니라 몸의 각각의 부위에 산포되어 달라붙어 있는, 불가분리한 어떤 것으로 그려진다는 것이다. 예를 들면 다음과 같은 대목을 생각해 볼 수 있다.

그리고 신은 뼈들 가운데서도 혼이 가장 많이 들어 있는 것은 가장 적은 양의 살로 감싼 반면, 혼이 거의 들어 있지 않은 것은 살을 가장 많이, 그리고 가장 조밀하게 해서 감쌌지요. 또한 뼈의 관절마다에는, 이치상 그곳에는 살이 있어야 할 어떠한 필요성도 없음이 분명하기에, 소량의 살만을 자라게 했으니, 이는 살이 관절을 구부리는 데 걸림돌로 작용함으로써 몸을 잘 움직일 수 없게 하여 둔하게 만드는 일이 없도록 하기 위함이며, 또 살이 많고 조밀하며 서로의 안에 아주 빽빽하게 들어찰 경우, 단단함으로 인해 무감각함으로 산출함으로써 사유와 관련된 부분의 기억을 어렵게 하고 더욱 아둔하게 만드는 일이 없도록 하기 위함이었지요. 그리하여 대퇴부와 정강이와 골반 주변, 위팔과 아래팔의 뼈들, 그밖에 우리 가운데 관절이 없는 모든 부분들을 비롯하여 뼈 안의 골수에 들어 있는 혼이 미량이어서 지혜가 깃들지 않은 것에 이르기까지, 이 모든 것들은 살로 가득차게 되었지요.[99]

99 플라톤, 「티마이오스」, 김유석 옮김, 아카넷, 2019, 139~140쪽.

이러한『티마이오스』의 혼과 몸의 관계, 혼의 세 부류에 대한 주장은 필자로 하여금 동양 고전에 나타나는 혼백(魂魄)에 대한 이해를 자극하는 면이 있다. 이 혼백이라는 말은『예기집설대전』(높은밭, 2006)의 번역자이자『공자의 시작에 서다』(먼날, 2017)의 저자인 송명호에 따르면 고대 백과사전격인『이아(爾雅)』에도 나오지 않는다. 혼(魂)이라는 말이 나오는 가장 이른 시기의 책이라면『주역(周易)』「계사전(繫辭傳)」인데, 여기 한 구절 "精氣爲物, 遊魂爲變"이 그 단초가 된다. 또 공자가 읽었다고 하는 오래된 서적『서경』에는 혼(魂)도 백(魄)도 나오는데, 이와 관련한 논의는 여기서는 소개하지 않고, 다만 위『주역』「계사전」의 구절에 대해 宋대의 학자 胡瑗(993~1059)이『周易口義』에서 붙여 놓은 주석 내용을 살펴보기로 한다.

뜻은 왈 정기란 음양정령의 기(氣)다(義曰精氣者則爲陰陽精靈之氣也). 기운이 왕성해지면 쌓였다가 모이어서 만물이 된다(氤氳積聚而爲萬物也). 떠도는 혼이란 쭉 펴져 나가서 사물에 쌓였다가 흩어짐이요 돌아감으로써 분산되기도 하니 유혼이라 말한다(遊魂者伸爲物之積聚歸爲分散之時則謂遊魂). 대저 천지의 도와 음양의 정기는 모이고 모이어서 만물지간에서 음양의 정기를 받아서 만물을 낳는다(夫天地之道陰陽之精氣萃聚而生萬物於萬物之間受陰陽之精氣).

영(靈)이란 것이 사람사람들에게 음양의 정기를 받아서 몸에 모여들어 이목구비심지발부가 있게 되니 이것은 체백(體魄)

이 된다(而靈者則爲人人受陰陽之精氣萃之於身則有耳目口鼻心知髮膚而爲之體魄也). 사람의 몸에 합하여지면 혼이라 일컫는다(合於人身則謂之魂). 그러므로 입은 말할 수 있고 눈은 볼 수 있고 귀는 들을 수 있고 마음은 생각할 수 있으니 이를 신(神)이라 한다(故口能言目能視 耳能聽 心能思慮則謂之神). 또한 사려심지재능을 쓰니 변(變)이라 한다(故用思慮心知才能則謂之變). 정기의 많은 것을 얻으면 신(神)이 되고 정기의 적은 것을 얻으면 백(魄)이 된다(得精氣之多者則爲神得精氣之少者則爲魄). 사려가 너무 오래 되고 정신이 벌써 권태로워지며 심지가 피로해지고 머리카락과 피부가 점점 쇠약해지게 되어서 그것들을 사용함이 지나치게 되면 죽음에 이르게 된다(及夫思慮旣久 精神已倦 心知已勞 髮膚漸衰 用之太過及其死也). 체백이 땅으로 내려오고 골육이 지하에서 문드러지며 정신이 하늘로 흩어지면 신(神)이 되고 체백이 아래에서 흩어지면 귀(鬼)가 된다(體魄降於地骨肉斃於下精神散之於天則爲神 體魄散之於下則爲鬼). 이것이 천지의 정기가 사람의 몸에 모여듦이니 정신체백이다(是天地之精氣萃聚於人身則爲精神體魄矣).

그러므로 『춘추좌씨전』에 정자산(鄭子産)의 말을 실어서 왈 마음의 정신이 혼백이라 하는데 혼백이 나가고서야 어찌 오래 살 수 있단 말인가(故左氏載子産之言曰心之精爽是謂魂魄 魂魄去之何以能久). 이것은 사람이 정기의 많은 것을 얻어서 신(神, 정신)이 되고 정기의 적은 것을 받아서 백(魄)이 된다. 신백(神魄)이 사람의 몸에 모여든 지 오래되면 반드시 떠나간다(是言凡人得精氣之多者爲神 受精氣之少者爲魄 神魄萃之於身久而必去). 정기가 하늘로 돌아가면 신(神)이 되고 골육이 아래에 문드러지고 흩어져서 갈 곳을 모르게 되면 귀(鬼)가 된다(則精氣歸於天則為神骨肉斃於下散而无所之則為鬼).

『예기』「제의」에 이르기를 기(氣)란 신(神)의 성함이요, 백(魄)이란 귀(鬼)의 성함이다(又禮記祭義曰氣也者神之盛也魄也者鬼之盛也). 귀(鬼)와 신(神)이 합해지면 가르침이 이른다(合鬼與神教之至也). 중생이 태어나면 반드시 죽게 된다. 죽게 되면 반드시 땅으로 돌아간다. 이것을 귀(鬼)라 한다(衆生必死死必歸土此之謂鬼). 골육이 아래에서 문드러지면 야토(野土)에서 음(陰)하여진다. 그 기가 위로 발양하면 환히 밝아지고 향내가 차오르다가 쓸쓸해지나니 이것이 백물의 정(精)이요 신(神)이 드러남이다(骨肉斃於下陰於野土 其氣發揚於上為昭明焄蒿悽愴 此百物之精也神之著也). 이것을 인생으로 말하면 정기가 모이면 신(神)이 되고 죽으면 골육이 흩어져서 귀(鬼)가 된다(是言人之生則精氣聚而為神死則骨肉散而為鬼). 정백(精魂)이 고쳐지고 변하여 형체에서 떠나가고 몸에서 떨어지니 즉 변화의 도(道)다(而精魂改變去形離體則為變化之道也).[100]

이러한 주석을 통하여 살펴보는, 『주역』의 「계사전」이 말하는 만물 변화의 원리, 그리고 그로부터 '파생'하는 인간의 삶의 생사 원리는 동양 특유의 '음양' 이원론에 입각하면서도 『티마이오스』의

---

[100] 이 대목은 송명호에 의해 번역되어 필자에게 제공된 것으로 지금까지 한 번도 현대역이 이루어진 바 없다.

혼과 몸의 '불가분리한' 관계를 방불케 한다. 『티마이오스』의 혼의 삼분법은 크게 보면 다시 불사의 혼과 사멸의 혼의 이분법으로 정리할 수 있는바, 이는 『주역』이 말하는 혼백의 이분법에 대응된다고 볼 수 있다.

이러한 서구와 동양의 '혼'론 또는 '혼백'론은 인간을 만물의 영장으로 간주하는 인간 중심적 사고 체계에도 불구하고 자연과 인간 사이에 근본적인 경계를 설정하지 않고 이를 연속된 것으로 보고자 하는 '자연철학적' 우주관, 세계 인식을 드러낸다는 점에서, 필자에게는 자연에 대해서 인간을 특권화하는, 근대주의나 마르크시즘의 인간 이해와는 궤를 상당히 달리하는 것으로 여겨진다.

『티마이오스』와 『주역』은 정신을 육체 위에 얹혀 있는 기왓장 같은 실체로 이해하는 것과는 다른 모델을 가지고 있음을 보여주는 것으로 해석된다. 다시 말하면 혼, 또는 혼백은 사람의 몸의 각 부분에 습합되어 있다. 혼(혼백)은 머리 부분에도 몸통의 윗부분에도 아랫부분에도 스며들어 있으며, 뼈 같은 곳에조차 그것은 미량이나마 '배분되어' 있다.

필자는 『주역』 「계사전」의 주석이 『티마이오스』와 궤를 같이한다고 생각하는데, 위에 인용한 바에 따르면 "영(靈)이란 것이……몸에 모여들어 이목구비심지발부가 있게 되"고 "이것은 체백(體魄)이 된다". 영(靈)이 "사람의 몸에 합하여지면 혼이" 되며, 그리하여 "입은 말할 수 있고 눈은 볼 수 있고 귀는 들을 수 있고 마음은 생각할 수 있"다. 또 주석은 "정기의 많은 것을 얻으면 신(神)이 되고 정기의 적은 것을 얻으면 백(魄)이 된다"고도 하고 "신백(神魄)이 사람의 몸에 모여든 지 오래되면 반드시 떠나간다"고도 한다.

이와 같은 『티마이오스』와 『주역』의 시각은 흔히 그리스 철학에 근거를 둔 근대철학의 형이상학이라 일컫는 '정신·육체'의 이분법 대신에 몸에 고루 스며들어 있는 혼, 혼과 몸이 서로 엉겨붙어 생명이 다하기까지는 서로 분리될 수 없는 상태로, 다시 말해 '하나'로서 존재한다. 그리고 그것은 동시에 인간 '너머의' 자연과 연속된 방식으로로 존재한다. 인간은 자연의 혼(『티마이오스』의 우주혼)으로부터 인간에 분배되었다가 다시 『주역』이 말하듯이 죽으면 신백이 흩어져 자연(의 혼)으로 돌아간다. 이러한 사고법에서는 자연과 인간은 기독교에서 말하는 유일신의 존재를 상정하지 않은 채 근본적인 연결 관계를 유지하며, 동시에 '정신·육체'의 형이상학적 이분법 역시 지양되어 있다.

필자는 지난 몇년 사이에 질 들뢰즈(Gilles Deleuze, 1925.1.18~1995.11.4)의 철학적 탐색 작업들에서 이와 같은 연속성과 이분법 지양의 의식을 엿볼 수 있었다고 생각되는데, 그가 말하는 "리좀(Rhizome)", "땅속줄기", "구근이나 덩이줄기"[101]의 세계상은 무한히 뻗어 나가며 새로운 접속을 통하여 다질적이고도 다양한 물상들(다양체, multiplicité)을 창조해 나가는, 우주적 세계의 무한한 가능성을 표상하는 것이라 할 수 있었다. 그는 알랭 바디우가 논의하듯이 세계를 일원론적 바탕 위에서 우주적 다양성이 펼쳐지는 외부 없는 무한 세계로 인식한다.[102] 이러한 세계 속에서 인간은 특별한

---

101 질 들뢰즈·펠릭스 가타리, 『천 개의 고원』, 김재인 옮김, 새물결, 2001, 18쪽.
102 알랭 바디우, 『들뢰즈―존재의 함성』, 박정태 옮김, 이학사, 2001, 참조.

예외적 존재일 수 없으며 리좀적 무한성을 구성하는 한 '주름'일 뿐이다. 이러한 리좀적 무한성을 다음의 한 논문에서 요령껏 설명하고 있다.

따라서 "리좀은 둘이 되는 하나도 아니고, 심지어 곧바로 셋, 넷, 다섯 등이 되는 하나(l'Un)도 아니다. 리좀은 하나로부터 파생되어 나오는 다수도 아니고, 하나가 더해지는 다수 (n+1)도 아니다." 들뢰즈가 보기에 오히려 그것은 둘이 되는 '하나'를 빼는 방식이 되어야 한다. 즉, 다수를 만드는 방식으로서 이른바 다양체의 원리는 'n-1' 이어야 한다. 여기서 핵심은 단순히 수학적 의미에서 '하나'의 빼기가 아니라, 철학사 전통에서 강고한 지위를 지켜왔던 '하나'를 제거하는 방법론이다. 다시 말해 리좀의 방식인 'n-1'에서 '1'은 절대적 실체 또는 근원적 일자 또는 중심을 뜻하며, 이러한 의미에서 'n-1' 이란, 존재의 생성 과정 속에서, 근본적인 '원인', '중심', '일자'로서의 '하나'를 제거하는 것이다. 이렇게 들뢰즈·가타리는 "하나가 다수(multiple)에 속할 수 있는 것은 어디까지나 그것이 다수에서 빼기의 방식으로서만 그러한 것이다. 다양체 (multiplicité)를 만들어야만 한다면, 유일(l'unique)을 빼라. 그리고 n-1이라고 써라."라 말하면서 바로 이러한 체계를 리좀이라고 정의한다.[103]

---

103 최진아, 「'리좀학(Rhizomatique)'의 가능성—들뢰즈 철학의 학문적 원리와 확장」, 『시대와 철학』 30권 4호, 2019.12, 73쪽.

이 리좀적 세계는 어떤 특권적 존재, 중심, 유일자를 인정하지 않는, 무한히 펼쳐지는 가능성의 세계요, 그 속에서 인간과 자연이 하나로 통합된 "이전의 통일성과는 다른 '새로운 유형의 통일성'"[104]의 세계다.

그런데 이와 같은 사상적 실험은 일제강점기 때의 한국철학사에서도 선례를 찾을 수 있다. 천도교 논리의 현대화를 위해 고심분투한 야뢰(夜雷) 이돈화(李敦化, 1884.1.10~?)의 『인내천의 연구』(『개벽』, 1920.6~1921.3)는 그의 다른 저작들과 함께 동학사상을 베르그송, 니체 등 서구사상과 결합시켜 새로운 현대사상으로 정립시키고자 한 창조적 노력의 소산이다. 이 일련의 탐색 가운데 하나인 「오인의 신사생관, 의식과 사생」(『개벽』, 1922.2)은 인간의 삶과 죽음, 영혼과 육체의 문제를 정면에서 다룬 문제적인 글이다. 여기서 이돈화는 다음과 같이 의식이 인간의 전유물이 아님을 논의한다.

근세학자의 연구한 바에 의하면 의식이라 하는 者는 이것이 결코 어떤 시대에 돌연히 出來한 것이 아니며 그리하야 점점 그의 究竟을 推究하야 보면 의식은 獨히 인류뿐만 가진 것이 아니오 일반의 유기물은 다 가티 의식이 잇스며 더 널리 말하면 유기물뿐이 의식을 가진 것이 아니오 무기물에까지도 의식이 잇다 한다. 이 의미에서 유기물 중 일 초목과 如한

---

104   위의 논문, 78쪽.

자연물에도 또한 의식이 잇다함은 물론의 事인데 다못 그 의식의 정도가 우리 인류보다 저정도에 속한 것이라 인정할 뿐이엇다. 즉 보통 의식이 아닌 저도의 의식을 가젓슬 뿐이라 하겟다. 그리하야 식물뿐이 아니오 점차 무기물까지 소급한다 하면 거긔에도 또한 비상한 저정도의 의식을 가젓다 하나니 如斯히 의식이 일체 만상물에 다 가티 잇다 하면 의식이라 하는 것은 우주의 고유한 실재체이오 어떤 시대에 돌연히 출래치 아니한 것은 명백한 이론이겟다. (중략)

이와 가티 유기물과 무기물의 구별이 엄밀한 의미가 아니라 할진대 의식이라 하는 것은 결코 발달된 사람에뿐만 잇는 것이 아니며 또한 사람의 의식은 사람으로의 어느 시대에 돌연이 출래한 것이 아니오 사람 이전 먼 태고적부터 그가 전래한 것으로 생각지 아니 하야서는 아니 될 것이엇다. 다시 말하면 의식은 광박한 의미에서 일체의 만상이 다 가티 그를 가지고 잇스며 그리하야 그 의식은 영원 무궁 이전에서부터 점차 고도의 발달이 되어 終에 우리 사람의 의식이 된 것이 아닐가 보냐. 이러한 의미에서 사람의 의식은 필경 대우주의 대의식을 그대로 품부한 것이라 할 것은 이론상 당연한 일이라 하겟다.[105]

이 "대우주의 대의식"이라는 말에서는 확실히 『티마이오스』의

---

105 이돈화, 「오인의 신사생관, 의식과 사생」, 『개벽』 20, 1922.2, 20쪽.

우주혼과 『주역』「계사전」의 "精氣爲物"의 사상이 느껴짐을 어찌할 수 없다. 나아가 이돈화는 같은 글에서 사람 개개인과 우주가 근본적 구별이 없음을, 그 근거를 들어 다음과 같이 논의한다.

제1은 전술과 如히 우리의 신체는 400조라 칭하는 만흔 세포가 조직되어 畢 個我라 칭하는 개체가 되엇스며 又 타 일면으로는 我라 云하는 개체는 일종 유기적 세포의 자격으로 사회를 조직하야 세계를 이루고 우주를 이뤘는지라. 이 점에서 我 일인의 개체는 일면으로 소우주인 세포와 밀접의 관계를 가젓스며 타 일면으로는 대우주인 세계 만상과 밀접의 관계를 가젓나니 이것이 개인과 우주간에 절대의 구별이 업는 첫 재 증거이며

次에 오인은 식물에 의하야 생명을 지속케 되는 점에서 우리의 신체는 내부적 구조를 위하야 부단히 외부적 식물을 흡수케 되는지라. 즉 오인은 외부로부터 물질을 흡수하야 자아의 개체를 구조하며 又 내부로부터 불용의 物을 배설하야 외부의 수요를 공급하는 점에서 내부와 외부의 관계에 절대의 구별이 업겟다. 특히 공기와 如함은 각각시시로 내외관계를 밀접케 함이 大하며 더욱이 오인의 신체 내에 재한 자는 하나도 외계의 물이 아님이 업슴으로 오인의 신체 중에 在한 유기체는 무엇이나 다 무기체의 物이 아님이 업나니 이것은 개인과 우주의 間에 구별이 업는 둘재 증거이며

次에는 혈통상 관계이니 오인의 혈통은 영원한 시간에서

과거히 조선의 혈액이 流하야 오인 현재의 신체가 되엇스며 又 오인의 혈통은 미래 자손에 傳하야 감으로 오인의 혈통은 무제한 연쇄의 일부분이니 이것은 개인과 우주 구별이 업는 셋재 증거이며

次에 오인의 정신상 관계이니 현재 오인의 정신상 내용을 成한 者는 태반 외부로부터 감수한 객관적 요소가 多한 것이라. 즉 오인의 지식은 주관과 객관의 양 요소가 결합한 점에서 오인의 정신상 관계도 또한 외계의 관계가 밀접 불가리한 者라 할지니 이것은 개인과 우주의 구별이 업는 넷재 증거이엇다.

이와 가티 개인과 우주는 절대적 구별이 업게 되어 내부 외부가 정연한 통일을 가지고 잇스며 그리하야 이 통일을 질서 잇게 자아화하는 오인의 생명과 밋 의식의 두 가지 활동이 잇슴으로써니 그럼으로 오인의 생명과 의식은 1이요 2가 아니라 할지며 그리하야 의식계는 우주에 磅礴한 정신적 실재로 그가 오인의 개체로 표현하야 善히 개체와 우주의 緣脉調攝하는 力을 가진 것이엇다. 의식계가 如斯히 광대무량의 실재체라 할 것 가트면 오인의 생사라 하는 것은 의식상 但히 표현 불표현의 관계뿐일 것이다. 즉 대우주의 대의식이 개체로 표현하는 점에서 자아라 云하는 者가 성립된다 할지라. 그리고 보면 자아의 의식은 광활한 의식에서 근본부터 생사의 要質을 가진 것이 아니오 그 자체에서 寧히 영원무궁성을 가젓다 하리니 그 이유는 생명의 활력을 보면 더욱 명백한 일이

되겟다.[106]

이렇게 해서 인간과 우주의 '근원적 통일성'을 확보한 이돈화는 그렇다면 생명이란 과연 무엇이냐 하는 문제로 나아간다. 먼저 그는 생명을 보는 관점에는 그것을 일종의 기계로 보는 관점과 "정신적 활력"[107]으로 보는 관점으로 나눌 수 있다고 하면서 기계론에 대해 비판을 가한 후 활력론에 대한 논변을 펼친다.

우리의 생명이 근본에서 활력적 운동을 가지고 자기를 경영, 발전시켜 나가는 것이라면 이 생명은 과연 어디로부터 온 것인가? 이 연원을 그는 "우주의 생명"일 것이라고 한다.

> 如斯히 오인의 생명은 곧 그의 우주적 대생명의 표현이라 할진대 생명의 본체는 결코 절대 독립적 고립체가 아니오 비교적 의미의 독립 활동이며 연쇄적 계속적 의미의 독립 활동이라 할지라. 이와 가티 오인의 생명이 절대적의 것이 아니라 하면 오인의 死도 또한 절대적의 것이 아닐 것은 자명한 理가 아니겟느냐. 生이 절대적이 아님과 가티 死도 또한 절대적이 아니라 함은 생사는 일종의 연속적 활동으로 볼 수 잇다 함이니 즉 生은 우주의 활력이 개체화로 표현하는 時를 이른 것이오 死는 그 활력이 타 방법으로 異한 수단 하에서 계속적 활동을 하는 것이라 斷案할 수 잇다. (중략) 統而 말하면

---

106 위의 글, 23~24쪽.
107 위의 글, 24쪽.

사람은 개체 개체의 경계를 구별하고 보면 생사의 분별이 잇스나 그러나 그를 만일 인류 전체의 上에 두고보면 사람은 결코 절대적 생사가 잇는 것이 아니오 영원무궁의 변천으로써 그 생명이 전환하며 그 功績이 변환하며 그 精力이 전환하야 장강대류가 일파일파 계속 무궁함과 가티 그가 연속 長流하야 가는 것이겟다. 더구나 오인의 생명은 대우주의 전생명을 그대로 稟賦하엿다 하는 점으로써 오인의 생사는 필경 전우주의 대목적을 위하야 영원무궁의 上에서 생명의 변환 창조력을 계속 발휘하야 나아가는 것이니 生非絶對이며 死非絶對이라. 오즉 運을 順하며 命에 應하야 묵묵히 대우주의 대목적과 일치 융화하야 나아 가는 일 뿐이겟다.[108]

이와 같이, 이돈화는 사람의 생명의 탄생과 죽음은 근원적 생명력을 가진 우주적 순환의 일부임을 들어 개체의 죽음이란 다만 상대적이요 절대적인 것이라 하고 있다. 또 이로부터 그는 마침내 이 사람의 영혼이라는 것도 대우주의 활정(活精)으로서의 '영혼'의 일부임을 주장하기에 이른다.

오인은 단언하노니 생명이 육체의 작용이 아니오 寧히 그의 원인이라 하면 영혼은 더욱 육체의 작용이 아니며 딸아 생명의 결과가 아닌 것을 재삼 일러두고저 한다. 然하면 영혼이

---

108 위의 글, 27∼28쪽.

라 함은 何이뇨. 이 곳 만물 생명의 원력이며 생명 發作의 원리며 활력이니라. 고로 영혼이 有함으로써 생명이 有하고 생명이 有함으로써 육체가 生하고 육체가 有함으로써 작용이 生하는 것이겟다. (중략)

그럼으로 대우주의 大活精이 신경조직으로 표현하면 이가 生類 일반의 心이 되야 나타나며 그가 또 단순한 물질에 표현하면 但히 拒力 吸力과 如한 동적 표상으로 나타나게 되는 것이니 이 점에서 우주의 大活精은 능히 人의 영혼이 되며 영혼은 人의 생명이 되며 생명은 육체가 되며 肉髓는 작용이 되어 六根의 활동이 이에서 개시된다 할 것이엇다.

此理를 一考하면 오인은 玆에 영혼이라는 것이 何者임을 可知할지며 又 영혼의 영구불멸의 理가 不言 자명케 될지라. 불가에서는 人의 생명을 水泡에 譬하엿나니 만일 人의 생명을 수포와 갓다하면 이 생명의 본원되는 우주의 活精은 대해와 如한 것일지며 딸아서 수포가 멸하야 대해에 歸함과 가티 오인의 영혼은 영원히 우주의 活精이 되어 대의미 대감각으로 더부러 그 운명을 共히 할 것이라 하리라. (중략) 此理를 연장하야 만일 我의 사후에 我는 우주 大活精에 歸한다 할지라도 금일의 我가 我의 심중에 我를 보존함과 가티 我는 영원히 무의미 무감각 즉 대의미 대감각의 裡에 그가 보존되며 기억되어 영구불멸할 것이엇다.[109]

---

109 위의 글, 29~31쪽.

이렇게 보면 이돈화는 인간이라는 존재 자체뿐 아니라 그의 영혼이라는 것도 『티마이오스』가 말하는 우주혼의 맥락, 그 연속선상에서 이해하고 있음을 알 수 있다. 인간의 영혼과 생명과 육체를 대우주의 '대활정'으로서의 '대영혼'의 연장이자 분화로 보고 그 영원무궁에 귀속되는 것으로 본다는 점에서 이돈화의 논리는 확실히 종교로서의 동학, 천도교의 우주적 본체로서의 '한울'에 현대적 논리를 부여한 것이다. 그러나 동시에 그의 논리는, 인간이란 무엇인가 하는 물음 앞에서 우리는 어쩔 수 없이 철학과 종교가 통합되고 혼재되는 영역으로 나아가지 않을 수 없음을 보여 주고 있다.

7. 어떤 삶을, 세계를 이루어야 하는가?

이돈화는 천도교의 삼성, 최제우, 최시형, 손병희의 시대가 저문 후 천도교의 새로운 시대를 열어간 가장 대표적인 실천가이자 이론가로서, 박달성(1883.8.14~1960.6.10), 차상찬(1887.2.12~1946.2.21), 김기전(1894.6.13~?) 같은 『개벽』파의 인물들을 선도했던 것으로 여겨진다. 그는 『개벽』에 연재한 『인내천의 연구』에 바탕을 둔 『인내천요의』(1924), 『신인철학』(1930)과 『천도교 창건사』(1933) 등을 통하여 동학의 논리를 새로운 이론적 기반 위에 올려놓으려 했으며, 이 과정에서 포이에르바하, 칸트, 루소, 다윈, 니체, 베르그송 등의 사상들을 폭넓게 섭렵하고 비판적으로 포용하면서 천도교사상의 새

로운 비약을 이루고자 했다.[110]

이러한 사상적 모색은 한편으로는 동학의 종교적 색채를 세속적 학문의 수준으로 끌어내리는 역작용을 낳았을 수도 있으나, 서세동점과 일제침략이라는 자신의 시대의 난제를 해결하려 한 가장 전위적인 시도를 펼친 것이기도 했다. 그리고 무엇보다 그의 모색은 서구사상의 단순한 수용이 전혀 아니었다.

필자는 한 사회의 문화가 전변을 이루는 양상을 몇 가지로 유형화할 수 있다고 본다. 그 첫째는 내파를 통한 새로운 단계로의 진입이요, 둘째는 전통적인 것의 창조적 변용이다. 셋째는 외부 문화와의 접촉, 수용을 통한 과정에서 일어나는 모방인데, 이보다 훨씬 중요한 네 번째 것은 외부적인 것과 기존의 것을 함께 참조, 접합시키면서 이를 통하여 창조적 비약을 이루어 가는 것이다. 이 네 번째 과정이야말로 어느 사회에서나 그 사회의 새로운 문화 창조의 가장 중요한 동력이라 할 수 있는데, 이는 들뢰즈의 용법으로 말하자면, "연결 접속의 원리"[111]를 따르며, "지도 제작과 전사의 원리"[112]를 따른다고 할 수 있다.

리좀은 어떤 지점이건 다른 어떤 지점과도 연결될 수 있고 또 연결 접속되어야만 한다. 그것은 하나의 점, 하나의 질서를 고정시키는 나무나 뿌리와는 전혀 다르다. (중략) 리좀은

---

110 정혜정, 「이돈화의 인내천주의와 서구 근대철학의 수용」, 『동학학보』 19, 2010.6, 참조.
111 질 들뢰즈 · 펠릭스 가타리, 앞의 책, 19쪽.
112 위의 책, 29쪽.

기호계적 사슬, 권력기구, 예술이나 학문이나 사회투쟁과 관계된 사건들에 끊임없이 연결 접속한다. 기호계적 사슬은 덩이줄기와도 같아서 언어행위는 물론이고 지각, 모방, 몸짓, 사유와 같은 매우 잡다한 행위들을 한 덩어리로 모은다. 그 자체로 존재하는 랑그란 없다. 언어의 보편성도 없다. 다만 방언, 사투리, 속어, 전문어들끼리의 경합이 있을 뿐이다.[113]

한 사회의 문화창조 과정이란 위의 리좀이 그러하듯이 "하나의 점, 하나의 질서", 그 어떤 보편적 원리를 따르고 흉내내며 '사본'을 본뜨려 애쓰는 행위와는 전혀 다르다. 서구문화 또한 낱낱의 "방언, 사투리"에 지나지 않으며 배타적 특권성을 주장할 어떠한 근거도 없다. 그것들은 세계에 통일성을 부여하는 '나무' 줄기나 근본적 '뿌리' 같은 것으로 간주되어서는 안 된다.

리좀은 어떠한 구조적 모델이나 발생적 모델에도 의존하지 않는다. 리좀은 발생축이나 심층구조 같은 관념을 알지 못한다. 발생축은 대상 안에서 일련의 단계들을 조직해 가는 통일성으로서의 주축이다. 심층구조는 오히려 직접적 구성요소들로 분해할 수 있는 기저 시퀀스와도 같은 것인 반면, 생산물의 통일성은 변형을 낳는 주관적인 다른 차원으로 넘어간다. 우리는 이처럼 나무나 뿌리(주축뿌리이건 수염뿌리이건)라

---

113 위의 책, 19~20쪽.

는 재현 모델에서 벗어나지 못하고 있다. 이는 낡아빠진 사유의 변주이다. 우리는 발생축이나 심층구조에 대해 이렇게 말하겠다. 그것은 무엇보다도 무한히 복제될 수 있는 본뜨기의 원리라고. 모든 나무의 논리는 본뜨기의 논리이자 복재(=재생산)의 논리이다. (중략)

리좀은 그와는 완전히 다른 어떤 것이다. 그것은 사본이 아니라 지도이다. 지도를 만들어라. 그러나 사본을 만들지 말아라. (중략) 지도가 사본과 대립한다면, 그것은 지도가 온몸을 던져 실재에 관한 실험활동을 지향하고 있기 때문이다. 지도는 자기 폐쇄적인 무의식을 복제하지 않는다. 지도는 무의식을 구성해 낸다. 지도는 장(場)들의 접속에 공헌하고, 기관 없는 몸체들의 봉쇄-해제에 공헌하며, 그것들을 고른 판위로 최대한 열어놓는 데 공헌한다. 지도는 그 자체로 리좀에 속한다. 지도는 열려 있다. 지도는 모든 차원들 안에서 연결 접속될 수 있다. 지도는 분해될 수 있고, 뒤집을 수 있으며, 끝없이 변형될 수 있다. 지도는 찢을 수 있고, 뒤집을 수 있고, 온갖 몽타주를 허용하며, 개인이나 집단이나 사회구성체에 의해 작성될 수 있다. 지도는 벽에 그릴 수도 있고, 예술 작품처럼 착상해 낼 수도 있으며, 정치 행위나 명상처럼 구성해 낼 수도 있다.[114]

---

114 위의 책, 29~30쪽.

실로 한 사회가 접속, 연결을 통하여 새롭고도 '아름다운' 문화를 만들어 가는 과정을 이처럼 풍요롭게 암시, 시사해 놓기도 어려울 것이다. 그리고 필자는 이돈화야말로 안창호, 신채호와 함께 그의 시대에 가장 놀라운 이적(異蹟)을 보여준 사람일 것이라고 생각한다. 그는 실로 많은 철학자들을 읽었으며 그들을 '자유자재로' 연결하여 자신이 필요로 하는 것을 만들어 낼 수 있었던 사람이었다.

일제강점기를 통과해 간 인물들 가운데 이돈화만큼이나 놀라운 사상적 경지를 개척해 놓은 이는 아마도 다석(多夕) 유영모(柳永模, 1890.3.13~1981.2.3)일 것이다. 그는 기독교에 종교적, 사상적 출발점을 두었고, 평생을 거기서 '멀리' 벗어나지 않았으나, 서구 기독교사상을 일방적으로 수용하는 방식과는 완전히 다른, 동서양의 종교적, 사상적 고전들을 섭렵하여 자신의 사상을 개척한, 그리고 그 사상을 몸으로 옮기는 철저한 실천가의 태도로 그만의 독창적인 세계를 열어 보인 선각자였다.

오랜 시간에 걸쳐 그를 연구한 박재순은 다석 사상의 전개 과정을 모두 네 개의 시기로 나누어 설명한다.

　유영모는 젊은 시절부터 삶에 충실한 구도자적 사상가였으므로, 그의 삶과 사상은 시대와 감정에 따라서는 크게 변화를 겪지 않았다. 삶과 사상은 단절과 변화보다 내적 일관성과 통일성을 유지했다. 그러나 새로운 체험과 성찰에 따라 발전되고 변화하였다.

그의 삶과 사상은 네 시기로 나누어 볼 수 있다. 첫 시기는 기독교신앙에 입문하여 삶과 정신을 세워 간 시기이다. 둘째 시기는 동양철학을 연구하면서 보편적인 종교신앙을 바탕으로 생명철학을 형성한 시기이다. 셋째 시기는 내적 체험을 통해서 자아로부터 벗어나 기독교신앙에 바탕을 두고 생명과 정신의 자유에 이른 시기이다. 넷째 시기는 하늘과 땅과 '내'가 하나로 되는 천지인 체험을 통해 동서고금을 아우르는 대통합의 사상에 이른 시기이다.[115]

이와 같은 유영모의 사상적 궤적은 그가 사력을 다해 참된 삶의 길을 찾고 이를 위한 사상적 토대를 굳건히 해나간 사람이었음을 말해 준다. 1890년 서울에서 출생한 그는 어려서 『논어』와 『맹자』를 배우고, 소학교에서 신교육을 접했으며, 16세에 기독교신앙에 들어서게 된다. 이러한 과정은 1892년생 이광수, 1891년생 이병기, 1894년생 조명희, 1895년생 이기영 등과 세대를 같이 하는 그가 안창호로 대표되는 선배 세대 지식인들처럼 전통적 학문의 바탕 위에서 서구학문 및 기독교로 나아간 과정을 밟았음을 말해 준다. 박재순은 『애기애타 안창호의 삶과 사상』(홍성사, 2020)에서 안창호를 중심으로 한 한국 사상의 '계보학'을 다음과 같이 펼쳐 놓았다.

---

115 박재순, 『다석 유영모』, 현암사, 2008, 39쪽.

유영모와 함석헌은 직접 도산을 만나지는 못했으나 남강과 오산학교를 통해서 간접으로 도산의 철학과 정신을 이어서 발전시켰다. 도산 철학의 핵심은 인격(주체, 나)의 혁신을 통해 민족(인류) 전체의 통일에 이르는 것이다. 주체의 깊이와 자유에서 전체의 하나됨에 이르는 도산의 기본 철학은 유영모와 함석헌에게서 더욱 깊이 탐구되고 발전되었다. 동서고금을 막론하고 어떤 철학자도 도산 안창호, 다석 유영모, 씨알 함석헌처럼 주체(나)를 강조하면서 전체의 통일을 강조한 사람은 없다. 주체의 깊이와 자유를 탐구하면서 전체의 하나됨에 이르는 철학이라는 점에서 세 사람은 일치한다. 유영모는 깊고 높은 정신세계에서 성자의 삶을 살면서 동서고금의 철학과 사상을 회통하는 위대한 철학을 형성하였다. 함석헌은 도산과 남강의 민족교육운동을 계승하고 유영모의 깊고 큰 철학을 이어받아서 삶과 사상을 통합하는, 바다처럼 크고 넓은 정신세계를 이룩하였다. 도산은 '나'의 철학을 확립하고 흥사단을 만들고 통일독립운동과 교육독립운동을 조직적으로 민족적으로 펼쳤다는 점에서는 유영모나 함석헌을 능가하였다. 이승훈은 위대한 교육독립운동을 펼치고 삼일운동을 이끌었다는 점에서 위대하지만 사상과 철학에서는 기여하지 못했다. 유영모는 거의 은둔자처럼 내적·철학적 탐구에 몰두했다. 함석헌은 대중연설과 글을 통해 많은 추종자를 얻었으나 조직화하지 못했고 민주화운동에 앞장섰으나 조직적인 지도력을 발휘하지 못했다. 도산은 사상능력, 조직력,

사업의 기획과 추진력, 민주적 지도력에서 비교할 수 없는 역
량을 발휘하였다.[116]

위의 인용 대목은 안창호 전기의 일부를 이루고 있어서 마땅히
안창호를 중심으로 한 한국 사상과 운동의 전개사를 스케치적으
로 묘사하고 있지만, 그 안창호의 넓고 크고 깊음을, '위기지학(爲
己之學)'으로서의 '나'의 '혼과 몸'에 관한, 정심한 내적 논리의 '궁극'
에까지 밀고 나간 사람은 바로 다석 유영모였다.

필자가 읽은 김재순의『다석 유영모』및 김흥호의『다석일지 공
부』(솔출판사, 2001) 전7권 가운데 제1권에 따르면 삶과 죽음이라는
생명의 '근본 문제'에 깊이 침잠하여 기독교를 기본 줄기로 삼으로
면서도 이에 중국의 경전들,『논어』,『맹자』,『노자』등과 인도철학
으로서의 불경들, 한국의 고전적 경전 및 천도교, 대종교 같은 신
사상, 신종교의 논리까지 접합하여 자신만의 독창적인 세계를 열
어 보인 이론가이자 실천가였다.

그의 삶의 내적인 가열, 그 뜨거움은 그가 이미 얻고 깨달은 순
간에 머무르지 않고 더 높고 새로운 차원을 향해 스스로를 부단
히 단련시켜 가는 중단 없는 나아감 그 자체에 깊은 화인을 새
겨 놓는다. 그는 몇 번이고 새로운 깨어남, 깨달음에 전율하며 삶
의 진정한, 아니 신성한 의미에 도달하려고 실로 그치지 않는 노
력을 기울였던 것이다. 이러한 나아감의 네 번째 단계인 1943년부

---

116   박재순,『애기애타 안창호의 삶과 사상』, 홍성사, 2020, 158~159쪽.

터 1981년에 이르는 시기에 그는 "동서고금의 정신과 사상을 회통함으로써 보다 깊고 자유로운 사상과 정신의 경지에 이른 사상의 완성기"[117]에 다다른다. 이러한 회통을 다석은 "동양문명의 뼈에 서양문명의 골수를 넣는다"[118]라고 표현했다고 하는데, 이는 박재순에 따르면 "동양과 서양 사이에 주종 관계나 전후 관계를 따지지 않고, 양쪽을 전적으로 긍정하고 수용하는 방식으로 동서 정신문화의 종합에"[119] 이른 것이다.

그러므로 다석이 자신의 글이나 말에서 '하느님'을 운위한다고 해도 그것은 이른바 정통 기독교의 하느님 그것과는 다른 의미와 뉘앙스를 띠게 될 것이다. 그럼에도 그의 '하느님' 사상은 몸의 죽음에 대하여 얼의 영원성을 강조하는 양상을 보인다.

오랜 생각 끝에 유영모는 "몸은 죽고 얼은 영원히 산다"는 결론에 이르렀다. 그는 '삶'과 '죽음'의 주체인 '나'가 누구인지 탐구했다. 몸, 맘, 개인에게 매인 '나'는 상대적인 '나'이며 육체에 매인 '나'로 보고, '얼의 나'를 영원한 생명으로 보았다. 얼의 나는 하느님과 하나 되는 영원한 '나'이다.

얼의 나를 영원한 존재로 보는 다석의 사상은 영혼이 실체적으로 있어서 육체가 죽어도 영혼은 죽지 않는다는 영혼 불멸 사상이나 몸이 죽으면 영혼은 다른 몸으로 태어난다는 윤

117 박재순, 『다석 유명모』, 현암사, 2008, 52쪽.
118 다석학회 엮음, 『다석강의』, 현암사, 2006, 310쪽, 박재순, 『다석 유명모』, 현암사, 2008, 53쪽에서 재인용.
119 박재순, 위의 책, 53쪽.

회전생(輪廻轉生) 사상과는 다르다. 얼의 나는 영원한 생명인 하느님 또는 성령과의 연락과 소통 속에서만 존재하기 때문이다. 다석에게 얼의 나는 실체적으로 존재하는 뜻이 아니라 하느님과의 관계 속에서 늘 새롭게 태어나야 한다. 육체의 욕망과 죄에 매인 나는 죽고 물질의 지배에서 자유로운 얼의 나로 살아나야 한다.

소멸하고 죽을 수밖에 없는 몸과 마음의 '나'가 죽음으로써 얼의 '나'가 살아난다. 물질적이고 신체적인 '나'의 죽음을 통해서 그리고 그 죽음 안에서 얼의 '나'가 영원한 생명에 이른다. 다석의 이러한 결론은 "죽음을 통해 구원에 이르고 죽음으로써 다시 산다" 하는 『성경』과 기독교의 구원관과 부활 신앙을 교리적으로가 아니라 삶 속에서 실천적으로 체득한 데서 나온 것이다.[120]

지극히 신성한, 금욕적인 뉘앙스를 지님에도 불구하고 다석의 '하느님'은 기독교적 유일신의 의미만이 아니라 천도교의 한울, 이돈화의 '영원무궁', 들뢰즈의 리좀적 다양성의 원천으로서의 존재의 '일의성(univocité, univocity)'[121] 같은 것에 '해당하는' 것으로 이해

---

120 위의 책, 75쪽.
121 들뢰즈가 지속적으로 존재자들의 다수성에 관한 논의를 펼침에도 불구하고 '존재의 일의성'에 관한 사유를 버리지 않고 있음을 논의하고자 한 대표적인 사례는 알랭 바디우의 『들뢰즈 존재의 함성』(박정태 옮김, 이학사, 2001)일 것이다. 이 책에는 '존재의 일의성'에 관한 들뢰즈의 텍스트가 부록으로 수록되어 있다. 『차이와 반복』에서 발췌한 내용 가운데 인상적인 대목을 인용해 보면 다음과 같다. "실제로 일의성의 본질은 존재가 [무조건] 유일하고 같은 하나의 의미로 이야기된다는 것이 아니다. 일의성이란 정확하게 말해서 존재는 그의 모든 개별화하는 차이들 또는 그의

된다. 그러나 동시에 다석 사상의 출발점이자 기저 사상이 기독교였던 탓에 그의 '얼의 나'에게는 몸, 곧 육체의 부정적인 함의가 뒤따르고 있으며, 어떻게 하면 그로부터 자유로울 수 있는가 하는, 기독교적이자 동시에 불교적이라고까지 할 수 있는 화두가 항존한다. 다음과 같은 박재순의 해석에서 다석이 참된 자유를 얻는 방식을 가늠할 수 있다.

> 생사를 넘어선 사람은 우주만물의 주인으로서 욕망과 허영, 분노와 미움에서 벗어나 놀이하는 마음으로 즐겁게 살 수 있다. 이런 자유는 자신의 몸과 마음을 제사 드리는 사람이 누리는 자유이다. 제사는 자아를 불살라 허공, 빈탕한 데 하늘에 올리는 일이다. '빈탕'은 빈 것, 허공을 뜻한다. 물질과 욕망을 태워 버렸으니 '비고 없다'. 비고 없는 것은 하늘이다.

모든 내적인 양상들로부터 유일하고 같은 하나의 의미로 이야기된다는 것을 말한다. 존재는 모든 양상들에 있어서 같은 것이지만, 양상들은 같은 것들이 아니다. 존재는 모든 양상들에게 있어서 "동등"하지만, 양상들 자신들은 동등치가 않다. 존재는 모든 양상들의 유일한 하나의 의미로 이야기되지만, 양상들 자신들은 동일한 의미를 지니지 않는다. 개별화하는 차이들과 관계를 맺음이 일의적인 존재의 본질이지만, 이때의 차이들은 동일한 본질을 지니지 않으며, 또 존재의 본질을 변화시키지도 않는다. 마치 힘이 다양한 강도들과 관계를 맺지만 본질적으로는 동일한 힘으로 남는 것과 마찬가지로 말이다. 따라서 사람들이 파르메니데스의 시를 통해서 그렇다고 믿었던 것처럼 결코 두 개의 "길들"이 있는 것이 아니다. 가장 다양하고 가장 다채로우며 가장 차이화된 모든 존재 양태들과 관계를 맺는 존재의 유일한 하나의 "목소리"가 있을 뿐이다. 존재는 그가 무엇으로부터 이야기된다고 할 때 바로 그 무엇 모두의 유일하고 같은 하나의 의미로 이야기된다. 그러나 존재가 그로부터 이야기되는 무엇은 차이화한다. 말하자면, 존재는 차이 자체로부터 이야기되는 것이다."(알랭 바디우, 『들뢰즈 존재의 함성』, 박정태 옮김, 이학사, 2001, 219~220쪽) 필자는 여기서 말하는, "일의성"을 갖는 "존재"란 다석 유영모에 있어 "하느님"과 같은 수준의 의미를 가진다고 생각한다. 들뢰즈가 참조, 연구한 스피노자, 그리고 니체에 있어서도 이 '일의적 존재'와 다양하고도 개별자적인 '양태'에 관한 인식이, 예를 들면 『에티카』(1677)나 『비극의 탄생』(1872)에도 공히 나타난다.

'한데'는 '바깥. 넓은 데, 막힘없이 크게 하나로 확 트인 데'를 뜻한다. 하느님께 나가기 위해 모든 것을 불살라 제사 지낸 사람은 '빈탕한데' 곧 '하늘'에서 논다. 다석은 이것을 '빈탕한데 맞혀 놀이(與空配享)'라 했다.[122]

그렇다면 다석은 '하느님' 곧 '영성'에 대하여 몸과 마음의 위상을 부정적으로 설정하는데 머물렀던 것인가? 하면 꼭 그렇지만은 않았던 것으로 파악된다. 다석은, 널리 알려져 있듯이, 그의 제자였던 김교신이 세상을 떠난 날을 빌려 그 꼭 1년 후를 죽는 날로 잡아 매일 죽음을 겪어 가는 죽음 공부를 시작한다. 김교신이 세상을 떠난 날은 1945년 4월 25일이었으며 다석이 그러한 죽음 공부를 시작한 것은 1955년 4월 25일이다. 필자는 김흥호의 『다석일지 공부 1』(솔출판사, 2001)를 통하여 그 한 해 동안 다석의 삶과 생각이 변모해 나가는 과정을 부족한 대로나마 따라가 보고자 했다. 1955년 4월 27일 다석은 "예의 묻몸 몸몸 이야기로 실마리를 풀어 脊椎는 律呂라는 말, 사람은 몸거믄고라는 말로 매듭을 짓다"[123]라고 썼고, 이에 대해 김흥호는 다음과 같은 주석을 붙인다.

마음은 모르고 몸은 주리고, 이것이 금식기도다. 생각은 넘치고 욕심은 없어지고 무지무욕無知無欲이다. 사람의 척추는 묻(마음) 자의 싸올림이요, 몸(려) 자의 싸올림이다. 사람

122　박재순, 앞의 책, 95쪽.
123　김흥호, 『다석일지 공부 1』, 솔출판사, 2001, 23쪽.

의 몸은 척추가 중심이 된 악기와 같고, 마음은 악기가 연주
하는 음악이다. 마음몸 음악을 연주하는 악기요, 몸마음 악
기가 연주하는 음악이다. 몸은 악기가 되어 소중하고 마음은
음악이 되어 존귀하다. 음악을 연주하는 이가 누굴까. 그분
이 하늘님이다. 천명이다.[124]

또한 1955년 11월 4일의 일지에 다석은 "瘦身輕快餘日樂 煉煙
心重輻他生粲(수신경쾌여일락 연연심중치타생찬)"[125]이라고 썼고, 이에 관
하여 김흥호는 "살이 빠져서 몸은 여위었지만 마음은 언제나 가
볍고 유쾌하여 남은 여생을 즐겁게 지낼 수 있다. 그러기 위해서는
언제나 마음 속에 뜨거운 불을 가지고 깊이 생각하고 많은 말씀
을 준비하여 짐수레에 가득 싣고 다른 사람을 위하여 살아 있는
좋은 음식과 반찬을 제공하는 것이 즐겁게 사는 비결이다."[126]라
고 해석했다.

여기서 타인, 남을 위해 좋은 음식과 반찬을 준비한다는 대승
불교의 '보살'적인 사상이 슬쩍 자태를 나타내고, 다시 1956년 3
월 5일의 일지에 다석은 "참 사는 수는 사는 힘 줌"[127]이라고 썼고,
이에 김흥호는 "참 사는 힘(수)은 남에게 사는 힘을 주는 데서 시
작된다. 기욕립이립인(其欲立而立人)이다. 내가 서려면 남을 세우면

---

124 위의 책, 23〜24쪽.
125 위의 책, 228쪽.
126 위의 책, 같은 쪽.
127 위의 책, 380쪽.

된다. 내가 알려면 남을 가르치면 된다."[128]라고 하여, 『논어』의 제 6「雍也」편의 구절을 가져와 이해를 더했다. 이「옹야」편 스물여덟 번째 꼭지의 내용은 다음과 같다.

　　子貢曰, "如有博施於民而能濟衆, 何如? 可謂仁乎?"
　　子曰, "何事於仁, 必也聖乎! 堯舜其猶病諸! 夫仁者, 己欲立 而立人, 己欲達而達人. 能近取譬, 可謂仁之方也已."[129]

"博施濟衆"(박시제중)으로 널리 알려진 이 구절에서 공자는 이를 단지 올바름(仁) 뿐 아니라 성스럽다고까지 말할 수 있다고 한다.[130] 무릇 '바름'은 자기가 서고자 하여 남을 서게 하고 자신이 통달하고자 하매 남을 통달케 하는 것이라는 것이다.(己欲立而立人, 己欲達而達人)「옹야」편은 "도덕적 인간 또는 고귀한 인간들은 어떠한가 그 목표가 무엇인가를 묻는"[131] 장이다. 여기에 이르러 다석은 '위기지학'으로서의 경지에서 '위인지학'을 향한 쪽으로 걸음을 옮기고 있다고 말할 수도 있을 것이다.

자신의 욕망을 극도로 절제하면서도 몸과 마음을 하느님의 영성을 실현하는 귀한 악기로 보고 자기를 비워 남을 먹이고 남을

128　위의 책, 381쪽.
129　송명호, 『공자의 시작에 서다』, 먼날, 2017, 391쪽.
130　'仁'을 '어짊'보다 '바름', '올바름' 쪽으로 해석하는 사례들이 있다. 송명호, 『공자의 시작에 서다』, 먼날, 2017, 243~253쪽, 참조. 유학에서 말하는 '인'은 "어짊, 박애, 도덕, 선 등의 광범위한 뜻을 지니는 심오한 휴머니즘의 표현"(신현승, 「신유학의 대동사상과 인의 공동체」, 『동아시아문화연구』 66집, 2016.8, 115쪽)이다.
131　위의 책, 342쪽.

위하는 삶을 은은히 지향한 다석의 사유는 '밥 철학'으로 연결되는바, 그는 "육체의 생존을 위하여 밥을 먹지 않고 자신의 생명과 정신을 완성하고 깨끗하고 아름다운 삶을 이루기 위하여 밥을 먹었다"[132]고 한다. 이러한 다석의 '밥 철학'을 박재순은 다음과 같이 설명한다.

밥은 몸이 필요한 만큼만 아껴 먹되 사랑으로 나누어 먹어야 한다. 밥을 사랑으로 나누어 먹는 것이 다석이 실천한 하루살이 정신의 근본 토대였다. 다석은 자신의 7가지 생활 태도를 '일곱 가지 생각할 일(七思)'로 표현하고 마지막 일곱 번째 생각할 일로서 "밥 먹을 때는 사랑으로 나눌 것을 생각한다(食思割愛)" 하였다. 다석은 '일곱 가지 생각할 일'을 적은 다음에 "내게 '일곱 가지 생각할 일'이 일어나기는 '食物(식물)은 割愛(할애)로만 보겠다'는 데서 비롯한다"고 썼다. '밥을 사랑으로 나누는 것'이 다석의 삶과 정신의 근본 바탕이라는 것을 다석 자신이 밝힌 것이다. 다석이 하루에 한 끼만 먹는 것은 '먹고 남은 양식'을 나누자는 게 아니라 '지금 내가 먹는 밥'을 사랑으로 나누어 먹자는 것이다. 그것은 밥만 나누는 것이 아니라 몸을 나누고 목숨을 나누는 것이다.

다석이 밥을 '나누어 먹는 것'으로 보고 그것을 자신의 삶의 기본 정신으로 본 것은 그의 기독교 이해, 예수 이해에서

132 박재순, 앞의 책, 113쪽.

나온 것이다. 예수 자신이 하느님 나라 운동으로서 밥상 공동체 운동을 펼쳤고 죽음을 앞두고는 '빵과 포도주'를 자신의 살과 피로 알고 먹으라고 하였다. "예수는 음식을 나눔으로써 삶을 나누었고, 삶을 나눔으로써 사랑과 평화의 깊은 일치를 이루었다. 참으로 하느님의 임재(臨在)를 경험하게 했다."[133]

그러니까 다석은 단순히 금식과 금욕 같은 육체적 '학대'에 기울었던 것이 아니라 참된 삶, 기쁜 삶을 살기 위한 절제와 동시에 그 것을 사랑으로 나누는 공동체적 삶을 지향하는, 그리하여 '오늘'의 '하루살이' 속에 성스러운 영원을 품어 안는 삶을 지향했던 것이다. 그리고 이는 다시 "자기의 욕심과 주장을 점으로 찍어 '가온 찍어' 버리면 자유롭게 되고 남을 섬기는 평등, 무등 세상을 이룰 수 있다"[134]는 대동 세계의 이상으로 통하고 있음을 엿볼 수 있다.

지금 필자는 이돈화에서 유영모로 연결되는 한국사상의 어떤 계보를 살피고 있다고 할 수 있는데, 그러면서 또 실은 김흥호나 박재순 같은 그 사상적 계승자들의 의식까지도 아울러 살펴보고 있는 셈이다.

이러한 맥락에서 필자가 수년간 눈여겨보고 있는 중요한 사상적, 종교적 모색 가운데 하나는 바로 '불교와 그리스도교의 창조적 만남'을 지향하는 『보살예수』(현암사, 2004)의 저자 길희성이다. 여

<hr>

133 위의 책, 116~117쪽.
134 위의 책, 147쪽.

기서 그는 현대불교와 그리스도교의 독단적인 종교적 율법주의를 넘어서는 새로운 인식 지평을 획득하고자 한다.

이것은 사도 바울이 그리스도교의 메시지를 유대교의 율법으로부터 분리함으로써 그리스도신앙이 세계로 전파될 수 있는 초석을 마련한 것과 유사합니다. 바울이 그렇게 할 수 있었던 것은, 예수님 자신의 사랑의 윤리가 이미 율법주의를 넘어서고 있었기 때문입니다. 간단히 말하자면 불교는 세계를 위한 힌두교요, 그리스도교는 세계를 위한 유대교라 할 수 있습니다.[135]

바로 이러한 다원론적 시각으로부터 그는 소승불교와 대비되는 대승불교의 보살에 대한 이해로 나아간다.

보살은 자신만의 해탈을 구하지 않고 자신의 이로움(自利)과 타인의 이로움(利他)을 동시에 추구하는 자입니다. 깨달음을 구하는 것도 자신의 해탈만을 위한 것이 아니라 중생을 구제하여 함께 생사의 세계를 벗어나기 위함입니다. 생사의 세계에서 고통받고 있는 중생이 단 하나라도 있는 한, 스스로 열반에 드는 것을 포기하고 중생과 함께하고자 합니다.[136]

---

135 길희성, 『보살 예수』, 현암사, 2004, 44쪽.
136 위의 책, 188쪽.

말하자면 '열반 아닌 열반'입니다. 보살은 생사를 두려워하거나 싫어하지도 않고 열반을 두려워하거나 집착하지도 않습니다. 지혜로서 생사와 열반이 둘이 아님을 깨달아 생사에도 집착하지 않고 열반에도 집착하지 않는 자유를 누리며, 동시에 자비로써 중생을 피안의 세계로 열심히 나릅니다. 지혜와 자비, 자유와 헌신이 보살의 생명이고 힘입니다. 보살의 지혜는 자비를 위한 것이며, 자비는 지혜에 근거한 것입니다. 보살의 자유는 헌신을 위한 것이며, 헌신은 자유에 입각한 것입니다.[137]

이러한 보살론으로부터 길희성은 예기치 못한 사람들에게는 매우 '충격적일' '보살예수'론을 제기한다.

우리가 예수를 보살이라고 부른다면, 사람들은 다른 종교의 중심 개념을 그리스도교신앙의 중심에 적용한다는 점에서 얼토당토않은 발상이라고 생각하며 심한 거부감을 느끼기도 할 것입니다. 하지만 우리가 마음을 열면 반드시 그렇게 반응할 필요가 없다는 것을 알게 됩니다. 가령 초대 교회 신앙의 근거가 된 "예수는 그리스도이다" 하는 신앙 고백의 경우를 생각해 보아도, 우리는 그것이 처음에는 얼마나 파격적이고 얼토당토아니한 고백이었는지 쉽게 알 수 있습니다.

---

137 위의 책, 189~190쪽.

(중략)

보살이라는 칭호도 마찬가지입니다. 불교라는 전혀 다른 종교 전통에서 탄생한 보살 개념이, 먼 유대 땅에서 인간의 진정한 해방을 위해 살다가 요절한 청년 예수의 삶과 생각을 이해하는 데 도움이 될 것이라는 것은 엉뚱한 발상 같지만 우리에게는 매우 중요한 통찰을 제공해 줍니다. 저는 예수님이 불교문화권에서 탄생했다면 틀림없이 자비로운 보살의 모습으로 나타나셨으리라 상상해 봅니다. 그래서 사람들은 그에게서 중생의 고통에 참여하는 보살의 전형적인 모습을 보았을 것이고, 그를 통해서 보살상은 더 심화되었을 것이라고 생각합니다. 반대로 만약 보살이 2,000년 전 척박한 유대 땅에서 출현했다면 필경 예수님의 모습으로 출현했을 것이며, 그를 통해서 이스라엘이 고대하던 메시아상이 도전받고 심화되었을 것이라 믿습니다. 따라서 우리 아시아인이 우리의 언어로 독자적인 그리스도론을 전개한다면, 이러한 아시아적 그리스도론의 한 중요한 형태가 '보살예수론'이어야 한다고 저는 믿습니다.[138]

이러한 길희성의 '보살예수'의 상은 사실은 유영모의 지난한, 종교 통합적인 실천 행로를 통하여 한 번은 이미 실현된 것이었을 수도 있다고, 필자는 생각해 본다. 자신의 구원과 해방만을 구하

---

138 위의 책, 196쪽.

지 않고 자신을 세우기 위해 남을 먼저 세우고 자신이 통달하기 위해 먼저 남을 통달하게 하는 『논어』 「옹야」편의 '군자'의 모습은 불교의 보살의 형태로, 그리스도교의 구원자의 이미지로 이미 출현해 있었으며, 이 혼란과 고통과 타락의 현대에서도 새로운 진정한 실천가의 형태로 새롭게 나타나고 있는 중이다.

여기에까지 이르러 필자는 하나의 질문을 던져 본다. 근대주의도, 마르크시즘도 물질주의적, 육체 중심적 사회'진화론'으로부터 자유롭지 못한 것이라면 과연 우리는 어떤 공동체를 지향해야 할까?

유영모의 신성한 삶의 이상은 비록 '영성주의'에 기운 듯한 인상을 주지만, 한편으로는 물질적 풍요로움과 빈곤의 이항대립으로 점철된 오늘날의 삶을 성찰하는 계기를 마련해 주는 것으로 생각된다. 우리의 문화는 현재 너무 기름지고 장식적인 내용들로 채워져 있으나 이런 표면의 화려함 이면에는 삶의 근본에 대한 성찰이 결핍되어 있지는 않은가 싶다. 우리들 사람에게 필요한 최소한이라는 것은, 한 사람 한 사람이 생명을 영위할 수 있는 한 그릇의 밥으로 표상되는 생활의 양식과, 이 '먹음'을 남과 더불어 나눔으로써 고통과 즐거움을 함께 겪으려는 태도와, 우리들의 총체로서의 삶은 이 생명 작용이 끝남과 더불어 자연, 우주, 한울, 하느님에게로 돌아가게, 거둬지게 마련이라는 겸허 같은 것이 아닐까. 이 세 가지 요소를 사회운영의 원리로 삼을 수 있다면 이것이야말로 우리가 이 지상에서 누릴 수 있는 '지복'이라 할 수 있지 않을까.

이러한 생각에는 삶이라는 것, 또는 문화적 삶이라는 것에 대한 약간의 보충적 논의를 필요로 하는 것 같다. 삶을 물질적이거나 정신적인 어떤 것으로만 단정할 수 없고, 인간은 영육을 함께 가진 신성한 존재라면 그의 삶은 하나의 총체로서 좋은 삶을 이루어야 할 것이다. 이와 관련하여 김흥호는 다석의 사상을 설명하면서, "좋은 나라는 먹을 것이 넉넉하고 문화가 풍성하여야 한다. 건강한 육체와 건강한 정신, 밥과 말씀이 다 있어야 좋은 나라다. …… 건강한 정신이 되어야 건강한 육체가 된다. 문화가 있어야 나라가 있다. 문화의 창조가 나라의 창조다. 생기가 들어가야 한 사람이 된다."[139]라고 했다. 그렇다면 이러한 문화는 어떤 문화인가? 필자가 생각하기에 문화는 세 개의 층위로 이루어져 있는 것 같다. 하나는 '의식주'와 같이 인간의 근본적인 생존조건에 관련되어 있는 문화이며, 다른 하나는 이로부터 파생하여 삶을 더 윤택하게 만들어 주는 문화이며, 마지막 하나는 이 윤택함을 넘어서서 인간으로 하여금 더 많은 쾌락과 향유를 가져다 주는 문화들이다. 이 세 개 층위의 문화가 모두 모든 사람에게 고루 나누어질 수 있다면 바로 유토피아가 될 수 있겠지만 세계 현실은 그렇지 못한 것을 우리는 알고 있다. 그러므로 우리들에게 좋은 삶이란 적어도 "밥"으로 표상되는 일차적인 문화만큼은, 그리고 이차적인 문화만큼은 함께 나누고 누릴 수 있는 사회 메커니즘을 구축해야 한다. 이것이 가능하다면 그래도 우리들의 사회적 삶은 견딜 수 있을 만한 것이 될 것이다.

---

139 김흥호, 앞의 책, 357~358쪽.

이러한 삶을 만들어 가는 사람들이 필요할 것 같다. 그런데 이 사람들은 물질적 근대주의가 말하는 '역군', 마르크시즘이 말하는 '전위' 같은 것이 아니라 이들을 대체할 새로운 실천적 존재로서 '보살예수'와 같은 사람이 아닐까 생각한다.

필자는 이러한 실천가의 한 사례로서 다시 안창호를 생각한다. 그의 '대동적' 이상사회론과 기독교적 정의돈수의 방법론의 결합이 오늘날까지도 생생한 의의를 지니고 있다고 생각한다. 물론 아직 이것만으로는 충분하지 않다. 구체적인 방법론은 충분하게 획득되지 않았기 때문이다. 그러나 그것은 그가 자신의 이상을 충분히 구현할 수 있는 현실적 토대를 확보할 수 없었던 역사적 조건에서도 기인하는 것이었다. 척박한 일제강점기 현실 속에서 그는 태평양을 넘나들며 평생에 걸쳐 자신의 이상사회를 지상에 펼쳐 놓으려 했다. 그가 말하는 '정의'와 이를 통해서 형성되는 유정 사회의 이상은 그 빛이 아직 바래지 않았다.

지금은 이 사회에서 사람들이 희망을 찾고 해방과 구원을 맛본다는 것이 무엇인가 하는 문제를 다시 한번 생각해야 할 때라고 생각한다. 확실히, 인간은 어떤 실체적인 정신과 육체의 이항대립적 결합물은 아니다. 인간은 얼과 넋, 혼과 몸이 한데 엉기고 스며들어 있는 통합적 존재로서 각각의 개체는 타자를 향해, 그리고 나아가 자연과 우주를 향해 열려 있는, 아니 그 생명적 근원으로부터 나와 근원으로 돌아가는, 오늘을 충만하게 살아야 할 존재들이다. 이러한 존재의 의미는 물질적 근대주의만으로는, 그에 저항하는, 또 다른 물질적 마르크시즘만으로는 추구될 수 없다. 지금 우리에게 필요한 삶의 혁명은 다시 총체로서의 인간의 삶의 변화, 삶을 대하는 태도의 변화를 수반하지 않을 수 없다.

필자는 이러한 삶의 혁명을 위해서는 새로운 창안이, 발명이 필요하다고 생각한다. 일찍이 작가 최인훈이 『회색인』의 주인공 '독고준'을 통해서 우리의 혁명을 위해서는 '사랑과 시간'을 필요하다고 했다. 여기서 말하는 사랑을, 필자는 안창호의 '유정함'이라고 생각한다. 이 사랑이, 유정함이 세속적인 삶의 원리로 정착될 수 있는 길을, 즉 진정한 공동체의 문법을 우리는 아직 안출하지 못하고 있다고, 필자는 생각한다.

이 무지한 상태를, 우리는 예민하게 의식해야 한다. 과거 우리가 품었던 많은 이상이 도로에 부쳐져 버렸다. 희망의 빛이라 여겨졌던 것들은 깨닫고 보면 어둠에서 나와 질곡으로 향하는 이념들이기도 했다. 과거 우리가 걸어온 길에 대한 성찰의 바탕 위에서 새로운 접속을, 고안을, '되기'를, 비약을 이루어야 할 때다.

2장
'민족'에 관하여
-근대주의적 민족론에의 비판적 조명

1. 『반일 종족주의』는 무엇을 말했나?

　'문제작' 『반일 종족주의』에서 저자는 "한국의 거짓말 문화는 국제적으로 널리 잘 알려진 사실입니다"라는 말로 '프롤로그'를 시작한다. 그는 위증죄, 허위 사실에 의한 고소, 보험 사기 등 비율을 일본, 미국과 비교해 보인 후 "국민만 그런 것이 아"니고 "정치는 거짓말의 모범을 보이고 있"다고 단언한다. 사례를 드는데 한결같이 과거 야당, 재야세력의 주장을 비판한 것이다. 이어서 그는 학문과 사법부로 비판 대상을 '날카롭게' 돌려간다.

　그중에서도 학문이 그 책임이 가장 크다. "이 나라의 국민이 거짓말을 일삼고, 이 나라의 정치인들이 거짓말을 정쟁의 수단으로 삼게 된 것은 이 나라의 거짓말하는 학문에 가장 큰 책임이 있습니다." 거짓말 문화가 사법부까지 지배하게 되면서 "'정의의 원칙'"

은 사라지고 "사실"과 "거짓말"을 분간하지 못한 "나라의 근간을 흔드는 엉터리 판결"이 내려지고 있다. 2018년 10월 말 대법원 판결, "해방 이전에 일본제철에서 노동한 네 명에 대해 그 회사를 잇는 '신일철주금'이 1억 원씩의 위자료를 지불하라고 내린 판결"은 그 대표적 사례다.

한국인들이 거짓말 문화에 빠져 있다는 인식에서 출발, 대법원의 일본기업 강제징용 배상 판결이 엉터리라는 비판으로 나아간 저자는 해방 이후 전개된 이 거짓말 범람의 "60년간의 정신사"를 설명할 필요를 느낀 것 같다.

어느 사회가 거짓말에 관대하다면 그 사회 저변에는 그에 상응하는 집단 심성이 장기 추세로 흐르고 있습니다. 그것은 한마디로 물질주의입니다. 돈과 지위야말로 모든 행복의 근원이라는 가치관, 돈과 지위를 위해서라면 수단과 방법을 가리지 않은 행동원리, 이런 것이 물질주의입니다. 물질주의 문화는 거짓말에 대해 관대합니다.

(중략)

더 장기적이고 거시적인 시야에서 물질주의 근원을 추구해 들어가면 한국의 역사와 함께 오래된 샤머니즘을 만나게 됩니다. 샤머니즘의 세계에서 선과 악을 심판하는 절대자 신은 없습니다. 샤머니즘의 현실은 벌거벗은 물질주의와 육체주의입니다. 샤머니즘의 집단은 종족이거나 부족입니다. 종족은 이웃을 악의 종족으로 감각합니다. 객관적 논변이 허용되지 않는 불변의 적대감정입니다. 여기선 거짓말이 선으로서 장려됩니다. 거짓말을 종족을 결속하는 토템으로 역할을 합니다. 한국인의 정신문화는 크게 말해 이러한 샤머니즘에 긴박되어 있습니다. 보다 정확하게 표현하여 반일 종족주의라고 할 수 있습니다.

한국의 민족주의는 서양에서 발흥한 민족주의와 구분됩니다. 한국의 민족주의에는 자유롭고 독립적인 개인이란 범주가 없습니다. 한국의 민족은 그 자체로 하나의 집단이며, 하나의 권위이며, 하나의 신분입니다. 그래서 차라리 종족이라 함이 옳습니다. 이웃 일본을 세세의 원수로 감각하는 적대 감정입니다. 온갖 거짓말이 만들어지고 퍼지는 것은 이 같은 집단 심성에 의해서입니다. 바로 반일 종족주의 때문입니다.[140]

어디서부터 어떻게 이해해야 할지 모를 이 독단적 논리 연결은 연결이라기보다는 각각의 '따로 노는' 도그마들을 얼기설기 엮어 놓은 데 불과하다고 하겠다. 그가 저주하는 '거짓말 문화'라는 것이 물질주의의 산물이라는 것도 전적으로 수긍하기 어렵지만, 이 물질주의가 샤머니즘의 산물이라는 데는 과연 샤머니즘을 단 한 끝이라도 이해하고 있는지 의문이다.

샤머니즘이란 샤먼을 통하여 이승과 저승, 산 사람과 죽은 사람이 접속, 대화를 나누기까지 하는 제의를 말함인데, 어찌하여 그

---

140   이영훈, 「프롤로그—거짓말의 나라」, 『반일 종족주의』, 미래_H, 2019, 20~21쪽.

2장 '민족'에 관하여 –근대주의적 민족론에의 비판적 조명 135

것이 물질, 육체 중심주의의 본바탕이 될 수 있겠는가. "샤먼의 영혼이 다른 영적 존재들과 접촉하기 위해 육신을 이탈해 나가는 현상을 일컫는 '영혼 여행'과 외부의 영적 존재들을 샤먼 자신의 육신에 영접하여 의사를 소통하는 '신들림'은 극히 대조적인 경험"으로 "샤먼의 정신활동을 설명하거나 샤머니즘 현상을 정의하는 중요한 개념으로 활용"으로 왔음을 아는 사람은 다 아는 사실이 아니던가.[141] 그러나 이 필자는 그런 것쯤 아랑곳하지 않을 뿐 아니라 이 샤머니즘이 한국뿐 아니라 시베리아에서 한국, 중국과 말레이 지역은 물론 그가 거짓말을 하지 않는 나라라고 생각하는 일본에서까지 성행해 왔음도 알 필요가 없다.[142]

샤머니즘과, 한국 물질주의 및 '거짓말 문화' 사이에 가로놓인 깊은 강물 위를 그는 거침없이 바짓가랑이도 젖지 않고 성큼성큼 건너는 기적을 부린다. 그리고 이 샤머니즘이 바로 한국 민족주의의 토대이며, 그래서 한국 민족주의는 "서양에서 발흥한 민족주의"와는 전적으로 달라서 거기에는 "자유롭고 독립적인 개인"이란 범주가 들어설 틈이 없고, 오로지 하나의 "집단", "권위", "신분"일 뿐이며, "그래서 차라리 종족이라 함이 옳"다는 것이다. 서양의 민족주의와는, 그리고 서양을 닮은(필시 그는 그렇게 생각할 것이다) 일본의 민족주의와는 다르게 말이다. "이웃 일본을 세세의 원수로 감각하는 적대 감정"에 사로잡힌 한국 민족주의는 그래서 "반일 종족주의"라 지칭해 마땅하고, 나라가 계속해서 이런 야만적 심성에

---

141 이희정, 「샤먼의 신령 접촉 형식」, 『샤머니즘 연구』 2, 2000, 128쪽.
142 박규태, 「일본의 샤머니즘 개념 형성과 전개」, 『샤머니즘 연구』 5, 2003, 참조.

사로잡힌다면 파멸이 기다리고 있을 뿐이라는 것이다.

사실, 한국 민족주의라는 것도 사실 갖가지여서 이른바 '박정희 민족주의'도 있고 '좌파 민족주의'도 있으며, 돌이켜 보면 신채호, 안창호, 안중근, 김구 같은 이들의 민족주의도 있는 바에야 '한국 민족주의'라는 일반명사로 한국의 모든 민족주의를 비판하는 데는 아연실색을 금할 수 없다.

예를 들어 김구는, 독립운동 중에 쓴 『백범일지』를 통하여 다음과 같이 말하고 있는 데서도 알 수 있듯이 민족주의를 적어도 침략적, 공격적 민족주의와 민족 자결적 민족주의로 나눌 수 있다고 생각한 사람이었다.

상해의 우리 시국으로 말하자면, 기미년 즉 대한민국 원년에는 국내 국외가 일치하여 민족운동으로만 진전되었으나, 세계 사조가 점차 봉건주의니 사회주의니 복잡해짐을 따라 우리의 단순하던 운동계에서도 사상이 나뉘어 갈라지게 되고, 따라서 음으로 양으로 투쟁이 개시되는 데는 임시정부 직원 중에서도 공산주의니 민족주의니(민족주의는 세계가 규정하는, 자기 민족만 강화하고 다른 민족을 압박하자는 주의가 아니고, 우리 한국 민족도 독립하고 자유로워져서 다른 민족과 같은 완전한 행복을 누리자 함이다) 분파적 충돌이 격렬해졌다. 심지어 정부 국무원에서도 대통령과 각 부의 총장에도 혹은 민주주의, 혹은 공산주의로 각기 옳다는 곳으로 달려가니, 그 중 큰 것을 들면, 국무총리 이동휘는 공산혁명을 부르짖고 대통령 이승만은 데모크라시를 주창하여 국무회의 석상에서도 의견 불일치로 종종 쟁론이 일어나 국시가 서지 못하여 정부 내부에 기괴한 현상이 겹쳐서 거듭 생겨났으니, (하략)[143]

『반일 종족주의』의 저자 이영훈은 이러한 준별을 필요로 하지 않는지 모르겠지만, 그가 한국 민족주의 '전체'를 향하여 깊은 적대 감정을 품고 있는 것은 분명한 듯하면서도, 사실은 이 한국 민족주의 일반을 향한 비판이 식민지배에 대한 책임을 묻고자 하는 민족주의를 향한 것으로 한정되어 있음을 저술 곳곳에서 확인할 수 있다. 특히 박정희 민족주의와 그 뒤를 잇는 민족주의는 절대 그 비판 대상이 될 수 없다고 그는 확신하는 듯하다.

2. '네이션', 그리고 한국의 20세기 민족 형성?

한국인들은 거짓말을 잘한다는 따위의 세간의 속설을 학문적 수준으로까지 끌어올리려는 그의 대담한 의욕은 이제 "'반일 종족주의 신학'"을 수립하려는 야심으로까지 격상된다. "종족 수준의 적대 감정을 지속적으로 재생산하려는 어떤 '구조'가 한국인 자연관, 나아가 삶과 죽음의 원리에 내재해 있다고"[144] 본 그는, "토지

---

143 위의 책, 228쪽.
144 이영훈, 「프롤로그—거짓말의 나라」, 『반일 종족주의』, 미래_H, 2019, 240쪽.

기맥론과 국토신체론"[145] 같은 전통적 인식이나 전통문화와 유교의 만남 등을 대충 설명한 뒤, 한국에서의 '민족' 형성 과정을 '근대주의'적 시각으로 거칠게 묘사한다.

드디어 그는 이 지점에서 한국현대문학 연구 분야에서 십여 년을 풍미한, 민족에 대한 근대주의적 이해에 바탕을 둔 문학적 '식민지근대화론'과 '극적으로' 조우한다.

이제는 어느 정도 상식이 된 이야기입니다만, 한국인이 '민족'이란 말과 개념을 알게 되는 것은 20세기 초의 일입니다. 앙드레 슈미드라는 캐나다 학자가 쓴 『제국 그 사이의 한국 1895~1919』이란 책이 있습니다. 한국인이 민족이란 개념을 수용하는 과정과 실태를 잘 묘사한 책입니다. 민족이란 말은 영어로 nation입니다. 독일어로는 volk입니다. 그것을 어떻게 번역할 것인가를 두고 메이지 시대의 일본은 여러 가지 대안을 모색했는데, 결국 '민족'으로 낙착되었습니다. 그 번역어가 조선에 들어와 정착하는 과정 역시 철저히 조선의 전통문화와 상호작용하는 과정이었습니다. 그 점을 슈미드의 책이 잘 밝히고 있습니다. 한마디로 조선에서 민족은 친족의 형태로 수용되고 정착하였습니다.

최초로 민족이란 말을 전파한 『황성신문』은 민족을 해설함에 있어 친족의 개념을 활용하였습니다. (중략) 민족의 형성

---

145 위의 책, 241쪽.

과 관련하여 제가 추가로 지적할 점은 친족 간의 횡적 결합
도 중요했다는 것입니다. (중략)

15~19세기의 조선에서는 그러한 의식이 없었습니다. 조선
인이 단군을 몰랐던 것은 아닙니다만, 막상 국가와 문명의 정
통성은 3000년 전 중국에서 건너온 기자라는 성인에게서 구
해졌습니다. '조선'이란 국호 자체가 '기자 조선'이라는 나라
를 계승한다는 뜻이었습니다. 그러한 문명사관이 지배하는
세상에서 우리 모두는 단군의 자손이라는 공동체 의식이 생
겨날 리가 없습니다. 더구나 사회는 기자의 가르침을 깨우친
양반과 그렇지 못한 상놈과 종놈의 신분으로 심하게 대립하
는 구조였습니다. 그러한 사회구조 역시 민족의 성립을 저해
했습니다. 민족은 기자의 나라가 망하고 양반 신분도 해체된
20세기에 들어 한국인 모두가 일제의 억압과 차별을 받으면
서 생겨난 새로운 공동체 의식이었습니다.[146]

이러한 유형의 20세기 민족 형성론, 더 정확히는 일제의 강점이
민족 형성의 동력으로 작용하여 20세기에나 들어서서 '한국 민족'
이 성립했다는 주장은 국문학계에서는 일찍이 황종연 등에 의해
'신라의 발견'론으로 제출되었다가 고전문학 연구자 김흥규에 의
해서 신랄한 비판에 직면해 '고전'을 면치 못한 바 있다.[147]

---

146 위의 책, 246쪽.
147 김흥규, 『근대의 특권화를 넘어서』, 창비, 2013, 참조. 그는 이 책에 수록된 일련의
     비평문들을 통하여 『신라의 발견』(동국대학교 출판부, 2008)에서의 황종연의 「「무
     영탑」, 「원효대사」, 민족의 로맨스」 등에 대한 날카로운 비판을 전개한다. 송희복이

『반일 종족주의』의 저자는, "15~19세기의 조선"에서는 민족"의식"이 없었음을 확신하면서, 조선인이 단군을 모르지 않았으면서도 "국가와 문명의 정통성"은 "중국에서 건너온 기자라는 성인"에서 구했으니, "그러한 문명사관이 지배하는 세상에서 우리 모두는 단군의 자손이라는 공동체 의식이 생겨날 리가 없"다고 단언한다.

과연 그러하기만 할까? 문제는 겉보기처럼 간단하지 않다. 조선이라는 국호가 제정되는 과정을 상세히 고찰한 한 논문은 명나라 홍무제에게 '조선'과 '화령'의 국호 후보를 상주한 건국 담당자들의 내적 논리를 분석하여, 명나라의 '권위'를 존중하는 포즈를 취하면서도 '조선'이라는 국호를 쟁취하기 위한 치밀한 전략이 담겨있다고 평가한다.

> 최종 결정은 황제가 내리도록 하는 방식을 취하여 홍무제의 위상을 높이면서도, 실제로는 자신들이 원하는 칭호로 결정될 수 있도록 필요한 논리적 장치를 마련하고 있었던 셈이다. 원하는 대로 칭호를 하도록 해주어 조선의 후예가 되게 해주었다고 명나라에서도 밝힌 것을 보면 두 가지 후보를 올리면서 조선으로 해줄 것을 원했다고 보인다. 즉 새 왕조 내부적으로는 기자와 단군의 후계자라는 의미를 모두 전유하기 위해 선택하였지만 대외적으로는 오직 기자의 후계자라는 의미만을 드러냄으로써 명나라의 거부감을 최대한 줄이는

주도하고 필자 등이 참여한 『신라의 재발견』(국학자료원, 2013) 또한 『신라의 발견』에 대한 반론이었다.

방향으로 사안을 이끌어 간 것이다.[148]

　많은 학자들이 반복적으로 논의해 왔듯이 중국과 조선의 관계
는 형식상의 황제국, 제후국의 관계로 단순화하여 논의할 수 없으
니, 위의 분석, 평가는 이러한 상황을 다시 한번 재인식하게 해 주
는 실례라 하겠다. 실제로 『조선왕조실록』을 간단히만 일별해 보
아도 조선건국 초기부터 단군조선에 대한 인식이 확고하게 정착
되어 가고 있음을 보여주는 수많은 장면을 확인할 수 있다. 다음
의 인용들은 그 작은 사례들일 뿐이다.

　"조선의 단군(檀君)은 동방(東方)에서 처음으로 천명(天命)을 받
은 임금이고, 기자(箕子)는 처음으로 교화(敎化)를 일으킨 임금이오
니, 평양부(平壤府)로 하여금 때에 따라 제사를 드리게 할 것입니
다."[149], "우리 동방(東方)은 단군(檀君)·기자(箕子)가 모두 그 역년(歷
年)이 1천 년이나 되었으나, 당시에 또한 불법(佛法)이 있지 않았습
니다.",[150] "평양(平壤)은 단군(檀君)과 기자(箕子)가 도읍을 세운 뒤로
서북지방(西北地方)의 본영(本營)이 되었고, 또 토관(土官)을 설치하고
'서도(西都)'라 이름하여, 그 이름이 중국에까지 알려졌습니다.",[151]
"우리 동방은 단군(檀君)이 시조인데, 대개 하늘에서 내려왔고 천자
가 분봉(分封)한 나라가 아닙니다. 단군이 내려온 것이 당요(唐堯)

148　허태용, 「조선 왕조의 건국과 국호 문제」, 『한국사학보』 61, 2015, 165쪽.
149　『조선왕조실록 국편 영인본』, 1책 26쪽. 『태조실록』 1권 중 태조 1년 8월 11일 경신 2
　　　번째 기사, 서울대학교 중앙도서관 데이터베이스에서 인용.
150　위의 영인본 1책 343쪽.
151　위의 영인본 1책 418쪽.

의 무진년(戊辰年)에 있었으니, 오늘에 이르기까지 3천여 년이 됩니다. 하늘에 제사하는 예가 어느 시대에 시작하였는지를 알지 못하겠습니다만, 그러나 또한 1천여 년이 되도록 이를 고친 적이 아직 없습니다. 태조 강헌대왕(太祖康憲大王)이 또한 이를 따라 더욱 공근(恭謹)하였으니, 신은 하늘에 제사하는 예를 폐지할 수 없다고 생각합니다.",[152] "신의 어리석은 소견으로 단군은 요(堯) 임금과 같은 시대에 나라를 세워 스스로 국호를 조선이라고 하신 분이고, 기자는 주(周) 나라 무왕(武王)의 명을 받아 조선에 봉(封)하게 된 분이니, 역사의 햇수를 따지면 요임금에서 무왕까지가 무려 1천 2백 30여 년입니다. 그러니 기자의 신위를 북쪽에 모시고, 단군의 신위를 동쪽에 배향하게 한 것도, 실로 나라를 세워 후세에 전한 일의 선후에 어긋남이 있다고 생각합니다.",[153] "단군(檀君)과 기자(箕子)의 묘제(廟制)를 다시 의논하고, 신라·고구려·백제의 시조(始祖)에게 묘를 세워 치제(致祭)하는 일을 모두 고제(古制)에 상고하여 상세하게 정하여 아뢰라.",[154] "전 판한성부사(判漢城府事) 유사눌(柳思訥)이 상서하기를, '신이 삼가 세년가(世年歌)를 보건대, 단군은 조선의 시조입니다. 그가 날 때는 사람들보다 달랐으며, 그가 죽어서는 화하여 신이 되었으며, 그가 나라를 누린 역년(歷年)의 많음은 이와 같은 것이 있지 않았습니다. 지난번에 전하께서 유사에 명하여 사당을 세우고 제문을 짓게 했는데, 그 때에는 유사가 그 사실을 살

---

152 위의 영인본 2책 119쪽.
153 위의 영인본 2책 693쪽.
154 위의 영인본 3책 88쪽.

피지도 아니하고 평양에다 사당을 세우기를 청하니, 신의 숙부 유관(柳寬)이 그 그릇된 점을 변론하여 일이 시행되지 못했습니다. 신이 세년가로 상고해 보건대, 단군이 처음에는 평양에 도읍했다가 후에는 백악(白岳)에 도읍했으며, 은나라 무정(武丁) 8년 을미에 아사달산(阿斯達山)에 들어가서 신이 되었는데, 그 노래에 이르기를, '1천 48년 동안 나라를 누리고, 지금도 사당이 아사달에 있네.' 했으니, 어찌 그 근거가 없겠습니까. 또 더군다나 고려에서는 구월산(九月山) 밑에 사당을 세워 그 당우(堂宇)와 위판(位版)이 아직도 남아 있어서 세년가와 합치하니, 신의 어리석은 소견으로서는 이곳을 버리고 다시 사당을 다른 곳에다 세운다면 아마 그 장소가 잘못된 듯합니다. 삼가 생각하옵건대, 성상께서 재결(裁決)하시옵소서.' 하니, 명하여 예조에 내리게 하였다."[155]

사실(史實)이 이러하지만 『반일 종족주의』의 저자는 그런 것쯤 아랑곳하지 않으며, 앙드레 슈미드 같은 캐나다 한국학자의 '근대주의적' 민족 형성 해석방식이 훨씬 마음이 가는 모양이다. 앙드레 슈미드는 민족에 관한 흔한 근대주의적 담론을 한국에 적용한 사람이다. 그에 의하면 서구식 '네이션'은 그 존재가 일본의 번역을 경유하여 비로소 인식되었으며 한국인들이 일본의 지배를 받게 되면서 비로소, 그러니까 "나라가 망하고 양반 신분도 해체된 20세기에 들어 한국인 모두가 일제의 억압과 차별을 받으면서 생겨난 새로운 공동체 의식"이 바로 한국에서의 민족이라는 것이다. 이에

---

155 위의 영인본 4책 45쪽.

관해서는 뒤의 7장에 가서 좀 더 자세히 논의할 것이다.

3. '에스노 심볼리즘'의 근대주의 비판

앤서니 스미스(Anthony D. Smith)는 그러나 근대주의와는 다른 견지를 구축하고자 한 사람이었다. 그는 민족에 관한 여러 담론들을 네 가지 유형으로 나누면서 그 자신을 이른바 '에스노 심볼리즘적' 견해를 추구하는 유형에 분류했다. 그는 민족을 "시간을 배제한 원초적이며 자연적인 인간 결사체의 단위로 보지 않을 것이지만, 비록 그것이 '자본주의'의 신경 경련이거나 산업사회의 필연적 형식이거나 문화라 할지라도 우리는 그것이 전적으로 근대적 현상이란 주장도 받아들일 수 없다"고 생각했다.[156] 그는 민족에 관해서 올바로 접근하기 위해서는 상징적 접근법이 필요하다고 생각했다.

그 때문에 우리는 '주관적' 요소로 돌아가야 한다. 그 요소들은 인종적 민족의식의 일상 구조를 형성하는 집단적 의지, 태도, 심지어 감정이라는 보다 덧없는 현상이 아니라 기억, 가치, 신화, 그리고 상징주의라는 보다 영구적인 특성이다. 이것들은 공동체의 예술, 언어, 과학, 그리고 법률 속에 기록되고

---

156 앤서니 스미스, 『민족의 인종적 기원(The ethnic origins of nations)』, 이재석 옮김, 그린비, 2018, 26쪽.

사멸되지 않고 남아 있어서, 비록 보다 느린 발전에 종속되지만 후속 세대의 인식에 자국을 남기고 또한 그것들이 저장하는 뚜렷한 전통을 통해 공동체의 구조와 분위기를 형성한다. 인종적 민족공동체와 민족에서 지속성을 갖는 구성 요소를 역사적으로 비교하는 것에 기반을 둔 '상징적' 접근법만이 우리가 이들 공동체와 민족 사이의 역사적이며 사회학적인 관계를 전체적으로 그려낼 수 있도록 해준다.[157]

프랑스어 'ethnie'를 '종족'이나 '족류'로 옮기지 않고 '인종적 민족'으로 옮긴 이 책의 번역은 아주 훌륭하다고 볼 수는 없을 것 같지만 이른바 '에스노 심볼리즘적' 시각의 요점을 이해할 수 있게 해준다. 이 관점은 민족에 대한 원초주의(=원생주의, primordialism)나 영속주의(=영존주의, perennialism)와는 거리를 두면서도 민족을 발명된 것, 또는 상상의 산물로 보는 베네딕트 앤더슨이나 어네스트 겔너 등의 견해로 대변되는 근대주의와도 엄격한 거리를 유지한다. 그는 근대주의를 다음과 같이 요약한다.

간단히 말해, 이런 전망은 민족이 사회와 역사 구조 속의 자연적인 혹은 필수적인 요소가 아니라 자본주의, 관료제, 그리고 세속적 공리주의처럼 매우 근대적인 발전의 산물로서, 순수하게 근대적인 현상이라고 주장한다. 그것은 인간 본성이

---

157 위의 책, 27~28쪽.

나 역사에 근원을 둔 것이 아닌 정말로 우연적인 현상이고, 민족주의가 근대의 조건에 잘 맞았기 때문에 오늘날 세계 도처에 존재한다고 하더라도 그러하다고 그들은 주장한다. 민족과 민족주의는 다소 빠르거나 늦겠지만 다소 정확하게 18세기 후반기까지 거슬러 올라가며, 그것을 닮은 고대나 중세에 있었던 어떤 것들은 순전히 우연적이거나 예외적인 것으로 이해되어야 한다는 주장이 계속되고 있다. 방법론적으로, 이런 견해는 근대의 진행과 조건 속에서 민족과 민족주의 연구의 출발점을 규정하는 것이다. 왜냐하면 최근의 민족의 확산과 전근대의 민족 부재는 근대 산업문명과 이전 농업문명의 큰 차이와 필연적으로 관련되었기 때문이다. 반대로, 민족 혹은 민족주의에 관해 남아 있는 어떤 가정은 학문공동체 자체 안에 있는 민족주의적 신념과 이상의 보유 탓으로 돌려지는데, 그 신념과 이상은 분석과 설명을 위해서 그리고 또한 정치적 행동에 있어서 사람들을 호도하는 신념과 이상이다.[158]

이처럼 "민족과 민족주의를 근대성과 근대문명의 상관 현상이자 파생물"로 간주하는 이 근대주의의 공유점은 "민족주의의 우연성과 민족의 근대성에 대한 믿음"이다.[159] 다른 책에서 이 근대주의에 대한 보다 명징한 번역을 찾아볼 수 있다. 다소 길지만 나 자신에 의한 설명보다는 나을 것 같다.

---

158 위의 책, 35~36쪽.
159 위의 책, 40쪽.

'민족-형성'의 과정으로서 그리고 이데올로기와 운동으로서, 민족주의와 그 이상인 민족적 자율성, 통합, 정체성은 비교적 근대적인 현상으로 그것은 주권적이고 통일된 독특한 민족을 정치 무대의 중심에 놓았고 세계를 그 이미지에 따라 만들어 냈다. (중략)

근대주의는 연대기적이고 사회학적이라는 두 형태에서 말할 수 있다. 첫 번째로, 이데올로기, 운동, 상징으로서의 민족주의는 내가 지금까지 말했듯이 비교적 최근의 것이라는 것이다. 두 번째로, 민족주의는 질적으로 새로운 것이다. 여기에서 민족주의는 매우 오래된 것을 단순히 새로운 버전으로 만들어 낸 것이 아니라 혁신이다. 그 비슷한 것은 과거에는 없었다.

그러나 이것은 단순히 역사의 영속적인 운동에서 나온 것이 아니다. 그것은 완전히 새로운 시대와 완전히 새로운 조건들에 의해 만들어진 현상이다. 간단히 말하면 민족주의는 근대성의 산물이며 다른 것이 아니다. 진정한 근대주의를 보여 주는 것은 바로 이 마지막 주장이다.

근대적인 것은 민족주의만이 아니다. 민족, 민족국가, 민족 정체성, 전체 '민족 사이의' 공동체도 마찬가지이다. 근대주의자들에게는 이 모든 것이 시대로 볼 때만 근대의 것이 아니고 질적으로 새로운 것이다. 프랑스 혁명은 새로운 이데올로기를 만든 것만이 아니고 새로운 인간 공동체, 새로운 종류의 집단 정체성, 새로운 형태의 정체, 그리고 마지막으로 새로운 종류의 국제질서를 만들었다. 이 새로운 현상들의 연결 속에서 근대성의 새로운 질서가 반영된다. 그러나 그것들은 똑같이 근대성을 특징짓는 새로운 조건들도 반영한다.[160]

이 근대주의적 입장은 사회경제적 근대주의, 사회문화적 근대주의, 정치적 근대주의, 이데올로기적 근대주의, 구성주의적 근대주의 등으로 분기되는데, 이 가운데 한국에서 맹위를 떨친 근대주의는 마지막의 것이다.

이것은 민족주의가 완전히 근대적인 것이라고 주장하나 그것이 사회적으로 구성된 성격을 강조함으로써 다른 근대주의와는 좀 다르다. 에릭 홉스봄에 의하면 민족은 '발명된 전통'에 상당 부분 기인하는 것이다. 그것은 사회공학의 산물로, 새로 투표권을 갖게 된 대중의 에너지를 끌어내어 지배 엘리트의 이익에 봉사하게 하는 것이다. 반면에 베네딕트 앤더슨은 민족을, 시간에 대한 새로운 개념과 '인쇄 자본주의'가 민족이 직선적인 시간을 따라 움직인다고 상상하게 만든 지점에서, 우주적 종교와 군주제가 몰락한 빈 공간을 메우는 상상된 정치 공동체로 본다.[161]

인쇄 공동체를 기반으로 삼는 베네딕트 앤더슨류의 '민족'론, 그

---

160 앤서니 스미스, 『민족주의란 무엇인가』, 강철구 옮김, 용의숲, 2012, 83~84쪽.
161 위의 책, 86쪽.

러니까 근대가 인쇄 공동체를, 그리하여 민족을 만들었다는 견해
는, 지난해에 타계한 김윤식이 20년 가까이 반복해서 언급하고 이
반복이 누적되면서 김윤식 '에피고넨'들이 반성 없이 모방했다. 인
도네시아 전문가가 인도네시아에서 발견한, 서구를 모방한 민족
국가 모델을 '앞을 다투어' 한국사에 적용한 것이다. '탄생'이며 '발
명' 같은 이름을 붙인 저술들이 줄을 이은 것도 그러한 현상의 부
산물이라 할 수 있는데, 이는 앤더슨만큼이나 홉스봄의 '전통 발
명론'을 답습한 결과이기도 하다. 앤서니 스미스에 따르면 홉스봄
의 '발명론'은 다음과 같이 요약된다.

> 홉스봄에게 있어 민족과 민족주의는 1830년경 이후, 그리
> 고 특히 1870년 이후에 유럽에 널리 번진 민족사, 신화학, 상
> 징주의에 대한 문학적, 역사주의적 발명에 크게 의존했다.
> 1914년 이전의 수십 년 동안에는 민족적 축제, 전사자나 국
> 기, 국가에 대한 기념, 국가에 대한 열광, 운동 경기 등과 같은
> 그런 '발명된 전통들'이 범람했다.
> 변화에 적응하여 만들어진 그 이전의 전통들과 달리 이 '발
> 명된' 전통들은 문화공학자들의 세심하고 변치 않는 창조물
> 이다. 이들은 산업화와 민주주의가 동원하고 정치화한 근대
> 대중의 요구에 맞추어 상징과 의식, 신화와 역사들을 벼려냈
> 다. 다른 말로 하면 그것들은 지배계급에 의한 사회 통제의
> 사려 깊은 수단이었다. 그러므로 홉스봄의 발명된 전통의 연
> 구는 비교적 최근에 나타난 혁신인 민족이나 그와 연관된 현

상들인 민족주의, 민족, 국가, 민족적 상징, 민족사 등과 매우 관련이 깊다. 역사에서 새로운 것이 혁신을 의미한다면 이 모든 것은 자주 사려 깊고 항상 혁신적인 사회공학의 실천에 의존한다.

그래서 다시 한 번 '발명'의 개념은 민족과 민족주의를 기껏해야 '역사운동'에서 후퇴할 만한 일탈로, 나쁘게 말하면 대중적 허위의식의 가장 좋은 예로 보는 많은 사람들의 마음을 움직인다.

그러나 민족이 바로 그런 혁신인지는, 이 영역에서 정교한 사회공학이 어느 정도 범위에서 이루어졌는가와 마찬가지로 의문이다. 여기에서 홉스봄의 비유는 분명히 기계주의적이다. 그는 민족을 기술적인 발명과 마찬가지로 사회공학자들의 구성물이나 날조로 본다. 그것들은 계획되고 엘리트 기술자들에 의해 조립된다. 거기에는 감정이나 도덕적 의지가 들어설 여지가 없으며 대중에게조차 그럴 여지는 없는 것으로 생각된다. 대중은 새로이 해방된 에너지에게 통로를 마련해 주려는 엘리트 계층의 사회적 계획의 수동적인 희생자이다. 민족과 민족주의는 근대적인 발명품이다.[162]

그러나 이 발명은 베네딕트 앤더슨의 '상상'과 마찬가지로 민족이나 민족주의에 내재된 감정적 호소력을 설명할 수 없다. 이 "감

---

162 위의 책, 134~135쪽.

정은 민족주의의 진리 내용은 말할 것도 없고 그것의 '혁신적인' 질
과는 아무 관계가 없"[163]으며, 오로지 "민족주의가 습관적으로 불
러내는 대중적인 종족, 신화, 상징, 기억의 전통들"[164]에 관련되어
있다는 것이다. 바로 여기에 에스노 심볼리즘적 시각의 이점이 존
재한다. 그들은 "민족 형성 과정을 사려 깊은 발명이나 구성으로
보지 않고 기존 문화적 모티브의 재해석이나 기존 종족적 결속이
나 감정의 재구축으로 보"[165]며, 그것을 "오직 장기에 걸친 집단적
인 문화적 정체성의 분석을 통해서만 이해할 수 있"[166]는 것으로
간주한다.

　　이 민족의 과거, 현재, 미래는 어떻게 연결되는가? "문화적 지속
성, 재발(recurrence), 재해석"[167]을 통해서다. 이와 같은 장기 지속,
재발, 재해석을 가능케 하는 핵심적 요소를 앤서니 스미스는 "전
근대 시대의 집합적인 문화적 정체성의 문맥"이라고 생각하며, 또
이 집합적 공동체 가운데 가장 중요한 형태가 바로 "종족(ethnie)"
이라고 생각한다. 종족이란 그에 따르면 "고유의 이름을 가진 인
간집단으로 특정한 지역과 연결되어 있고 조상에 대한 신화와 역
사적 기억, 공동의 문화적 요소들을 공유한다."[168]

　　『민족의 인종적 기원』에서 그는 이 종족을 이루는 구성 요소를
'집단의 명칭', '가계의 공통된 신화', '공유된 역사', '뚜렷이 구분되

163　위의 책, 137쪽.
164　위의 책, 같은 쪽.
165　위의 책, 같은 쪽.
166　위의 책, 138쪽.
167　위의 책, 같은 쪽.
168　위의 책, 140쪽.

는 공유한 문화', '특정한 영역과의 결합', '연대의식' 등의 여섯 가지로 제시하였으며,[169] 이러한 종족 형성의 토대로서 '정착화와 향수', '조직화된 종교', '국가 사이의 전쟁' 등을 꼽았다.[170]

그렇다면 이 종족은 어떻게 해서 민족으로 재구축되는가? 그것은 종족의 정치화,[171] '새로운 성직자'로서의 지식인의 등장과 역할, 단일 지배의 정치와 영토화, 동원과 포용, 공동체적 관계에 대한 새로운 상상[172] 등을 통해서다.[173]

다시 『민족주의란 무엇인가』에 의하면 민족주의 이데올로기는 민족적 자율성, 민족적 통합, 민족적 정체성이라는 세 개의 기본적인 이상을 핵심 원리로 삼는다.[174] 그리고 이것들은 다시 진짜임, 지속성, 존엄, 운명, 애착('사랑'), 고토라는 개념들에 연결되어 있다.[175]

---

169 앤서니 스미스, 『민족의 인종적 기원(The ethnic origins of nations)』, 이재석 옮김, 그린비, 2018, 61~80쪽, 참조.

170 위의 책, 80~99쪽.

171 "민족의 자격을 얻기를 열망하는 어떤 인종적 민족은 정치화되어야 하고, 국가영역에서의 권력과 영향력을 위한 경쟁에서 위험을 무릅쓴 주장을 할 수 있어야 한다."-위의 책, 329쪽.

172 앤더슨의 '상상'과 달리, "새로운 상상은 민족을 동질적인 개인의 무리로 그린다. 이 때 개인은 일반화되고 동등한 사람 혹은 '시민'이며, 개인의 관계는 몰인격적이지만 형제적인 우애가 있다. 말하자면, 하나의 민족에서 개인은 본질적으로 대체 가능하다. 그들의 연결은 뒤르켐의 용어의 의미로 '유기적'이다. 다시 말하면, 그들은 복합적인 분업에 기반을 둔 상호 간의 기대를 갖고 상보적인 역할을 맡는다. 동시에, 이런 역할의 점유자는 개인 간에 상호 교환될 수 있고 소모될 수 있다. 그들의 개별적인 특이성과 기질은 생생하게 흥미로운데, 그들은 거의 민족의 작동과 생존에 영향을 미치지 않는다."-위의 책, 356쪽.

173 위의 책, 323~362쪽.

174 앤서니 스미스, 『민족주의란 무엇인가』, 강철구 옮김, 용의숲, 2012, 50쪽.

175 위의 책, 56쪽.

4. 종족(ethnie)과 민족(nation)의 복합적 관계 양상

앤서니 스미스의 『민족주의란 무엇인가』는 『민족의 인종적 기원』에 비해 후기의 저작인 듯하다. 후자의 저술에, '종족', 즉 '인종적 민족'에는 "경제적 통일 혹은 통일된 분업"이나 "공통된 법적 권리와 공통된 정치체제", 그리고 "민족주의 이데올로기" 등이 결여되어 있다는 식으로 '종족'과 '민족'의 '등급'을 설정하면서 근대와 민족을 불가분리하게 연결 지으려는 욕구가 남아 있다면,[176] 전자의 저술에서는 이 연결을 유보하려는 확연한 의도가 엿보인다. 예를 들어, 다음과 같은 문장을 보라.

민족의 개념이 민족주의 이데올로기보다 앞선다면 우리는 그것을 더 이상 민족주의적 실천의 범주로 규정할 수는 없다. 즉, 18세기 말에 민족주의 이데올로기가 나타나기 이전에 단지 몇 개의 전근대 민족이라도 관찰할 수 있다면, 우리는 민족주의 이데올로기와 조화를 이루기는 하나 독립적인 민족의 개념을 정의할 필요가 있을 것이다.[177]

국가와 민족을 구별하고자 할 때도 이러한 의도가 엿보인다. 이때도 자본주의 단계 혹은 근대성과 민족을 연결 지으려는 시도는

---

176 앤서니 스미스, 『민족의 인종적 기원(The ethnic origins of nations)』, 이재석 옮김, 그린비, 2018, 78~80쪽.
177 앤서니 스미스, 『민족주의란 무엇인가』, 강철구 옮김, 용의숲, 2012, 27쪽.

유보된다.

국가의 개념은 다른 제도들과는 달리 일정 영토 안에서 합법적인 강제와 조세 징수의 독점권이 있는 자율적인 기구로 정의할 수 있다. 이것은 민족의 개념과는 매우 다르다. 민족은 이미 말한 바와 같이 그 구성원들이 자신들의 고토와 문화를 공유하는, 느끼며 살아 있는 공동체이다.[178]

그렇다면 종족과 민족 사이의 집합체적, 공동체적 차이, 차별성은 무엇인가. 그는 이렇게 설명한다.

나는 민족의 개념을 '고토를 점유하고, 공통의 신화와 역사가 있으며, 공통의 공공 문화와 하나의 단일한 경제, 그 구성원 모두를 위한 공통의 권리와 의무를 가지는 고유한 이름의 인간 공동체'로 규정하자고 제안한다. 대신 종족의 개념은 '고토와 연결되고, 조상에 대한 공통의 신화가 있고, 기억을 같이하며, 하나나 여러 문화적 요소들을 공유하고, 최소한 엘리트 사이에서라도 상당한 연대성이 있는 고유한 이름을 가진 인간 공동체'로 정의할 수 있을 것이다.[179]

---

178 위의 책, 29쪽.
179 위의 책, 30쪽.

그는 이를 도표화해서 보여주기도 한다.[180] 그러나 도표가 보여 주는 것은 둘 사이의 차이가 확연하게 보이지는 않는다는 것이다.

종족	민족
고유의 이름	고유의 이름
공통의 조상 신화 등	공통의 신화
기억의 공유	역사의 공유
문화적 차이들	공통의 공공 문화
고토와의 연결	고토의 점유
어떤 (엘리트들의) 연대성	공통의 권리와 의무
	단일한 경제

실제로 그는 자신의 저술 전체에 걸쳐 빈번히 종족 과 민족은 별개의 것이라 는 기본적 주장을 유보하 는 언설들을 흩뿌려 놓고 있다. "그럼에도 이 차이 를 어떤 전체적인 진화의 결과로 보는 것은 잘못일 것이다. 오늘날의 세계에서도 우리는 민 족과 나란히, 또 민족의 내부에서 많은 종족들을 발견할 수 있다. 그리고 전근대 시대의 많은 종족들 사이에서 민족들이 일부 발견 될 수 있는지 여부는 최소한 논쟁의 여지가 있는 문제이다."[181]라 는 문장, 또, 자신이 "민족주의와 그 이데올로기, 그 운동과 상징 의 근대성과 함께 대부분의 민족이 근대에 만들어졌다는 사실을 인정"하고 있고, 자신의 접근이 "과거 전근대의 종족적 결속과 종 족이 후대의 민족과 민족주의에 영향을 주고, 어떤 경우에는 그 기 초를 만든 방식에 초점을 맞추고 있다"면서도 "최소한 몇몇의 경 우에는 민족주의 이전에 민족이 존재했을 가능성과 그 의미에 관 심이 있다"라고도 한 문장,[182] 또 다음과 같이 유럽에서조차 18세

---

180 위의 책, 31쪽.
181 위의 책, 32쪽.
182 위의 책, 103쪽.

기 민족 형성론을 부정할 만한 논거를 발견하는 대목 등등.

최소한 잉글랜드의 경우에 그리고 아마도 프랑스, 스코틀랜드, 스페인, 스웨덴의 경우에 민족의 감각은 이미 16세기에 귀족과 상층계급 사이에서 분명히 존재했다. 이것들이 '진정한' 민족이 아니라고 주장하는 것은 우리는 19세기 말까지는 민족에 대해 말할 수 없다는 것을 의미한다. 이 때에 와서야 워커 코너가 주장하듯이 대중들이 처음으로 시민권을 갖게 되었기 때문이다. 우리가 여기까지 나아갈 준비가 되어 있지 않다고 해도, 우리는 아마도 그 용어의 어떤 의미에서 군사적 자본주의적 국가가 나타나기 이전에, 그리고 그것과는 별개로 '민족들'이 존재했음을 인정해야 할 것이다.[183]

지적인 자극을 선사할 뿐만 아니라 인식의 지평을 넓혀 주는 책을 만난다는 것은 훌륭한 경험이다. 『민족주의란 무엇인가』의 제5장 '역사' 부분이야말로 필자가 감탄해 마지않으면서 그동안의 오랜 갑갑함으로부터 해방을 맛본 '공간'이었다. 그것은 여기 씌어진 내용이 모두 타당해 보여서가 아니라, 민족과 민족주의를 향한 저자의 시선이 지극히 귀납적, 탐구적이면서 동시에 오리엔탈리즘적인 시선에서 벗어나고자 하는 성의로 맑게 씻겨 있기 때문이다.

그는 민족주의 이전에는 민족이 없었고 그것은 민족주의 담론

---

183 위의 책, 125쪽.

의 구성물일 뿐이며 그 이전에 민족이라는 말이 함축했던 의미는 근대민족주의 출현 이후의 민족의 의미와는 전혀 다른 것에 불과했을 것이라는 생각에 심각한 의문을 제기한다. 그는 심지어는 근대에 있어서의 민족이라는 말의 의미도 지극히 모호하다는 것을, 학자들마다, 정치 참여자들마다, 대중들조차, 나라마다, 분야마다, 영역마다 다르다고 지적한다. 나아가 그는 민족이라는 말의 의미가 근대 이전에 이 말이 함축했던 것과 별반 다르지 않다는 점을 지적하기도 한다. 이러한 주장을 뒷받침하기 위한 그의 설명 과정은 『민족의 인종적 기원』에서 'ethnie'의 어원적 설명을 제공하는 대목과 함께[184] 그의 저술들에서 가장 아름다운 부분의 하나다. 그리스어 'ethnos'가 불가타판 라틴어 성경에서 'natio'로 번역되고 영어판에서는 'nacioun'이나 'nacion'으로, 나중에는 'nation'으로 변해 가지만 이 말의 용법은 "'그 용법에서 600년 이상 놀랍게 견고한 연속성을 유지'"했다는 애드리언 헤스팅스의 연구를 토대로 그는 민족이 민족주의에 앞서 존재할 수 있었음을 논의한다.[185]

앤서니 스미스에 따르면 헤스팅스는 '신영속주의' 계열의 이론가인데 그에게는 전근대 민족이 존재할 수 있었으며 그 대부분이 서유럽에서 발견된다. 존 길링엄도 잉글랜드에서 14세기 이전에 민족이 형성되었다고 주장했다고 한다. 또 조지프 로베라는 민족주의 이데올로기를 근대에 연결 짓기는 하면서도 후대에 나타나는

---

184 앤서니 스미스, 『민족의 인종적 기원(The ethnic origins of nations)』, 이재석 옮김, 그린비, 2018, 58~61쪽.
185 앤서니 스미스, 『민족주의란 무엇인가』, 강철구 옮김, 용의숲, 2012, 154~155쪽.

민족들의 기초를 프랑키아, 게르마니아, 히스파니아 같은 유럽 핵심지역에서의 종족적, 정치적 결속과 감정의 긴 역사에서 찾았다고 한다.[186] 신영속주의에서 보는 민족 정체성의 근원은 엘리트의 상상이나 발명이 아니라 대중적인 감정과 문화에서 찾을 수 있는 것으로, "전근대 민족"은 "유동적인 종족들로부터, 문화와 사람들의 경계를 고정시키는 언어와 문학의 발전을 통해 형성"되었다고 한다.[187] 그러나 그는 동시에 민족주의의 기원과 발전을 문헌과 성직자, 교회와 성경적 종교에서 찾는 해스팅스의 기독교 중심주의적 논의를 향해 깊은 의문을 제기한다.

그러므로 신영속주의자들에게 민족과 민족주의의 근원은 세속적인 인텔리겐치아들의 청사진이나 근대 중산계급의 이해관계 속에 있는 것이 아니라 언어, 종족성, 종교의 깊은 문화적 원천 속에 있었다. 이 결론은 '민족주의 이전의 민족'이나 '근대성 이전의 민족'이라는 생각을 보다 쉽게 받아들이게 한다. (중략)

이 깊은 문화적 원천이 어디에나 존재하고 장기간 지속되고 있다는 사실은 영속주의자들과 근대주의자들의 유럽 중심적인 접근을 의심하게 한다. 그것이 유럽 외부의 전근대 민족, 특히 이란이나 동아시아 전근대 민족의 존재에 대한 논의를 열기 때문이다.

해스팅스에 따르면 민족주의는 유럽으로부터 기독교와 식

---

186   이상, 위의 책, 158~159쪽.
187   위의 책, 160쪽.

민주의를 통해 아시아로 넘어갔다. 그러므로 그는 그 자신의 기준에 비추어 파간 왕조의 버마, 사파비드 왕조의 페르시아와 함께 일본, 한국, 중국에서 중세 시대에 이미 민족이 형성되었을 가능성을 생각하지 않는 것 같다.

그러나 그 나라들은 자국어와 문학, 독자적인 기원과 공통의 혈통에 대한 신화를 갖고 있다. 게다가 그 정치체들은 강력한 종교적 제도나 이상에 의해 지원을 받았다. 그러나 불교는 말할 것도 없지만 유럽에서의 정치 모델도 기독교(그 점에서는 이슬람교도 같다)가 받아들인 고대 이스라엘의 것만큼 동적이거나 격렬하지 않을 수도 있다.

그리고 그 의미에서 해스팅스는 민족주의 이데올로기가 왜 서양에서 기원했고, 구약의 유대인들로 되돌아감으로써 종교개혁이 왜 서양에서 민족 형성의 첫 물결을 만드는 데 도움이 되었는지에 대해 설명해 줄 수 있을지도 모른다.

그러나 만약 우리가 민족에 대한 해스팅스의 기준과 서양의 민족 발전에 대한 그의 시대 구분을 받아들인다면, 우리는 거의 같은 중세 시대에 아시아에도 민족이 존재했었다는 사실을 인정해야 할 것이다.[188]

유럽 중심주의, 기독교 중심주의에 대한 앤서니 스미스의 비판은 고대에 이미 비유럽 지역들에 고대 민족들이 존재했을 가능성

---

188 위의 책, 162~163쪽.

을 탐사한다. 그 또한 유럽인의 한 사람으로 영국이나 유럽에 대해 아는 것만큼 비서구 세계를 알지는 못하며 동아시아나 한국 같은 '그늘진' 곳에 대해서는 더욱 그러하다. 그러나 이 지역들에 대한 그의 지식이 불분명하거나 빈약하다고 해도 그것으로 그를 비난할 수만은 없는데, 왜냐하면 그는 유럽을 특권화, 전범화하는 이론적 경향에 대해 가능한 한 모든 지역들을 포괄할 수 있는 민족이론을 세우고자 노력하기 때문이다.

5. 유럽 중심주의적 이해를 넘는 일

앤서니 스미스는 종족적 공동체로부터 종족국가로, 왕조적, 귀족적 민족들의 국가로, 여기서 다시 민족주의적 민족들의 국가로 나아가는 새로운 계선을 설계하고자 한다. 그는 많은 '예외'들이 언제나 어느 지역에서나 존재할 수 있음을 염두에 두고 가설을 세우며 보다 많은 사례들을 포괄할 수 있는 논리를 제시한다.

먼저, 고대에 대해서 그는 "조심스럽고 제한된 범위에서이기는 하나 고대 세계의 '민족'을 말할 수도 있다"[189]고 생각한다. 대중의 정치 참여 등 근대주의가 내세우는 기준에 대해서도 "대규모의 제사나 예식에 대한 대중적인 참여 속에서 근대세계의 수평적인 형제애 비슷한 것을 찾아볼 수 있다. 그것은 상상된 조상들의 공동

---

189 위의 책, 178쪽.

체를 윤리적, 종교적 의무의 이행을 통해 믿음과 숭배의 공동체와 연결하는 과정에서도 나타난다. 또 종족적 기원과 선민에 대한 상징과 신화에 의해 환기된 공동체라는 감각 속에서, 조상들과 영웅적 행위에 대한 공동의 기억 속에서도 발견할 수 있다. 그런 융합이 일어난 곳에서 우리는 민족에 대해 말할 수 있을 것인데 그곳에서는 종교법과 의식이 근대 시민권의 법적 권리나 의무와 같은 역할을 한다. 이런 방식으로 우리는 민족의 특정한 고대적 형식에 대해 이야기할 수 있을 것이다."[190]고 하여 사고의 탄력성을 꾀하면서 "민족의 발전에 대한 진화적인 도식의 유럽 중심적, 서양적 가정"[191]으로부터 비껴선다.

'왕조적 민족', '귀족적 민족'이라는 용어도 그에게는 얼마든지 허용될 수 있는 편이다. 중세의 민족 형성이 근대의 그것과 달리 느리고 지역마다 큰 편차를 나타내기는 해도, 또 여전히 중세에는 민족보다는 종족적 집단화가 대세였다고 하면서도 새로운 논의의 가능성을 남겨두는 쪽을 선호했다. 반면 동아시아 지역과 여타 지역에 대한 그의 언급은 필자로 하여금 다소 복잡한 생각에 잠기도록 한다.

중국, 한국, 일본 같은 동아시아의 종족 국가들, 또, 타이, 캄보디아, 베트남, 그리고 더 서쪽의 사산 왕조 페르시아(이들 중 많은 나라는 작거나 큰 소수 종족들을 거느리고 있다)는 형제애의 감

---

190 위의 책, 179쪽.
191 위의 책, 같은 쪽.

정을 별로 갖고 있지 않았다. 또 외부인들과 종족적으로 다르다는 그들의 느낌과 조상의 고토에서 정치적 자율성을 유지할 욕구에 걸맞을 충분한 지속적 통일성을 보여주지는 않았다. 계급적 차이는 뚜렷했고 아마도 일본을 제외하고는 지식에 대한 대중적 참여가 별로 없었고 전체 주민과 영토에 걸친 경제적 통일성이나 법적 표준화도 마찬가지였다.

일본에서도 도쿠가와 시대(1603~1868)까지는 그랬다. 17세기 이후의 쇄국과, 상대적인 종족적 동질성, 섬나라라는 지리가 중산계급 문화와 결속감의 성장을 도왔다. 그것이 선민이라는 감각을 만들어 냈고 나중에 메이지 체제 아래의 천황제 복구를 예감하게 하는 역사적, 문화적 재생을 가능하게 했다.

만약 메이지 지도자들이 과거가 현재에 봉사하게 만들기를 원했다면 그들은 또한 현재도 훌륭하고 영광스러운 과거 위에 세우려고 했을 것이다. 그리고 서양의 침략이 변화를 위한 최초의 자극을 주기는 했으나 그 변화의 형태와 내용은 도쿠가와 일본의 내적 발전의 산물임과 함께 더 거슬러 올라가 과거의 연대기에 기록된 유산의 산물이었다. 그리하여 종족적으로 비교적 동질적인 중산계급 민족이 1868년 이후 근대 일본 민족주의의 기초를 만들었다.[192]

그러니까, 앤서니 스미스는 '불행하게도' 이 나라 한국과 한국인

---

192 위의 책, 182~183쪽.

들에 대해서는 거의 아무것도 알지 못했던 것이다! 그는 김부식의
『삼국사기』에 문무왕과 설인귀의 서신 왕복이 '고스란히' 기록되어
있음을, 여기서 문무왕 김법민이 "일통삼한"을 이야기하고 있음을
알지 못하며, 조선왕조가 고조선 이래의 깊은 '민족적' 전통의식에
뿌리박고 있음을 알지 못한다.

　앤서니 스미스가 동아시아에서는 유일하게 민족주의의 기초가
있었다고 분석한 17세기 이후의 일본에 비해, 한국은 늦어도 통일
신라로부터 고려, 조선으로 이어지는 내내 훨씬 더 깊은 형제애를,
지속적 통일성을, 경제적 통일성과 법적 표준화를 이루고 있었다.
'비록' '민족'이라는 번역어는 네이션(nation)이라는 유럽의 그리스어
번역어로 출발해서 바다를 건너고 일본을 거쳐서야 한국으로 들
어왔을지라도, 그 훨씬 전부터 한국인들은 민족을 이루고 자신들
이 하나의 민족임을 의식하며 '민족국가적' 통일성 속에서 살아왔
다. 과거 시대에 지식에 대한 대중의 참여가 어느 정도였는가는 쉽
게 말할 수 없다 해도 소위 말하는 지배 엘리트들과 민중은 "대규
모의 제사나 예식에 대한 대중적인 참여"를 통해 "수평적인 형제애
비슷한 것"을 형성하고 있었다고 말할 수 있다. 한국인들은 아주
오랜 옛날부터 자신들을 단군에서 비롯된 조선사람으로 인식해
왔으며 이는 신채호 등의 역사가가 『조선상고사』 같은 저술로 반
복해서 논증한 역사적 사실이다.

　앤서니 스미스가 근대주의자들을 비판하면서 네이션이라는 말
의 유구하면서도 지속적인 의미를 부각시키기 위해 사용한 문장
은, 조선인, 한국인이라는 '오래된 민족'의 존재를 실체화하는 데

에도 유용해 보인다. "'단어'는 '사물'과 같지 않다."[193] 그렇다. 조동
일이 '노블(novel)'이라는 말로는 동아시아 공통의 서사장르 '소설
(小說)'을 충분히 설명하기 어렵다고 한 것처럼, 유럽에서 생장해 온
'nation'이라는 어휘로는 동아시아의 끝자락에서 생장해 온 동이
족, 조선인, 그리고 오늘날 한국인들의 '오래된 공동체', 한국의 '민
족'을 제대로 포착할 수 없다. 개념어 네이션은 한국에 언제부터 민
족이 형성되고 있었는지 설명하지 못함에도 불구하고 역대 한국
인은 근대 이전에 이미 이 개념이 가리키는 역사적 실체인 '네이션'
과 '같은' 수준의 '집합적 공동체'를 형성했고, 이에 기반을 둔 국가
체제를 운영해 왔으며, 이 왕조적 국가와 '집합적 공동체'는 떼려
야 뗄 수 없는 '표리' 관계에 가까운 전통을 이루고 있었다. 그런 점
에서, 발생 시기를 최대한 늦춰 잡아도 고려 말기까지는 소급될 수
있는 동아시아적 '민족'의 한국적 형태를 어떤 '단어'로 칭해야 하는
지는 중요한 과제다. 국가와 '민족'이 긴밀하게 결합되어 단일하고
도 지속적인 집합적 공동체를 형성해 온 한국인들의 역사적 정황
에 어울리는 어휘를 '발명'할 필요가 있을 수 있기 때문이다.[194]

---

193 위의 책, 155쪽.
194 필자는 이에 대해 한자어로 '국족(國族)'이라 명명법을 생각해 보기도 한다. 필자는
    이 어휘를 빌려 중국이나 일본과 대립, 쟁투, 타협하면서 형성되어 온, 한국적인 독
    특한 '민족'을 가리키기 위한 말로 새롭게 활용하고자 한다. 그러나 이 '국족'이라는
    말의 유래는 '왕실 귀족'을 가리키는 뜻을 담고 있다. 이 말의 현대적 용례로는 타이
    완의 비평가 천광싱의 '국족주의'라는 말이 있는데, 이는 타이완 특유의 '민족주의'
    를 가리키기 위한 비평적 용어다. "대만의 국족주의는 민족주의(nationalism)와 비
    슷한 의미이며 같은 맥락에서 '국족-국가'(nation-state)도 민족국가 개념과 유비
    적으로 사용된다. 중국 중심의 민족주의가 아닌 탈 중국의 대만이라는 새로운 국가
    만들기라는 정체성 추구에서 국족주의라는 개념이 등장하였다"(고성빈, 「대만 민
    주좌파 지식인의 국족주의 비판과 동아시아 상상」, 『아세아연구』 57권 2호, 2014.6,
    47쪽)는 것이다. 그 용례가 긍정적이지만은 않고 국가와 민족이 단단하게 결합된,

『반일 종족주의』의 저자는, 앞에서 인용해 보였듯이 "한국의 민족주의는 서양에서 발흥한 민족주의와 구분"되는바, "한국의 민족주의에는 자유롭고 독립적인 개인이란 범주가 없"다고 단언했다. "한국의 민족은 그 자체로 하나의 집단이며, 하나의 권위이며, 하나의 신분"이어서 "차라리 종족이라 함이 옳"다는 것이다.

그러나 앤서니 스미스는, 일부 정치학자들이 민족을 '종족적' 민족과 '시민적' 민족으로 구분하면서 "시민적 민족주의가 자유주의와 결합하고 그래서 상당히 훌륭한 것을 달성할 수 있을 것으로" 보는 반면, "종족적인 '피와 땅' 형태의 민족주의는 윤리적인 울타

앤서니 스미스의 용어로서는 "국가-민족"을 가리키는 측면이 강한 것도 같다. 앤서니 스미스는 '민족-국가'라는 프랑스적 용어가 "국가를 주된 것으로 보고 민족을 국가를 형성하는 하위 파트너로 본다"는 점, "국가와 민족의 영역이 정확하게 일치하며 어떤 국가가 한 민족만을 가지고 있거나 어떤 민족이 한 국가만을 가지고 있는 단일 민족-국가는 드물다"는 점 등에서 문제를 안고 있다고 본다.(앤서니 스미스, 『민족주의란 무엇인가』, 강철구 옮김, 용의숲, 2012, 35~36쪽). 또 그런 의미에서 '민족-국가'라는 용어보다는 "민족주의 원리에 따라 정당화되고 그 구성원들이 상당한 민족적 통일성과 통합을 갖는 국가"로 정의할 수 있는 '민족적 국가'라는 말이 더 타당하다고 생각한다.(위의 책, 36쪽) 이처럼 민족과 국가의 관계 양상을 논의하는 가운데 그는 "다종족 국가들이 민족을 열망하고 적응과 통합의 수단을 통해 통일된 (그러나 동질적이지는 않은) 민족으로 전환하려 하는 '국가-민족'에 대해서도 말할 수 있을 것"이라고 한다. 아마도 이 '국가-민족'이 바로 천광싱이 말하고자 하는, "대만에서 국가와 자본의 유력한 통치 기제로 작용하고 있는"(고성빈, 앞의 논문, 47쪽) '국족주의'의 '국족'일 것이다. 그러나 어떤 용어든 그 내포는 얼마든지 새롭게 부여될 수 있다. 동아시아에서는 전통적으로 왕조적 국가와 '민족적' 공동체가 긴밀하게 결합된 체제를 결성해 왔고 이를 구성하는 공동체적 단위를 유럽에서의 nation과 유사한 공동체 수준에서 '국족'이라 불러보자는 것이다. 이 국족이라는 말은 자칫 이 공동체 내부의 각각의 개인들의 존재를 무시하거나 간과한 개념이 될 수도 있다. 그러나 구성원 각각의 정체성을 무화하지 않으면서도 그들을 한데 연결해 주는 집단적 정체성을 대상으로 삼아 어떤 "공유하는 기억, 신화, 가치, 상징에 의해 정의되는 공동체"(앤서니 스미스, 앞의 책, 38쪽)의 수준에서 집단적 정체성을 논의할 수도 있다. 동아시아의 역사 속에서 이 집단적 정체성은 '국족'이라는, nation과 유사한 수준의 공동체적 집합체로 나타났다고 생각해 보자는 것이다. 그러나 이러한 개념화는 아직은 분명 시론 수준의 것이며, 국족이라는 말에 내포된 국가주의적 함의는 충분히 경계되어야 마땅하다고 생각한다.

리를 넘어선 것 같이 생각"하는 경향을 비판적으로 다루었다.

그에 따르면 시민적 민족주의는 다른 문화집단들의 요구를 받아들이지 않은 역사를 가지고 있으며, '위대한 진보', '진보의 횃불', '무식한 원주민'에 대비되는 '문명인'을 내세우는 약점을 보인다는 점에서, "유기주의적 형태와 자발주의적 형태의 민족주의 이데올로기, 그리고 종족적 민족과 시민적 민족 개념의 분명한 대비에도 불구하고 그것들이 고무하는 정책들이 우리가 그러리라고 믿는 것보다 훨씬 더 가깝다는 것을 확인해 준다."[195]

이러한 논의는 뒤에 "종족적 민족과 시민적 민족의 이분법은 역사적으로 부정확할 뿐 아니라 사회학적으로도 사람들을 오도하는 것이다. 보다 영토에 기초하고 다문화적인 정치 공동체인 시민적 민족으로 점차 변화해 온 것은 다름 아닌 종족적 민족이다."[196] 라는 쪽으로 변모한다.

다시 『반일 종족주의』의 목소리를 들어 보자. 한국인들은 20세기 들어 일본의 지배를 받으면서 '겨우' 민족이라는 것을, 그것도 종족주의에 지나지 않는 것을 형성했다. 그런 주제에, 이를 가능케 해 준 바로 그 "이웃 일본을 세세의 원수로 감각하는", 종족주의적 수준의 "적대 감정"에 사로잡혀 있다. 이쯤이면 실로 '맹렬히', '진정에서 우러난' 질타를 서슴지 않고 퍼붓는 것이다. 한쪽에서는 유럽 중심적, 영토 민족주의 및 시민 민족주의 중심적 사고를 지양하면서 그 안에 내재된 위계와 폭력성을 갈파하는데, 다른 한쪽에

195　위의 책, 73~75쪽.
196　위의 책, 166쪽.

서는 그렇게 퇴장당하고 있는 사고 체계를 무비판적으로 모방하면서 스스로를 부정하는 논변이 거칠게 펼쳐지고 있다. 이 풍경을 어떻게 이해해야 할까.

6. 신채호 소설 「꿈하늘」의 의미와 '원초주의'적 민족 이상

이제 『반일 종족주의』의 저자의 논리는 구한말, 일제강점기의 역사학자 신채호의 소설 「꿈하늘」을 향한다. 「꿈하늘」(1916)은 "신채호가 민족주의자로 변신하는 과정을, 그 내면의 변화 과정을 서술한 자전적 소설"[197]로, 특히 작중 주인공 '한놈'이 고구려의 을지문덕 장군과 대화를 나누는 장면, "이 환상의 장면은 철저히 전통적입니다. 다름 아니라 한국인의 정신세계를 오랫동안 지배해 온 샤머니즘이 오롯하게 그 모습을 드러내고 있습니다."[198]라고 분석한다. 주인공 '한놈'이 이미 오래전에 세상을 떠난 을지문덕을 만나도록 설정된 이유는 신채호의 세계관이 불교나 기독교와 달리 철저히 샤머니즘적이어 죽은 혼령이 아예 저세상으로 가지 못한다고 생각하기 때문이라는 것이다.

이 저자는 샤머니즘의 생사관, 영혼관이 다른 종교, 특히 기독교의 관점에서 볼 때 지나치게 현세 중심적이라고 생각하는 듯하다. 그러나 이는 무속이 인간 생명과 우주적 생명을 하나의 순환적 관

---

197 이영훈, 『반일 종족주의』, 미래_H, 2019, 247쪽.
198 위의 책, 같은 쪽.

계 속에서 바라보는 점을 이해하지 못한 것이다.[199] 인간을 둘러싼 우주를 넘어선 '초월적' 신의 세계를 '알지 못하는' 무속은 마치 최제우의 천도교의 '한울'과 천지만물, 산천초목의 관계처럼 우주적 본체와 사람의 삶의 관계 속에서 인간의 영혼의 의미를 설정한다.

　한국 무속에서는 두말할 것도 없이 인간의 영혼을 믿는다. 사후에 영혼이 저승으로 건너가서 영생하거나 아니면 다시금 현세로 환생한다는 믿음이 그것이다. 무속에서의 영혼은 죽은 사람의 영혼인 사령과 살아 있는 사람의 몸안에 깃든 생령으로 구분된다. 전자는 망자의 넋이 저승으로 감을 뜻하며, 후자는 사람의 몸에 깃들어 이승에서 살고 있음을 뜻한다.

　사령은 조상과 원귀로 나뉜다. 전자는 순조롭게 살다가 저승으로 들어간 영혼으로서 신령이 되고 후자는 생전의 원한이 남아 저승으로 들어가지 못한 영혼으로 인간을 괴롭히는 악령이 된다. 전자는 민간층의 조상과 무속의 대신, 말명이고, 후자는 왕신, 몽달귀신, 객혼, 영산, 수비, 수부 등이다. 이 원귀는 요절, 횡사, 객사하여 원한이 풀리지 않아 저승으로 들어가지 못하고 이승에 남아 떠돌아다니는 부혼으로 악령적 성격을 띤 영혼들이다. 영혼의 이중적 성격은 선과 악의 대립적 관계를 가져와서 선령과 악령으로 나타난다. 전자는 인간과 영혼 상호 간에 인륜성이 작용되어 인간의 영혼을 안

199　주강현, 「한국 무속의 생사관」, 『인문학연구』 8, 2001, 11쪽.

주시켜 주는 인륜적 의무가 있게 된다. 반면에 후자의 영혼은 인간에게 일방적인 희생을 강요하여 여기에 인간이 피동적으로 순종하게 된다.[200]

연구자 구미래는 불교와 무속의 습합적 관계를 논의하는 가운데 무속에서 말하는 '저승'에 관해 다음과 같이 논의한다.

무속에서는 누구나 죽으면 '저승'으로 간다는 단순한 내세관을 지녔다. 저승은 현세의 인연이 청산되고 새로운 삶이 시작되는 곳이며 먹을 것과 입을 것이 걱정 없고 질병과 분쟁과 죽음이 없는 곳으로 여긴다. 종교적 구원 관념 없이 자연 순환으로 가게 되는 내세이며, 현세의 반대편에 있지만 천상, 지하, 지상과 같은 한계는 분명히 설정하지 않고 있다. 그저 죽어서 가는 곳, 멀고 먼 세상이라고만 생각하여 천상이나 지하의 수직 관념으로 보지 않았다.

불교의 내세가 육도의 층위에 따른 입체 공간개념을 지닐 뿐만 아니라 '인간, 축생'을 제외하면 현실과 무관한 관념세계인 데 비해, 무속의 내세는 인간세계의 연장선상에 있는 수평, 평면이고 경험세계로 설정되어 있다. 이는 내세를 현세와 유사한 방식으로 인식하는 무속의 현실적 측면을 반영하는 것이라 하겠다. 아울러 저승의 성격은 질병, 죽음과 같은 근

---

200 위의 논문, 12~13쪽.

원적 고통이 없고 의식주에 걱정이 없어 극락과 유사하지만 심판 개념에 따르는 선과 악의 구도를 떠나 있다. 악업에 따르는 지옥과 같은 세계가 배제되어 있고, '영혼이 지닌 문제'는 산 자들에게 영향을 미치는 것에 초점이 맞추어져 있다. 따라서 모든 문제는 이승에서 해결될 수 있으며, 저승은 생전에 지은 문제와는 무관한 셈이다.[201]

샤머니즘의 우주관, 생사관, 영혼관은 무턱대고 타자화시켜 비판해야 할 성질의 것이 아니라 그 자체의 인식 구조를 이해할 필요를 제기하는 것이다.

한편 '한놈'이 을지문덕을 만나게 한 「꿈하늘」의 설정은, 전통적인 서사장르의 하나인 '몽유록'과 현대적인 자전적 소설장르의 접합을 시도한 것이라는 맥락에서 더욱 심층적으로 이해될 수 있으며, 이러한 이해를 통해서만 신채호는 비로소 전통적인 소설에서 현대소설로 나아가는 가교를 잇는 창조적인 탄력성을 갖는 창작자로 재발견될 수 있다.

문학사 연구의 오랜 관성 속에서 신채호는 역사전기소설『을지문덕』(1908)을 저술한 '고색창연한' 작가로 박제된 채 문학사의 창고에 갇혀 있었다. 필자는 최근 몇년 이광수 문학의 전모를 이해하기 위해서는 그의 문학의 전사로서 존재하는 윗세대 김구, 안창호, 안중근, 한용운, 신채호 등의 생애와 사상, 문학을 깊이 이해해

---

201 구미래, 「불교와 무속의 생사관과 의례체계」, 『정토학연구』 29, 2018.6, 89~90쪽.

야 한다고 이야기해 왔으며, 이러한 이해를 통해서만 한국의 현대 문학사 연구는 이식론, 식민지근대화론의 덫에서 벗어날 수 있음을 강조해 왔다.[202]

이는 『반일 종족주의』의 저자를 위해서도 필요한 시각이다. 그는 "신채호가 발견한 민족은 을지문덕, 강감찬, 이순신과 같은 위인들의 혼백으로 짜인 것"[203]이라며 그 샤머니즘적 성격을 멋대로 논단하고, '신채호 민족주의' 따위의 '독단적 기획'으로 한국의 민족을 '발명'한다. 그가 발명한 한국의 민족은 "근세의 서유럽인들이 그들의 종교, 신화, 민속에서 발견한 자유민의 공동체로서의 민족과 상이"[204]해서, "왕과 귀족의 횡포에 저항하는 자유 시민의 공동체"로부터 생겨난 유럽의 민족과 달리 "한국의 민족은 일반 민서와 분리된, 그 위에 군림하는 독재주의나 전체주의"이고, 이것이 순수한 형태로 완성된 것이 "김일성 민족", "남한의 민족주의"이다.[205] 그리고 이러한 비난에서 '박정희 민족주의'는 또 예외 없이 면제된다.

그는 신채호를, "문명 이전의, 야만의 상단에 놓인 종족 또는 부족의 종교로서 샤머니즘"[206]의 민족주의를 기획한 인물로 폄하하고 있으나, 필자가 이해하는 신채호는 '일제의 횡포에 저항하는 자유 조선인들의 공동체'를 꿈꾼 역사철학자다. 뿐만 아니라 신채

---

202 방민호, 「『무정』 독해의 국면들과 무정, 유정의 사상」, 『춘원연구학보』 10, 2017 및 방민호, 「단재 신채호의 문학사적 의미—소설 '꿈하늘'에 나타난 '정', '무정'과 관련하여」, 『서정시학』, 2019년 가을호, 참조.
203 이영훈, 『반일 종족주의』, 미래_H, 2019, 249쪽.
204 위의 책, 같은 쪽.
205 위의 책, 249~250쪽.
206 위의 책, 251쪽.

호는 학문적 엄밀성을 추구한 역사가였다. 『조선상고사』에서 신채호는 '옛 비석의 참조에 대하여', '각 서적들의 상호 증명에 관하여', '각종 명사의 해석에 관하여', '위서의 변별과 선택에 관하여', 또한 '몽고, 만주, 토욕혼 여러 부족의 언어와 풍속의 연구에 대하여' 등을 상술하면서,[207] 역사학만이 아니라 금석학, 언어학, 서지학, 풍속학 등 인접 학문의 사료의 수집과 선택에 관한 논의까지 망라하고 있다. 그는 "역사 재료에 대하여 그 사라진 것(亡)을 찾아서 기워 넣고(補), 빠진 것을 채우며, 사실이 아닌 것(僞)은 빼버리고(去), 거짓 기록을 판별하여 완비(完備)를 추구하는 방법"[208]을 구하고자 했다. 역사 서술 태도도, "한장책(韓裝冊)을 양장책(洋裝冊)으로 고친 것에 불과"[209]한 변화 같은 것이 아니라 근본적인 혁신을 꾀함으로써, '그 계통을 구하고', '그 회통을 구하며', '감정에 좌우되지 않고', '본색을 보존하고자' 했다.[210] 이 글을 쓰는 자리에 『조선상고문화사』가 없어 좀 더 상세하게 논의하지 못하지만 필자는 그가 자신의 시대에 가장 주밀하고도 학문적인 논의를 추구한 지성이었다고 단언할 수 있다.

『조선왕조실록』에 1897년 새로 나라를 열면서 '대한제국'이라는 국호를 선택하게 된 과정이 기록돼 있다.

시임 대신(時任大臣)과 원임 대신(原任大臣) 이하를 인견(引見)하

---

207 신채호, 『조선상고사』, 박기봉 옮김, 비봉출판사, 2006, 47~68쪽.
208 위의 책, 68쪽.
209 위의 책, 69쪽.
210 위의 책, 68~86쪽, 참조.

였다. (의정(議政) 심순택(沈舜澤), 특진관(特進官) 조병세(趙秉世), 궁내부 대신(宮內府大臣) 민영규(閔泳奎), 장예원 경(掌禮院卿) 김영수(金永壽)이다.)

상이 이르기를,

"경 등과 의논하여 결정하려는 것이 있다. 정사를 모두 새롭게 시작하는 지금에 모든 예(禮)가 다 새로워졌으니 원구단(圜丘壇)에 첫 제사를 지내는 지금부터 마땅히 국호(國號)를 정하여 써야 한다. 대신들의 의견은 어떠한가?"

하니, 심순택(沈舜澤)이 아뢰기를,

"우리나라는 기자(箕子)의 옛날에 봉(封)해진 조선(朝鮮)이란 이름을 그대로 칭호로 삼았는데 애당초 합당한 것이 아니었습니다. 지금 나라는 오래되었으나 천명이 새로워졌으니 국호를 정하되 응당 전칙(典則)에 부합해야 합니다."

하였다. 조병세(趙秉世)가 아뢰기를,

"천명이 새로워지고 온갖 제도도 다 새로워졌으니, 국호도 역시 새로 정해야 할 것입니다. 지금부터 억만 년 무궁할 터전이 실로 여기에 달려 있습니다."

하였다. 상이 이르기를,

"우리나라는 곧 삼한(三韓)의 땅인데, 국초(國初)에 천명을 받고 하나의 나라로 통합되었다. 지금 국호를 '대한(大韓)'이라고 정한다고 해서 안 될 것이 없다. 또한 매번 각국의 문자를 보면 조선이라고 하지 않고 한(韓)이라 하였다. 이는 아마 미리 징표를 보이고 오늘이 있기를 기다린 것이니, 세상에 공표하지 않아도 세상이 모두 다 '대한'이라는 칭호를 알고 있을 것이다."

하니, 심순택이 아뢰기를,

"삼대(三代) 이후부터 국호는 예전 것을 답습한 경우가 아직 없었습니다. 그런데 조선은 바로 기자가 옛날에 봉해졌을 때의 칭호이니, 당당한 황제의 나라로서 그 칭호를 그대로 쓰는 것은 옳지 않습니다. 또한 '대한'이라는 칭호는 황제의 계통을 이은 나라들을 상고해 보건대 옛것을 답습한 것이 아닙니다. 성상의 분부가 매우 지당하니, 감히 보탤 말이 없습니다."

하였다. 조병세가 아뢰기를,

"각 나라의 사람들이 조선을 한이라고 부르는 것은 그 상서로운 조짐이 옛날부터 싹터서 바로 천명이 새로워진 오늘날을 기다렸던 것입니다. 또한 '한' 자의 변이 '조(朝)'자의 변과 기이하게도 들어맞으니 우연이 아닙니다. 이것은 만년토록 태평시대를 열게 될 조짐입니다. 신은 흠앙하여 칭송하는 마음을 금할 수 없습니다."

하였다. 상이 이르기를,

"국호가 이미 정해졌으니, 원구단에 행할 고유제(告由祭)의 제문과 반조문(頒詔文)에 모두 '대한'으로 쓰도록 하라."[211]

위의 인용에 나오는 "삼한"이란 무엇이며 "한"이란 무엇인가? 이에 대하여 필자의 과문함 탓인지 다른 논문에서 그 유래나 근거

---

211 『조선왕조실록 국편 영인본』, 3책 10쪽. 『고종실록 36권』 중 고종 34년 10월 11일 양력 3번째 기사, 1897년 대한 광무(光武) 1년.

를 상세히 찾기 어려운데, 다만 『조선상고사』는 다음과 같이 논의한다. 마음이 급하여 보이는 대로 받아 적는다.

(가)

'三一神'을 다시 우리 고어로 번역하면, '天一(천일)'은 '말한'으로 상제를 의미한 것이며, '地一(지일)'은 '불한'으로 천사를 의미한 것이며, '太一(태일)'은 '신한'으로서, '신'은 최고 최상이란 말이므로, '신한'은 곧 '天上天下, 獨一無二(천상천하, 독일무이)'(→천상과 천하에, 즉 우주에 단 하나뿐이다)를 의미한 것이다. '말한, 불한, 신한'을 이두문자로는 '馬韓(마한), 卞韓(변한), 辰韓(진한)'이라고 적었다.[212]

(나)

지금까지의 각 사서에서는 삼조선 분립 사실이 빠졌을 뿐만 아니라, '삼조선'이란 명사까지도 단군, 기자, 위만의 세 왕대라고 잘못 이해하였다. 삼조선은 '신, 말, 불'의 세 '한'이 분립한 것으로, '신한'은 대왕이고, '말'과 '불'의 양 '한'은 부왕이니, 세 '한'이 삼경에 나뉘어 주재하면서 조선을 통합하였음은 이미 제2편에서 설명하였거니와, 삼조선은 곧 세 '한'이 서로 분립한 뒤에 서로 구별하기 위하여 '신한'이 통치하는 지역은 '신조선'이라 하였고, '말한'이 통치하는 지역은 '말조선'이

---

212 신채호, 『조선상고사』, 박기봉 옮김, 비봉출판사, 2006, 96쪽.

라 하였으며, '불한'이 통치하는 지역은 '불조선'이라 하였던
것이다.

'신, 말, 불' 세 '한'은 이두문으로 '辰(진), 馬(마), 卞(변)' 삼한
(三韓)이라고 기록한 것이고, '신, 말, 불' 세 조선은 이두문으
로 '眞(진), 莫(막), 番(번)' 조선이라고 기록한 것이다.

동일한 '신, 말, 불'의 번역이 무슨 이유로 하나는 '辰(진), 馬
(마), 卞(변)'이라 하고 다른 하나는 '眞(진), 莫(막), 番(번)'이라 하
여 두 가지 번역이 서로 같지 않은가. 이는 남북이 사용하는
이두문자가 서로 달랐기 때문이거나, 혹은 중국인의 한자 음
역(音譯)이 조선에서 사용하는 이두문자와 달랐기 때문이다.[213]

(다)

그러면 '韓(한)'은 나라 이름이 아니라 왕이란 뜻이니, '삼한'
은 삼조선을 나누어 통치하였던 3대왕이며, 삼조선은 삼한
곧 세 왕이 나누어 통치하였던 3대 지방임은 물론이며, 따라서
그 도읍지의 위치와 강역의 범위도 말할 수 있을 것이다.

세 한의 도읍지는,

(1) 제1편에서 서술한 '아스라' 곧, 지금의 하얼빈과,

(2) '아리티', 곧 지금의 개평현(개평현) 동북의 안시 고허와,

(3) '펴라', 곧 지금의 평양이 그것이다.[214]

---

213 위의 책, 116~117쪽.
214 위의 책, 117~118쪽.

혹자들은 신채호 사학이 재야사학이고 학문적 엄정성이 결여된 논의로 점철되어 있다고 주장한다. 그러나 그는 자신이 접할 수 있었던 사료들을 최대한 섭렵하고자 했고 이를 비판적으로 소화, 분석하여 한국인들의 삶의 역사에 관해 새로운 해석적 지평을 열고자 분투했다. 그의 노력은 이후의 근대사학에도 영향력을 행사했으니, '변한-가야'설에 대한 기여가 그 하나의 사례다.

신채호는 한국고대사에서 고구려·백제·신라의 삼국과 함께 동부여와 가라6국을 포함하여, '삼국시대'를 '列國爭雄時代'로 파악하면서 가야사의 존재를 부각했다. 이와 함께 삼한의 성립과정을 연나라 장수 진개의 요하 방면 침입으로 인한 '조선족의 이동'이라는 관점에서 살폈다. 곧 그는 단군으로부터 준왕의 남천 이전까지 존재했던 북방의 '전삼한' 단계, 이후 한반도로 이동하여 준왕의 남천으로 익산 방면에 세웠던 莫韓(마한)과 함께 眞(진한)·番(변한)의 이주민이 세웠던 진한·변한의 '중삼한' 단계, 그리고 이동을 모두 마친 뒤에 삼한이 각각 백제·신라·가야로 발전했던 '후삼한' 단계로 구분했다. 따라서 삼한의 종족은 조선족(고조선) 계열과 직접 연결되고, 마한→백제, 진한→신라, 변한→가야로 각각 발전한다는 견해를 제시했다. 특히 위만조선의 멸망을 계기로 변한의 가락국 등 소국들이 성립했다는 견해는 현재 학계의 통설과 맥이 닿는다. 그의 '삼한 이동설'은 일제강점기 우리 역사의 시·공간 확장을 통한 민족적 자긍심 고취와 식민사학의 극복이라는 점에서 의미를 갖는다. 나아가 당시 치중했던 지리고증 차원의 연구경향에서 벗어나 이동설에 입각한 가야의 성립과정과 위만 이전의 고조선으로 소급되는 가야의 종족문제 해명에까지 관심의 폭을 넓혔다는 점에서도 의미가 있다.

신채호의 역사의식은 '유교적 중세사학'의 한계를 극복하고 근대적 역사학을 성립시키는 계기를 마련한 것으로 평가되는데, 그의 뒤를 잇는 정인보, 안재홍 등 민족주의 계열 역사가에게 직·간접적인 영향을 끼쳤다.[215]

위에서 언급하는 '삼한 이동설'과 관련하여 신채호 학설의 가장 흥미로운 점은 그가 이두문 해석을 바탕으로 논의를 전개하는 능력을 가졌다는 사실이다. 신채호의 이두 이해에 관해서는 연구가 거의 없어 현재로서는 김주현의 「신단공안(神斷公案)의 저자 규명」(『한국현대문학연구』 56, 2018.12)이 유일해 보인다. 이에 따르면, "「신단공안」 저자는 한문뿐만 아니라 이두 사용에 익숙한 사람이다. 단재는 이두의 해석 및 활용에도 능했다. 「신단공안」의 저자가 이두를 능숙하게 사용하는 것으로 보아 이는 단재일 가능성을 시사한다."[216]

김주현이 적절하게 논의하였듯이, 신채호는 언어와 문자에 깊고도 넓은 지식을 습득한 사람이었다. 『조선상고사』가 보여 주듯이 그의 저술들은 언어학의 보고라 할 수 있고, 그 스스로 이두의 원

---

215 문창로, 「'변한과 가야' 연구의 동향과 과제」, 『한국고대사연구』 89, 2018.3, 71~72쪽.
216 김주현, 「'신단공안'의 저자 규명」, 『한국현대문학연구』 56, 2018.12, 204쪽.

리를 상세하게 설명해 주고 있지만,[217] 오늘날의 국사학과 국어학이 이를 얼마나, 어디까지 이해할 수 있는지 의문스럽다. 한국인의 역사, 특히 '종족'으로부터 '민족'으로의 형성 과정은 신채호 사학을 참고하지 않고는 '절대' 규명될 수 없을 것이다. 그의 『조선상고사』와 『조선상고문화사』에 흘러넘치는 언어학적 통찰들이 그 논란이나 시시비비에도 불구하고 너무나 풍요로워 보이기 때문이다.

이와 같은 이유들로도 『반일 종족주의』 같이 어설픈 논리를 '내지르는' 이데올로그는 신뢰할 수 없다. 오늘날 방대하게 축적되어 있는 지식은 어떤 주장을 하든 수많은 자료와 논거를 제공해 준다. 혹은 식민지근대화론을 주장하는 데에도, 혹은 그 비판 논리를 구성하는 데에도 자료는 '얼마든지 있다'. 주장이나 논리의 근거가 부족해 보인다면 그것은 자료가 없는 것이 아니라 자료의 새로운 수집과 취사선택을 위한 여지가 남아 있음을 의미한다. 그렇다면 학자와 연구자는 어떤 자료를 모으고 어떤 기준으로 선택하고, 어떤 논리 구조를 만들 것인가. 필자는 억압과 폭력을 정당화하는 논리는 생리적으로 싫다. 충분하지 않은 통계나 정확하지 않은 사실을 과학으로 포장하고, 편견을 품은 채 냉정한 이성을 '들먹이며' 저항과 회복을 꿈꾸는 '감상가'들을 비웃고 조롱하고 냉소하기 좋아하는 엘리트주의는 신물이 난다. 문학도, 사학도, 철학도, 사회과학도 자신을 어디에 어떻게 위치 짓고 어느 방향으로

---

217 특히, 신채호, 『조선상고사』, 박기봉 옮김, 비봉출판사, 2006, 104~107쪽, '한자의 수입과 이두문의 창작' 부분. 그러나 『조선상고사』 전체를 국어사적 관점에서 시급히 새롭게 재인식해야 한다.

전개시켜야 할지 고민해야 한다.

7. 앙드레 슈미드의 근대주의적 한국 근대사 및 그 민족 해석

이영훈에 의해서 "한국인이 민족이란 개념을 수용하는 과정과 실태를 잘 묘사한 책"[218]으로 평가된 앙드레 슈미드의 『제국 그 사이의 한국 1895~1919』(Korea between Empires 1895~1919)은 2007년에 정여울이 번역했다. 옮긴이의 서문 '국가 없는 나라에서 '민족' 발명하기'는 이 책의 성격을 잘 요약하고 있다.

이 책은 이영훈이나 그밖에 한국 사학계와 국문학계에서 '어슬렁거리는' 민족 '발명론'의 견본이 어디에 있었는지 말해 준다. 오랜 시간에 걸쳐 진행된 프로젝트의 결과물로 보이는 이 저술은, 이영훈, 황종연, 김철 등의 '모방적' 양태와는 다른 체계적인 짜임을 갖추고 있다는 점에서 우선 눈길을 끈다. 그러고 보면 이영훈이 『해방 전후사의 재인식』(2006)이나 『반일 종족주의』의 몇몇 글에서 언급하는 '백두산정계비' 이야기도 앙드레 슈미드 판본에서 크게 벗어나지 않는 것이며, 황종연이 「『무영탑』, 『원효대사』, 민족의 로맨스」(『신라의 발견』, 동국대 출판부, 2008) 등에서 거론한 하야시 타이스케의 식민주의적 조선사학도 사실은 이 책의 4장 「혼, 역사, 그리고 정통성」24절 「경쟁하는 역사관들」에 맞닿아 있는 것이다.[219] 상황

---

218 이영훈, 앞의 책, 246쪽.
219 앙드레 슈미드, 『제국 그 사이의 한국 1895~1919』, 정여울 옮김, 2007, 361~372

이 이러하니, 결국 이들을 특징짓는 근대주의적 민족론의 한국사 적용의 '원본'을 살펴보기 위해서는 앙드레 슈미드에게로 논의를 '소급'하지 않을 수 없다.

한국사에 관한 어떤 책보다 근대주의적 민족론을 확실하게 전개하는 앙드레 슈미드 저술은 '서론'이라고 보기에는 긴 글을, '광개토왕비'의 발견에 대한 『황성신문』 1905년 10월 30일자의 전언으로 시작하면서 이를 예의 '발명론'의 단서로 삼는다. 그에 따르면 광개토왕비를 둘러싼 한국 신문과 지식인들의 반응 과정은 당시에 발흥하기 시작한 한국 민족주의의 민족적 지식 생산과정에 관련된 사정을 잘 보여주는데, 이는 앞으로 논의하게 될, 한국에서의 민족의 '발명' 과정이기도 하다.

앙드레 슈미드는 광개토왕비의 발견, 공개 및 의미 부여 과정이 "이 책이 초점을 맞추고 있는 민족주의 운동의 핵심 과정의 일부"[220]라고 하면서, 이러한 과정은 한국에서 민족 관념이 주조되어 가는 과정을 잘 보여준다고 생각한다. 이러한 단서로부터 그는 자신의 한국사 연구 방법의 근대주의적, 구성주의적 특성을 다음과 같이 설명한다.

이 연구에서 내게 흥미로운 점은 기록에 의해 충분히 입증된 독립을 위한 정치적 투쟁이라기보다는, 급변하는 지역 정세 속에서 세계 체제를 뒷받침하는 근대 자본주의에 편입되

쪽, 참조.
220 위의 책, 51쪽.

기 시작한 시점에 이들 집단이 스스로를 한국인이라는 고유 민족으로 나타내는 문화적 전략에 대한 것이다. 나의 접근법은 민족주의 운동사와 다소 거리가 있다. 민족주의 운동사는 독립을 위한 정치적 투쟁에 초점을 두고 있기 때문에, 민족주의 역사의 주요 내러티브와 근대성(모더니티)의 정의에 대한 중요한 판단 근거 사이의 충돌에도 불구하고 외부의 제국주의 세력과 토착의 해방주의 세력을 분명하게 구분하고자 한다. 그러한 역사관은 권력의 남용에 저항하는 부분만 교묘하게 강조해 왔다. 그러나 그렇게 하는 와중에 그만큼이나 중요한 이야기, 즉 토착 세력과 해외 세력의 상호 작용을 통해 네이션이 구축되었다는 사실을 모호하게 처리하는 경향이 있었다. 최근에는 다양한 탈식민주의 연구가 이러한 역학 관계를 알아내기 위해 노력하고 있다.

민족주의를 제국주의의 침범에 대한 유일한 대응으로 간주하는 분석 태도를 지양하면서, 이러한 연구들은 위와 같은 상호 작용 안에서 식민 국가와 피식민 국가가 전개해 온 다양한 양상을 추적했다. 이 접근법에서 가장 중요한 점은 민족이 국제 세력과의 어떤 문화적 교류도 없이 독립적으로 형성되었다거나 다양한 집단에 의한 민족 스스로의 자기 인식이 여러 세대에 걸쳐 침묵해 온 지식의 깊은 샘으로부터 솟아났다는 가정을 문제시한다는 것이다. 이상하게도 국제화에 따른 사회경제적 영향은 쉽게 인정하면서도, 민족적 정체성이 문제가 되면 민족의 자기 인식을 자율적 상상력의 산물로 간

주하기를 망설이게 된다. 나는 근대 한국에 대한 지식의 생산
이 특정한 역사적 순간의 국제적 환경과 긴밀히 얽혀 진행되
었다는 것과 그것이 자민족에 대한 새로운 사유의 하나인 만
큼 저술가들이 새로운 세계 속에서의 그들의 위치를 글로 표
현하는 과정의 일부였다는 것, 그리고 민족주의는 의식적으
로 세계화된 최초의 담론이었다는 것을 논할 것이다.[221]

위의 인용 부분에서 저자가 강조하고자 하는 요점은 자신은
"권력의 남용에 저항하는 부분만 교묘하게 강조"하는 민족주의
사관에서 벗어나 "토착 세력과 해외 세력의 상호 작용을 통해 네
이션이 구축되었다는 사실"에 입각해 역사를 조명하는 시각을 취
하고자 한다는 것이다.

여기서 그가 말하는 이 "사실"이라는 것도 근본적으로 보면 민
족주의 시각 쪽에서 말하는 '사실'과 별다르지 않게 해석된 사실,
또는 사실의 해석에 불과하다는 것을 일단 지적해야 하겠다. 그런
데 그는 이 '사실'을 한국 근대사를 통해서 입증하고자 하며, 이러
한 시각을 취하기 위해서 "민족이 국제 세력과의 어떤 문화적 교류
도 없이 독립적으로 형성되었다거나 다양한 집단에 의한 민족 스
스로의 자기 인식이 여러 세대에 걸쳐 침묵해 온 지식의 깊은 샘으
로부터 솟아났다는 가정을 문제시"하면서, "국제화에 따른 사회경
제적 영향"처럼 "민족의 자기 인식"이라는 것도 외국, 특히 제국의

---

221 위의 책, 53~54쪽.

영향을 받아 생겨난, "자율적 상상력의 산물"이라고 주장한다.

한 민족의 자기 인식이 외국 담론의 영향을 받아 형성되는 것이라면 그것은 "자율적인 상상력의 산물"이 아니라 오히려 타율적인 상상력의 산물이 되는 것이라고 말해야 하지 않을까. 그리고 그의 저술만 보아도 하야시 다이스케나 그밖의 일본의 식민주의 사학자들은 실제로 한국의 역사가 타율적이었다고 설명하기 애쓴 것으로 보인다.

그러나 앙드레 슈미드는 한국의 민족주의자들이 일본 식민사가들의 영향을 받고, 그때까지는 존재하지 않았던 "민족"을 "자율적인 상상력의 산물"로서 '발명'해 냈다고 한다. 그는 자신의 연구 방법이, "민족이 국제 세력과의 어떤 문화적 교류도 없이 독립적으로 형성되었다"는, 그리고 이 민족의 "자기 인식이 여러 세대에 걸쳐 침묵해 온 지식의 깊은 샘으로부터 솟아났다는" 가정을 반대한다고 한다.

그러나 가령 이 시기의 신채호의 경우 그는 원초주의적인 경향에 치우쳤다고 비판받는데, 그렇다고 하여 그 경향에 대한 반론이 반드시, 서구의 자극을 받은 '근대에 이르러서야' 한국에서의 민족 형성이 가능했다는 결론으로 연결되지는 않는다. 더욱이 한국인들에게 그 이전에는 여러 세대를 걸치는 동안에도 하나의 민족이라는 자기 인식이 존재하지 않다가 근대에 들어 일본 담론의 영향을 받고서 없던 자기 인식이 생겨났다는 식의 판단이야말로 여러 사서들에 나타나는 '민족' 인식의 근거들을 부정하는 견해다.

이 책에서 앙드레 슈미드는 민족주의와 민족을 필연적 인과 관계항으로 간주하면서 근대 민족주의만이 민족을 구성할 수 있었다고 믿는 경향을 보여 주며, 특히 한국과 같이 식민 경험을 가진 사회에서 네이션으로서의 민족은 "토착 세력과 해외 세력의 상호작용을 통해"서나 구축될 수 있었다고 굳게 믿는 것처럼 보인다.

여기에는 서로 연결되어 있는 두 가지 문제가 있다. 하나는 어떤 구체적 현상에 대한 해석을 보편적 이론으로부터 연역적으로 도출하려는 이론주의적 경향이며, 다른 하나는 자신에 앞서 존재한 담론 텍스트들의 종합으로부터만 새로운 견해를 도출하는 텍스트주의다.

이론주의적 경향이란 무엇을 말함인가? 필자는 오래전 한국문학 연구의 이론주의적 경향이 가진 문제점에 관해 논의한 바 있다. 이론주의적 연구란 우선 이론적 연구를 실증적 연구보다 우월한 것으로 보고 그것으로 시종하는 경향을 말한다.[222] 물론 '실증'이라 불리는 작업도 모두 해석을 거치지 않을 수 없기에 이론적 연구와 실증적 연구라는 대비법은 적절하지 않을 수도 있다.

그러나 예를 들어 이상 문학 연구의 경우, "이상 텍스트를 확증하는 작업, 그의 생애를 보다 정밀하게 탐구하는 작업, 이상 텍스트에 나타나는 상호텍스트적 양상을 선행 문헌과의 관계를 통해 드러내는 작업, 마지막으로 그의 작품에 나타나는 여러 요소, 즉 시공간 배경이나 인물의 구체적 양태, 작중에 등장하는 물상 등을 사실에 비추어 재해석하는 작업" 등은 "이 같은 작업을 통해 확정

---

222 방민호, 「한국근대문학 연구의 이론주의적 경향」, 『한국근대문학연구』 2권 1호, 2001, 9쪽.

된 텍스트, 밝혀진 작가의 생애, 당대적 연관성 등에 바탕하여 작가와 작품의 의미를 기존의 문학이론에 근거, 재해석함을 의미하는 것"과는 작업의 성격이 다르다.[223]

이러한 시각에서 보면 앙드레 슈미드의 『제국 그 사이의 한국 1895~1919』은 실증적 발견, 확인, 확정 작업보다는 그 해석과 재해석으로서의 작업 성격이 강한 저작인바, 신채호 사학에 대한 비판이 두드러진 이 책의 5장 「민족국가 이야기」의 「계보학으로서의 역사」, 「역사를 가진 국가」, 「민족주의 역사 서술의 탄생」, 「인간에서 신으로」 부분은 특히 신채호의 「독사신론(讀史新論)」(『대한매일신보』 1908.8.27~9.15, 10.29~12.13)이나 김교헌의 『신단민사』(1923)에 대한 비평적 독해를 담았을 뿐, 특히 신채호의 저술 내용의 진위 여부를 둘러싼 실제적인 '검증'과는 거리가 있는 서술이다.

신채호의 최종 평가는, 비록 어떤 증거 제시도 없기는 했지만, 다음과 같은 것이었다. 즉 기자는 부여족 왕조의 운명이 여전히 밝았을 때 한반도에 정착한 것이라고. 그는 기자가 한반도를 통치했다고 생각하지 않았다. 반대로 신채호는 부여의 왕이 기자에게 100리가 넘는 영토를 봉토로 제공했다고 주장한다. 부여의 왕이 진정한 통치자였으며, 기자는 오직 부여 왕의 신하이자 봉건 영주일 뿐이었다는 것이다. 신채호의 이러한 주장은 기자를 민족사에서 제거시키는 결과를 낳

---

223 위의 논문, 8쪽.

앗을 뿐 아니라 신채호가 민족의 최고 시조로 규정하고자 한 단군의 경쟁자 자리에서도 기자를 제거시키는 결과를 낳았다. 기자는 한때 중국의 정치적 격동을 피해 추방자가 되었지만, 이제는 신채호에 의해 한국사의 위대한 인물의 지위에서 추방된 것이다.[224]

기자의 도래에 관한 신채호 서술을 "어떤 증거 제시도 없"다고 하였지만, 앙드레 슈미드 역시 이러한 신채호의 서술을 비판할 특별한 근거를 가지고 있지는 않았다. 사실 관계에 있어서 그는 다만 신채호가 충분한 근거를 갖지 못한 채 단군조선의 왕이 기자를 환대했다고 서술하고 있다고 비판했을 뿐이며 그 밖의 서술은 그러한 신채호 서술에 대한 '메타' 해석일 뿐이다. 그리고 이러한 비약적 해석은 이 장의 다음과 같은 결론으로 연결된다.

결과적으로 네이션을 새로이 성찰하는 개념으로서 민족이 진정 역사적으로 실재하는가의 여부는 성찰이나 연구의 대상에서 제거되었다. 20세기 초반의 특정한 환경 속에서 정착된 민족이라는 개념은 역설적으로 역사와는 무관한 존재로 표상된다. 동아시아 전반에 걸친 민족주의자들의 지적인 경향, 즉 전통적인 유교적 역사관과 중화주의적 세계관에서 탈피하는 것, 그리고 일본의 식민주의적 역사 서술에 저항하

---

224 앙드레 슈미드, 앞의 책, 438쪽.

는 것 등등, 이러한 모든 지적 경향은 한반도가 세계적 자본
주의 질서와 근대적 이데올로기에 통합되던 시기에 태동하
고 있었다. 민족이라는 개념이 형성되는 정황은 겉으로 보기
에는 이러한 각각의 주제와 무관하게 보였다. 이러한 다양한
주제들은 외관상 그것을 생산한 역사 자체를 초월하는 문제
로 보였기 때문이다.[225]

이러한 평가는 신채호 사학의 '원초주의'적 특성을 지적한 것이
라고도 볼 수 있지만, 그렇다고 해서 "민족이 진정 역사적으로 실
재하는가의 여부"에 대한 신채호의 연구를 따라가며 그 근거를 살
펴서 얻은 결론이라고 볼 수는 없다. 그는 단지 『조선상고사』에 이
르러 더욱 성숙해질 신채호 사학의 과정상의 '논문'을 자신의 시각
에서 읽고 분석하고 평가했을 뿐이며, 특히 신채호가 자신의 사학
을 정립해 나가는 과정에서 밟았던 논리 구축 과정을 '온당하게'
평가해 주고 있는 것으로 보이지도 않는다. 예를 들어, 신채호가
"민족의 탄생"[226]의 순간을 보여 준 대목이라고 한 「독사신론」의
「인종」부분에 나타나는 신채호의 '민족' 개념은 좀 더 섬세하게 접
근해 볼 필요도 있었을 것이다.

신채호는 여기서 민족, 종족, 국민 등의 용어를 주밀하게 사용
하고 있지는 않으나 그의 말뜻을 이해할 수 있는 방법이 없지 않
다. 그는 이렇게 말한다. "민족을 대략 여섯 종류로 나눌 수 있으

225 위의 책, 454쪽.
226 위의 책, 423쪽.

니, (1)은 선비족이고, (2)는 부여족이고, (3)은 지나족이고, (4)는 말갈족이고, (5)는 여진족이고, (6)은 토족이다."[227] "지나족은 한중 양국의 토지가 붙어 있기 때문에, 기자가 동으로 건너오던 때부터 고려조에 이르기까지, 중국이 한 차례 혁명을 거치면 그 전조의 충신들과 피란 인민들이 속속 우리나라로 넘어왔기 때문에, 부여족 이외에 가장 많은 수를 점하고 있는 종족이다."[228] "이 밖에 몽고족, 일본족 두 종족이 있는데, 일본족은 우리 민족의 4천 년 간 대외 적국들 중에 교류와 경쟁이 가장 극렬하여 접촉하면 할수록 더욱 악독한 모습을 보였으나, 그러나 이전의 역사는 풍신수길의 임진왜란 한 차례 전쟁을 제외하고는 다만 변경의 연해 지방에 문득 찾아왔다가 문득 돌아갔을 뿐, 내지에 섞여 살면서 창칼을 잡고 서로 싸운 일은 없었다. 몽고족은 고려조 중엽과 말엽에 교류가 가장 많았으나, 단지 정치상으로만 밀접한 관계를 맺었을 뿐 우리 국민의 경제 생활에는 사실 영향이 별로 없었다."[229]

이와 같은 언급들은 신채호가 '민족'을 여러 종족들의 집합체로 생각하고 있으며, 특히 주도적인 종족에 의해 민족 수준의 공동체가 형성되는 것으로 이해하고 있음을 보여 준다. 이는 그가 서론에서 "국가가 이미 민족 정신으로 구성된 유기체이므로 단순한 혈족으로 전해져 온 국가는 말할 것도 없고 혼잡한 여러 민족으로 결집된 국가일지라도 반드시 그 중에 항상 주동이 되는 특

---

227 신채호, 「독사신론」, 『조선상고문화사 (외)』, 박기봉 옮김, 비봉출판사, 2007, 217~218쪽.
228 위의 책, 218쪽.
229 위의 책, 218~219쪽.

별한 종족이 있어야만 비로소 그 나라가 나라로 될 것이다."[230]라고 한 말과 통한다. 신채호는 이러한 맥락에서 다시 원주를 붙여, "이들 여섯 종족 중에서 형질상, 정신상으로 다른 다섯 종족을 흡수하여 동국 민족을 지배하는 지위에 있었던 자는 실로 부여족 한 종족에 불과하니, 대개 4천 년 간의 동국 역사는 곧 부여족의 소장과 성쇠의 역사이다."[231]라고 하여, 여러 종족이 하나의 민족으로 접합되어 가던 지난 역사의 과정을 축약한 시각을 보여 주고 있다. 논의의 맥락으로 볼 때 신채호의「독사신론」에서 "동국"이란 부여족을 중심으로 한 제 종족이 하나의 민족으로 접합되어 형성한 여러 나라들을 통합하여 이르는 개념이라 할 수 있고, 그는「독사신론」을 통하여 그 최초의 중심적 역할을 한 부여족 지도자 단군을 연원으로 삼는 부여족 주도 하의 동국의 역사를 새롭게 보는 시각을 제기한 것이라 할 수 있다.

신채호의 역사 연구는「독사신론」(1908.8.27~12.13)에 이어서, 『조선사연구초』(『동아일보』, 1924.10.20~1925.3.16, 단행본은 1926), 『조선상고사』(『조선일보』, 1931.6.10~10.14), 『조선상고문화사』(『조선일보』, 1931.10.15~12.3, 1932.5.27~5.31) 등으로 전개되며, 이 과정에서 민족 및 민족 개념에 대한 숙고와 수정, 성찰 과정을 겪어 간 것으로 보이는데, 이는 신채호의 역사 연구가 단지 '민족'을 발견하거나 발명하기 위한 것이 아니라 역사적 사실에 대한 탐구와 민족주의의 이념적 열정이 서로 긴장을 이루면서 담론적 전개를 해 나간 과정이

---

230 위의 책, 214쪽.
231 위의 책, 219쪽.

었음을 시사한다.

앞선 인용에서 『조선상고사』에 나타난 신채호의 사료 수집과 선택 원리에 관해 소개했지만, 『조선상고사』는 역사서의 빈곤과 결핍을 딛고 상고사의 진실을 추적해 갈 수 있는 자신만의 방법을 유증(類證), 호증(互證), 추증(追證), 반증(反證), 변증(辨證) 등의 다섯 가지로 제시하고 있다. 유증이란 규칙과 원리를 따라서, 종류를 따라서 증명하는 것이고, 호증이란 여러 역사서에 나타난 '사실'들을 서로 참조하여 증명하는 것이며, 추증이란 "이 사건이 있으므로 저 사건이 없을 수 없음을 증명하는 것"[232], 즉 추론을 통하여 사건 존재의 개연성을 밝히는 것이고, 반증이란 "반면에서 그 사실의 '참'을 발견"[233]하는 것이며, 변증이란 "잘못된 기록들을 변론함으로써 그 정확한 것을 찾"[234]는 방법이다. 이와 같은 방법론들은 신채호 사학이 단순한 상상력이나 발명 욕구의 산물로 폄훼할 수 없음을 보여주는바, 다른 연구물들에도 이와 같은 방법론의 창안과 적용, 성찰은 가히 타의 추종을 불허할 만하다.

반면에 앙드레 슈미드의 저술에서 논증은 기피된다. 그는 신채호 시대에 "이 새로운 역사가들은 한국을 중국과 평등한 위상으로 올려놓기 위해 기존의 유교적 역사 서술 용어의 전통을 고의적으로 침범했다"[235] 하면서 "한두 개의 창조적인 대체 용어들과 함께 고대사의 사건들도 한국의 독립을 확증하기 위해 사용되었다"

---

232 위의 책, 436쪽.
233 위의 책, 47쪽.
234 위의 책, 49쪽.
235 앙드레 슈미드, 앞의 책, 416쪽.

라고, 그 하나의 예로서 부루(夫婁)의 서행(西行)에 관한 재해석 양상을 제시한다. "그러한 예들 가운데 하나가 부루의 신화와 관련된 것인데, 부루는 단군의 아들로서 중국의 현자 우(禹)를 만나기 위해 중국으로 여행을 갔던 것으로 기록된다. 전통적인 기록에서는 부루가 공물을 바치기 위해 우를 찾아간 것으로 되어 있으며, 이 두 사람의 조우를 묘사하기 위해 '조'나 '공'이라는 단어가 사용되었는데, 그것은 우의 우월한 위치를 가리키는 것이었다."[236]라고 했다. 그러나 『고기』와 『오월춘추』 등의 사서를 비교하여 제시한 신채호의 해석, 즉 단군이 아들 부루를 우 임금에게 보내서 홍수를 다스리도록 해 주었다는 '사실'에 대해 앙드레 슈미드가 이를 해석한 반론은 존재하지 않는다.[237] 이에 반해 이 '사실'을 향한 신채호의 논리는 단순히 "유교적 역사 서술 용어의 전통을 고의적으로 침범"하기 위한 것이 아니었으며, 다음에서 볼 수 있듯이 자신이 제시한 '호증'의 방법론에 입각하여 역사적 진실을 찾기 위한 '적법한' 과정을 거쳐 얻은 결론이었다.

기자(箕子)의 『홍범(洪範)』을 『상서(尙書)』에서는 "하우씨(夏禹氏)가 전한 것"이라고 하였으며, 『오월춘추(吳越春秋)』에서는 "하우(夏禹)가 치수(治水)할 때에 도산(塗山)에서 현토사자(玄菟使者)로부터 『中徑』을 받았다"고 하였으며, 『고기(古記)』에서

---

236 위의 책, 416~417쪽.
237 이에 대한 신채호의 해석은 신채호, 『조선상고사』, 박기봉 옮김, 비봉출판사, 2006, 99~101쪽, 참조.

는 "단군의 태자 부루(夫婁)가 하우(夏禹)를 도산(塗山)에서 보았다"고 하였다. 따라서 세 사서(史書)를 참조하면, 기자의 『홍범』은 곧 부루의 『중경』을 강술(講述)한 것임이 분명하다.[238]

이와 같은 신채호의 '호증'을 검증하지 않고 신채호의 역사 해석이나 서술을 단순한 이념적 동기의 산물로만 보는 것은 사실(史實)의 존재 및 그것을 향한 논리적 접근 과정을 경시하는 것이라고 반론할 수 있다. 사실, 역사학계나 국문학계 쪽에서는 아주 오랫동안 이른바 '진리론'의 부재를 겪어 왔던바, 역사적 해석과 서술을 이념적 동기의 산물로나 여기고, 이념을 위한 창작이나 발명의 산물로 이해하는 것은 그러한 진리 부재의 학문적 경향을 대변하는 것이라고 하겠다.

뿐만 아니라 앙드레 슈미드의 저술에서는 출처가 명확하지 않은 부정확한 서술도 눈에 뜨이는 경우가 있으니, 다음의 대한제국 국호에 대한 서술은 그 하나의 예다.

조선이라는 국호는 지난 500년 동안 한 번도 도전받아 본 적이 없었다. 이제 중국에 조공을 바쳐 지속되는 기존의 정치에 대한 반대가 거세지면서 '조선'은 거부되고 '한'이 선호되었다. '한'은 반도의 남쪽에 위치했으며, 고대 왕조의 자취를 찾을 수 있는 지역이었다. 무엇보다도 중국의 지배를 전혀 받

---

238 신채호, 『조선 상고문화사』, 박기봉 옮김, 비봉출판사, 2007, 45쪽.

지 않은 지역이라는 점이 중요하게 어필했다. 고대 한 왕조의 전통은 '독립'의 느낌을 함축하고 있었기에, 새로운 황제와 그의 제국은 '한'이라는 국호를 선택했던 것이다.[239]

대한제국의 '한'이 무엇을 의미하는가에 대해서는 앞에서 이미 『조선왕조실록』에서의 논의를 살펴보았지만, 위의 인용에서 "'한' 이 반도의 남쪽에 위치했"다든가 "고대 왕조의 자취를 찾을 수 있는 지역"이라는 등의 말은 무엇을 의미하는 말인지 선뜻 이해하기 어렵다.

8. 민족을 둘러싼 담론 투쟁 속에서

결론적으로, 앙드레 슈미드의 저작에서 한국 근대 '전환기'의 신문 등 인쇄매체에 나타난 지식인들의 민족 담론을 근대주의적 민족론에 입각해 연역적으로 적용하고자 하는 의도를 읽어 내지 않을 수 없다.

그에 따르면 당시 한국의 지식인들은 네이션으로서의 서구 민족개념을 일본을 경유하여 수용함으로써만 비로소 민족에 대한 새로운 상상을 꾀할 수 있었고 이 관념을 현실화하고자 원초적인 민족의 내러티브를 창안해 내고자 노력했다. 그러나 이 민족이

239　앙드레 슈미드, 앞의 책, 200쪽.

라는 관념, 그리고 민족사의 내러티브는 '안타깝게도' 그들이 맞서 싸우고자 한 일본의 식민주의적 조선사학이 구축한 민족관념을 자신의 것으로 만드는 것이었고, 이는 곧 식민주의와 민족주의의 적대적 동거를 의미한다. 앙드레 슈미드는 이를 다음과 같이 완곡하게 표현하기도 한다.

이 책은 민족주의 운동과 그 시대의 목표를 부인하는 것이라기보다는, 많은 저술가들이 민족적 '특성'이라고 하는 것을 확인하고 표출하며 퍼뜨리고자 한 강한 충동이 19세기 말 한반도가 세계 질서에 편입되면서 자극받은 것이라는 사실을 보여 주기 위함이다.[240]

그러나 곧이어서는 더 직접적인 방식으로 민족주의가 "근대 자본주의"라는 이름의 식민주의에 저항할 수 없었다는 '아이러니'를 표현하기도 한다.

그러나 이러한 저술의 분출은 한국의 엘리트들이 근대자본주의라는 전지구적 이데올로기에 더 많이 관여하게 되었음을 나타내는 것이기도 하다. 이러한 근대자본주의 이데올로기가 본래 민족에 대한 새로운 사유를 요구했고, (해리 하루투니언이 언급했다시피) 민족은 근대 자본주의에 저항하기보다는

---

240 위의 책, 55쪽.

바로 그 상징이 되었다. 광개토왕비는 이 뚜렷한 특성이 표현된 수많은 항목들 가운데 하나였을 뿐이다.[241]

그는 제국주의에 저항하려던 개화계몽기 한국의 민족주의가 그 지적 토대를 이루는 근대 자본주의의 산물에 불과했다는 아이러니를 고안하면서 이러한 냉정한 '사실'을 수용해야 한다고 믿고 있다. 그리고 그의 믿음은 다음과 같이 한국의 저항적 담론을 일본의 지식계에 연결 짓는 쪽으로 향한다.

> 당시 한국의 자기 이해는 일본이 생산한 한국 관련 지식과 분리될 수 없다는 것이 나의 논점이다. 다시 말해서 수많은 형태로 나타난 민족 정체성의 표현이 일본의 한반도 점령에 대한 반발의 산물만은 아니라는 것이다. 대항이든 흡수든, 아니 이 둘의 혼합이라는 편이 더 설득력 있겠지만, 여하튼 한국인의 자기 이해는 한국 문화와 역사에 대한 일본의 저술과 깊은 관련이 있다.[242]

그와 한국의 민족 근대주의자들 사이에 차이점이 있다면 한국 쪽의 담론가들이 훨씬 더 공격적이고 냉소적이라는 사실이다. 한국의 근대주의자들은 자신들이 민족 발명의 비밀을 알고 있다고 믿으며, 이 '비극적 아이러니'를 깨닫지 못하고 저항적 담론을 실

---

241 위의 책, 55~56쪽.
242 위의 책, 71~72쪽.

천하는 사람들을 향해 일종의 지적 우월감을 표명하기를 '즐기는' 광경을 보인다.

지금 이 순간 십수 년 전 미국 스탠포드 대학을 방문했던 때의 캠퍼스의 인상이 떠오른다. 캠퍼스 정문에서 건물까지 들어가는 데 꽤 시간이 걸리는 것처럼 느껴졌고, 마침내 구내 매점 가까이 학생들이 옹기종기 모여 있는 곳에 다다랐을 때는 마치 외부 세계로부터 완전히 단절된 곳에 들어와 있는 듯한 느낌이 들었다. 그리고 문득 '텍스트주의'란 바로 이러한 환경 속에서 양성되는 것인지도 모르겠다는 생각이 뇌리에 떠올랐다.

텍스트주의에 관해서는 이미 에드워드 사이드가 『오리엔탈리즘』에서 '오리엔탈리즘'을 정의 하는 가운데 설명한 바 있다. 그것은 말하자면 일종의 '지적 참조 체계'다. 서구의 오리엔탈리즘은 오리엔탈리즘적 저작들, 텍스트들의 토대 위에서 그것들을 서로 참조하면서 그로부터 '새로운' 견해를 안출해 나가는 배타적 사유 체계라 할 수 있다. 바로 그와 마찬가지로 한국 근대 이행기의 민족, 민족주의 문제에 관해 '새로운' 논의를 제시하고 있는 여러 논자들, 논문들은 자신들이 의존하는 지적 참조 체계 바깥의 것에 관해 진지하게 사유할 필요를 느끼지 않는 것 같다. 그들이 참조하는 텍스트들은 스스로는 풍요롭고 앞선 것처럼 여겨지겠지만 그 바깥에서 보면 닫혀서 고여 있는 텍스트 참조 체계의 한 부분들일 뿐이다. 그들은 지적 우월성에 대한 믿음을 공유하면서 서로가 서로를 참조하고 텍스트가 텍스트를 낳는 '악무한' 상태를 연출하면서도 자신들이 상상하는 민족의 근대적 발명이야말로 진리라고 믿는다. 그리고 이렇게 민족이 외부의 제국주의적 자극에 의해 수혈받아서 형성된 바에야 그 자양분을 제공해 준 일본이나 서구의 민족 지식 체계에 대해서 그토록 저항적일 필요가 있느냐고, 그러한 민족주의적 태도야말로 그들이 선사해 주었다는 '사실'을 잊지 말아야 한다고 타이르고 꾸짖는다.

이 '잔인한' 텍스트주의의 바깥으로 나아가는, 그로부터 벗어나는 방법은, 이론이라는 지지대는 한순간도 버릴 수 없음을, 모든 사실의 해석에는 이론이 작용할 수밖에 없음을 인정하면서도 그와 동시에 이론의 정당성을 최선을 다해 검증하는 것이다. 칼 포퍼에서 토마스 쿤을 지나 임레 라카토스에 다다른 영국의 언어철학은 이론의 검증 가능성에 대한 논의를 지속시켜 왔던바, 언어를 통한 우리의 해석 행위는 그 바깥으로 나갈 방법을 알지 못하지만 그럼에도 불구하고 진리를 향한 점근선을 그릴 수 있는 가능성을 추구할 수 있다는 것이다.

신채호 사학의 학문적 우월성은 그가 '한국사'에 대한 기존의 견해 체계를 뛰어넘을 수 있는 '사실적' 탐구를 행한 데 있다. 그의 민족주의 이념은 이러한 탐구를 촉진하기도 했겠고, 장애로 작용하기도 했을 것이다. 학문적으로 그의 이념이 딱히 존중받아야 할 이유는 없다. 그러나 나름의 이념의 실현을 위해 고안한 학문적 방법의 진정성과 이를 추구한 태도의 진정성은 존중받아야 한다. 그리고 무엇보다 그는 지배와 폭력, 위계와 억압에 저항해서 싸우고자 한, 함께 민족을 이루고 있는 공동체 구성원들의 삶을 지키고자 한 지식인이었다는 사실을 기억해야 한다.

앙드레 슈미드는 신채호를 염두에 두면서 "을지문덕은 많은 문필가들에게 한국인이 진정 한국인이던 시대, 즉 쇠약해진 중국 문화와 접촉하지 않아 더럽혀지지 않은 시대를 의미하는 기호였다."[243]고 말한다. 그러나 한국인은 자본주의적 근대성에 의해, 일제의 식민주의 침략과 그 담론적 '규정'들에 의해 더럽혀지지 않고서는 '네이션'으로서의 민족이라는 근대 세계체제의 시민권을 획득할 수 없었다고, 이것이 역사의 진실이라고 믿는다. 그리고 이 믿음을 그의 한국판 에피고넨들은 더욱 개악된 형태로 밀어붙인다. 한국인은 앙드레 슈미드의 말처럼 20세기 초에야 겨우 '민족'이 될 수 있었으나 종족의 야만적 생리를 끝내 버리지 못하고 종족주의적 민족에 그치고 말았노라고.

---

243 위의 책, 177쪽

3장

한국현대문학의 언어,
그리고 '포스트 포스트콜로니얼'

1. '포스트콜로니얼'이라는 아포리아

    지난 20년 동안 한국의 현대문학 연구는 이른바 탈식민주의, 포스트콜로니얼리즘에 의해 '조정'되어 왔다. 그러나 이 말은 확실히 불완전한 것이, 동시에 국문학계는 새로운 식민주의에 의해서, 즉 일본은 한국보다 앞서 근대화를 이룬 사회이고 이 등급과 서열은 고정적이며 한국은 일본이 이룬 근대를 따라가며 모방하고 있을 뿐이라는, 마찬가지로 한국현대문학이라는 것도 일본 근대문학의 모방, 틀림없이 미달이거나 과잉인 '차이화'일 뿐이고, 더 나아가서는 서양 근대가 세계를 균질화하는 과정에서 나타난 후행적 현상일 뿐이라는 시각이, 한국현대문학의 고유성, '특이성(singularity)'을 탐구하려는 시각에 비해 '우세종'인 것처럼 취급되어 왔기 때문이다.

현대시 연구자 신범순은 사석에게 필자에게 한국현대문학이 일본근대문학의 아류일 뿐이라고 사고하는 것, 또는 일제시대 한국문학인들이 현대탄 콤플렉스에 사로잡혀 있었다고 보는 시각은 그 연구자의 콤플렉스를 일제시대 문학인들에게 투사한 것일 뿐이라고 강하게 주장한다. 한국이 일본보다 열등하며 한국현대문학은 일본현대문학 또는 일본을 경유해 들어온 서구근대문학의 모방 또는 차이화에 지나지 않는다는 콤플렉스는 일제시대 문학인들의 것이 아니라 바로 이 시대의 그 연구자들의 것에 지나지 않는다는 것이다. 필자는 신범순의 생각에 '거의 전적으로' 동의해 마지않는데, 오늘날 일제시대 한국현대문학을 일본문학의 모방, 아류로, 일제 말기 문학을 일본적 논리를 내면화한 것으로 이해하는 방식, 일제시대의 언어적 상황을 이중어(diaglossia) 시대로 인식하는 데서 더 나아가 일제 말기에 나타난 일본어 소설을 국책문학, 어용문학의 허위적 이데올로기가 현현된 것으로 보려 하지 않고 그 어떤 내면적 심연 또는 문학적 진실을 품은 것으로 진지하게 분석하는, 그리하여 일제 말기를 일본 국민문학의 지방화를 보여 주는 단계로 간주하고 이 제국적 문학 체제가 얼마나 심층적으로 진행되어 왔는가를 '세밀하게' 논증하려는 연구들은 그들이 공식적, 비공식적으로 공유하고 있는 어떤 위계의 이념, 그 윗단을 일제와 동시대 일본이 차지하고 아랫단을 한국이 할당받았다는 신념에 의해 추동되고 있기 때문이다. 그 만만찮은 추진력으로 인해 오랫동안 한국현대문학 연구의 거대 프로젝트 공모들을 이 연구들이 차지한 것은 물론이고, 여러 부대 현상들 속에서 일제시대 한국문학 연구는 일본현대문학의 한 지방문학 연구처럼 취급되는 양상까지도 나타났던 것이다.

에드워드 사이드는 이름난 저술『오리엔탈리즘』을, 지배는 지배할 수 있다는 의식으로부터 시작되는 것이므로 이것을 끝내는 일 역시 의식으로부터 비롯되어야 한다는 취지의 경구로 시작한다. 의식이냐 무의식이냐를 따질 것이 아니라 위계의 인식, 지배할 수 있다는 인식, 그들은 '근본적으로' 우월하다는 인식, 식민지민은 지식인, 문학인들도 모방과 차이화 외에는 어떤 다른 창조를 이루기 어렵다는 인식은 한국현대문학을 독자적인 현상으로 취급할 수 없게 할 것이 물론이다. 그리고 지금 한국현대문학 연구는 이러한 연구 경향에 의해 '오염'되어 있다.

『탈식민주의 이론(An Introduction to Post-colonial theory)』(1997)의 저자들(피터 차일즈Peter childs, 패트릭 윌리엄스Patric Williams)은 그들이 처음부터 거론하고 있는『포스트콜로니얼 문학이론(The Empire Writes Back)』의 저자들(빌 애쉬크로프트Bill Ashcroft, 개레스 그리피스Gareth Griffiths, 헬렌 티핀Helen Tiffin)보다는 담대하지 '못해' 보인다. 그러나 그들은 한편으로 탈식민주의 담론에 대한 전반적인 검토를 시도하면서 '탈식민'은 언제인가? 어디인가? 누구인가? 무엇인가? 등등의 질문을 전개하여 그 답을 구한다. 필자가 이 글에서 이들의 논의를 참조하고자 하는 것은 언제인가? 하는 문제와 관련해서다. 그들은 "탈식민이라는 용어의 명백한 함의는 식민주의의 종말 이후에 도래한 시기를 가리킨다는 것"이라는 말로 시작하지만 문제가 보다 복잡함을 드러낸다. 그들은『포스트콜로니얼 문학이론』의 저자들의 시기 개념에도 만족스러워하지 않는다. 그 저자들은 다음과 같이 말했다.

　'포스트콜로니얼'이라는 용어는 식민주의 시기로부터 현재에 이르기까지 제국주의적 영향으로부터 자유로울 수 없었던 모든 문화를 포괄하는 통칭적 개념으로 사용된다. 왜냐하면 '포스트콜로니얼'이라는 용어는 유럽의 제국주의적 침략이 촉발한 일련의 유럽적 야심을 역사적 과정을 통해 반영하는 용어일 뿐만 아니라 근자에 출현한 새로운 '통문화적 비평(Cross-cultural criticism)'과 그 담론의 구성적 특질을 드러내는 데 가장 적합한 용어이기 때문이다.[244]

　"식민주의 시기로부터 현재에 이르기까지"라는 표현은 이 저자들이 품고 있는, 식민주의에 대한 철저한 반감 내지 '근본주의적' 태도를 나타내지만, 대신에 피터 차일즈 등이 논의하듯이 너무 단순하다거나, 광범위해서 실질적인 효용성이 없다는 비난에 직면할 수 있다. 피터 차일즈 등은 잔모하메드(Abdul JanMohamed)가 이 긴 시기를 '지배적인(dominant)' 시기와 '헤게모니적(Hegemonic)' 시기라는 두 개의 '단계'로 나누기도 했음을 지적한다.[245] 그들은 『포스트콜로니얼 문학이론』의 저자들이 "연대기적인 용어로 고정시키기 어려워 보이는 글쓰기 형태로서의 탈식민주의를 선호한다는 점에

244　빌 애쉬크로프트 외, 『포스트콜로니얼 문학이론』, 이석호 역, 민음사, 1996, 12쪽.
245　위의 책, 29~21쪽.

서 모더니즘(그리고 그 뒤를 이은 포스트모더니즘)이 하나의 역사적 시기로 이해될 수 있는지, 아니면 문학적, 문화적 스타일로 이해될 수 있는지에 관련된 오래된 논쟁을 상기시킨다"[246]고 한다.

그들은 1950~60년대에 많은 아시아, 아프리카 국가들이 유럽의 직접 지배에서 독립한 후에도 지속된 식민주의에 관해서 신식민지의 등의 개념을 활용하여 논의한 뒤 탈식민주의의 시간성에 관해 다음과 같이 논의한다.

> "탈식민성은 언제 끝날 것인가? 탈식민은 얼마나 오랫동안 계속될 것인가?" 이는 적절한 질문이며, 시기 구분의 문제를 포함한 것이다. 만약 '탈식민은 언제인가?'로 시작한 질문에 대한 '명백한' 대답이 '지금'이라면, 그리고 『제국은 되받아 쓴다』(=『포스트콜로니얼 문학이론』)의 '어려운' 대답이 '그때와 지금'이라면, 대안적인 대답은 '아직' 완전히는 '아니다'일 것이다. 우리가 이미 말했듯이, 탈식민주의는 어떤 의미에서든 완전히 성취된 상태라고 간주될 수 없다.[247]

그들은 이러한 주장을 뒷받침하기 위해 앤 매클린턱(Anne McClintock), 프레드릭 제임슨(Frederic Jameson), 가야트리 스피박(Gayatri Chakravorty Spivak) 등의 논의를 인용하고 있으며, 나아가 이러한 식민성의 잔여적 '지속'을 설명하기 위해 '구조주의-후기구조

246　위의 책, 23쪽.
247　피터 차일즈 외, 『탈식민주의 이론』, 김문환 옮김, 문예출판사, 2004, 28쪽.

주의' 식의 논법을 이끌어 들이기도 한다.

후기 구조주의 역시 '포스트'가 정당하게 포함하고 있을지 모르는 '아직 완전히는 아님(not-quiteness)'의 의미를 제공한다. 『글쓰기와 차이』에서, 주도적인 후기 구조주의 사상가 자크 데리다(Jacques Derrida)는 구조주의가 특수한 '전망(vision)'이나 질문을 정식화하는 방식을 재현하고 있는 한, 우리는 여전히 구조주의 '내부'에 있다고 말한다. 구조주의와 식민주의를 등치하려는 사람은 분명 아무도 없다. 그럼에도 불구하고 '전망'이나 강력한 이데올로기로서의 식민주의는 여전히 우리와 함께 심지어 잔인한 형태로 존재하는 한편(최근 몇 년에 걸쳐 영국과 미국의 신문과 잡지에서 볼 수 있는 아프리카의 재식민화를 요청하는 많은 기사들이 그 증거이다), 서구의 우월성과 중재권이라는 관념은 약화되기는 했지만 여전히 많은 제국주의적 활동의 근본 가정이다.[248]

이러한 논변은 접두어 'post'의 용법과 관련하여 명백하고도 다양한 선례들을 갖고 있고, 필자 자신도 포스트모더니즘이 전적으로 새로운 문화적, 문학적 현상이 아님을 주장하기 위해 그러한 함축을 활용하기도 했다. 이 '포스트'가 때로는 '탈'로, 또 때로는 '후(기)'로 번역되는 것도 그 이중적 함의 때문이다. '단절되는 것 같

---

248 위의 책, 29쪽.

지만 여전히 지속하고 있음' 같은 '양가성', '동시 존재성' 같은 현상이나 스타일을 표현하기에 이 '포스트'라는 접두어는 유효적절해 보인다. 그러나 동시에 이러한 설정 방식은 '그때'도, '지금'도 매번 일어나는 '탈식민적' 실천을 무위로 돌리거나 나아가 '탈식민' 사회의 역사 자체를 타자화할 위험을 안고 있다. 이 점에서 『탈식민주의 이론』의 저자들은 자신들이 비판을 가한 『포스트콜로니얼 문학 이론』의 저자들만큼이나 식민주의의 끈질긴 지속을 논변하는 듯하다. 반면에 필자는 단절되는 것 같으면서 지속되는 '탈식민' 대신에 어느 시점에는 더는 작동하지 않을 '탈식민'에 관심이 있다.

때로는 어떤 책에 인용된 다른 사람의 문장이 매력적으로 보일 때가 있다. 『탈식민주의 이론』의 저자들은 아이자즈 아마드(Aijaz Ahmad)를 비판적으로 인용하고 있지만 필자는 오히려 이 인용된 책 『The Politics of Literary Postcoloniality』(1995)를 읽어 보고 싶다. 여기서 아그는 다음과 같이 논의한다.

전-식민, 식민, 탈식민이라는 세 개의 항으로 역사를 구분하면서 '탈식민 비평'의 개념적 장치는 식민주의의 역할을, 그 역사를 구조화하는 원리로서 특권화하게 된다. 따라서 식민주의 이전의 모든 것은 고유한 전사(prehistory)가 되고 그 후에 온 것은 무엇이건 무한한 여파(intinite aftermath)로서만 살게 될 수 있다는 점을 논평하는 것은, 그럼에도 불구하고 가치 있는 일이다.[249]

---

249 위의 책, 30쪽.

실제로 '탈식민주의'라는 말은 식민지적 경험을 '경유'해 온 사회의 모든 사회, 문화, 역사적 현상을 그것에 결부시킴으로써 '식민주의'의 영향력을 특권화하는 경향을 띨 수 있다. 그 사회의 역사는 식민지 시대를 중심으로 '전-식민' 시대와 '탈식민' 시대로, '식민' 시대를 중심으로 재해석, 재구조화된다. 그럼으로써 식민지적 경험을 경유한 사회는 디페시 차크라바르티(Dipesh Chakrabarty)가 말한바 유럽 이외 지역의 역사들은 "유럽의 역사라고 불릴 수 있는 주인 서사(master narrative)의 변종"[250] 서사로 취급되는 현상이 나타난다. 이는 한국사가 서구와 마찬가지로 '고대—중세—근대'의 삼분법을 그대로 채택하는 등의 현상을 통해서도 방증된다. 로마 가톨릭의 천년 왕국의 존재를 전후로 하여 고대와 근대를 '배치'한 유럽사의 모델을 따라 한국사 연구자들은 왕년에 그와 유사한 삼분법을 취해 왔다. 유일신교로서의 가톨릭이 존재하지 않았던 한국사에서 이 근대는 서양 근대, 또는 일본을 경유한 일본 근대의 수용과 더불어 시작되는 것으로 취급되곤 했다. 한국과 달리 오랜 식민지 경험을 가진 아프리카, 아시아 사회들에서도 근대는 식민통치 시기와 '겹쳐지는' 것으로 간주된다. 마르크스는 인도 문제에 관해 논의하면서 영국에 의한 인도 지배가 그곳에서 낡은 생산양식을 해체하고 자본주의적 근대를 도입한 점에서 무조건적으로 진보적이라고 언급하는데, 이는 영국에 의한 인도 식민화를 유럽적 의미의 근대사 과정의 시작점으로 보는 시각을 드러

---

250 위의 책, 33쪽.

낸 것이다.

이들 사회에서 근대가 식민화 과정과 동일시된다면 탈식민은 탈근대의 과정과 병행적인 현상으로 취급되어야 할 텐데, 탈근대를 근대로부터의 단절이자 지속으로 보는 형이상학적 사유는 바로 그러한 의미에서 탈식민을 결코 쉽게 끝나지 않을 불변의 지속적 과정으로 간주하게 한다. 포스트모던이 모던으로로터의 단절이자 지속으로서 끝나지 않는 모더니티의 권능을 역설적으로 인증해 주듯이 포스트콜로니얼은 콜로니얼리즘으로부터의 단절이자 동시에 그 부단한 지속으로서 콜로니얼리즘의 위세와 그 부단한 재귀의 의미를 함축하면서 포스트콜로니얼한 사회의 역사를 유럽사라는 중심 서사의 변종 또는 귀속으로 해석하게 한다.

2. 포스트콜로니얼리즘과 한국사의 '예외성'

이렇게 식민을 근대와 탈식민을 탈근대와 구조적으로 단단히 결부시키는 유럽적 근대의 특권화는 탈근대처럼 탈식민 역시 끝나지 않는 지배와 피지배, 우세종과 열등종의 구조적 불변성에 대한 믿음으로 연결된다. 아프리카, 아시아의 탈식민은 직접적 통치의 식민주의에서 간접적 통치 또는 지배의 새로운 방식으로서의 신식민주의에, 그리고 시대적 여건의 변화를 따라 현상을 달리해서 전개될 또 다른 제국주의적 지배 방식에 의해 종료될 수 없는 과정으로 남는다.

한국현대문학 연구는 영미 비평이론이나 일본현대문학 연구 방법론을 직수입, 일방 적용하는 태도가 너무 일반화되어 있어 학문의 '식민성'에 깊이 침습되어 있다고 해도 과언 아니다. 그러나 식민성의 탈각을 겨냥한 비평이론이라는 포스트콜로니얼리즘조차도 그와 같은 양상을 띠는 것은 정말 아이러니하다. 한국현대문학, 특히 개화계몽기로부터 일제강점기에 이르기까지 문학을 서구근대문학의 비서구 지역으로의 공간적 확산 또는 서구 근대의 전지구적 균질화의 시각에서 분석, 평가하려는 경향은 포스트콜로니얼리즘과는 차라리 관계가 없는 것이지만, 한국현대문학 연구자들은 그런 연구 방식조차 포스트콜로니얼한 것으로 '착각'할 뿐아니라 한국문학 연구에서 포스트콜로니얼한 문제의식이 긴요하다고 보는 연구자들조차도 한국현대문학의 형성, 전개 과정에서의 특이성에 주목하고 이를 본격적으로 규명하려는 시도를 찾아보기는 극히 힘들다.

과연 통상적인 포스트콜로니얼 비평이론으로, 그러니까 인도의 아시아나 케냐 등의 아프리카, 그리고 카리브해 등의 포스트콜로니얼 문학이론을 한국현대문학 연구에 그대로 '적용'할 수 있을까? 이 문제는 한국현대문학의 특이성에 착목하는 '새로운' 한국학을 구축하는 문제와 밀접히 관련된다. 필자는 한국현대문학이 통상적인 포스트콜로니얼리즘의 접근법으로는 충당될 수 없는, 적어도 두 가지 '예외성'을 보여 준다고 생각한다.

그 하나는 유럽 제국이 아닌 일본에 의한 '강점'된 피식민 기간이 지극히 짧았다는 것이다. 전 세계적으로 유럽은 15세기부터 해외로 눈을 돌려 16세기 초에 이미 인도를 위시한 아시아, 아프리카, 중남미 각국으로 진출하고자 하였으며, 인도의 경우 그때부터 몇백 년에 걸친 불행한 근대사가 시작된다. 이와 관련하여 한 연구자는 다음과 같이 썼다. "16세기 초에는 무갈인들이 육로로 인도를 정복하고 무굴 제국이라는 모슬렘 왕조를 건설하였지만, 이보다 조금 앞서 1498년에는 서구의 기독교인들이 조용히 해로로 인도에 도착하였다. 인도는 몇 세기에 걸친 모슬렘 지배를 경험한 후, 이제 다시 유럽 기독교 세력에게 면모를 노출하게 된 것이다. 최근 인도가 독립할 때까지 450년 동안 서구 세력과 맺어온 복잡하고 불행한 관계가 시작하는 첫해라는 의미에서 1498년은 인도사에서 하나의 중대한 전환점으로 볼 수 있을 것이다."[251] 포르투갈 장교 바스코 다 가마(Vasco da Gama)는 1498년 세 척의 배로 리스본을 떠나 10개월 만에, 아랍인들, 중국인들에게는 잘 알려져 있던 인도 서남해안 국제무역항 칼리커트(Calicut)에 도착함으로써 인도항로를 개척했으며 이는 인도에 포르투갈 제국을 건설하고자 하는 총독 통치로 이어졌다.[252] 그러나 인도 경영의 역할은 곧 홀랜드 등과의 각축을 거쳐 영국으로 바톤이 넘겨진다. 1600년 말 런던 상인들이 당시 엘리자베스 왕으로부터 동인도 무역의 독점권을 인정받게 되는데 이것이 곧 영국 동인도회사의 설립이다. 여기서 동인도란 동양 전체를 의미했으며 이 회사는 그 후 몇백 년 동안 존속하면서 영국의 제국주의 정책의 첨병 역할을 하게

---

251 조길태, 『인도사』, 민음사, 1994, 259쪽.
252 위의 책, 259~265쪽.

된다.[253] 홀랜드 동인도회사도 1602년에 설립되어 의회로부터 영토 획득과 축성의 권한까지 부여받아 포르투갈과 치열한 대결을 펼쳤다.[254] 영국은 포르투갈과 제휴하는 한편, 17세기 중엽 이후 인도 패권을 쥐고 있던 홀랜드 세력을 18세기 중엽 이후 구축해 버리고 뒤늦게 진출한 프랑스와의 대결에서도 승리를 거둠으로써 인도에서의 지배권을 확립할 수 있게 된다.

영국은 동인도회사 출범 이후 150년간은 직접 지배나 내정 간섭보다 무역을 통한 상업적 이득을 꾀하는데 머물렀으나 1757년의 플라시(Plassey) 전투 승리를 계기로 인도에 대한 본격적 수탈로 나아간다.[255] 동인도회사의 가혹한 수탈과 벵골 지방의 미증유의 대기근 이래 1773년의 '인도통치규제법(the Regulating Act)'에 따른 총독 정치와 더불어 영국 정부에 의한 긴 통치가 시작된다. 지금 인용하고 있는 『인도사』의 저자는 이후 역사 과정을 총독들의 정책사로 서술해 나간다. 영국은 다른 한편으로 버마전쟁, 아프가니스탄전쟁, 시크전쟁 등으로 인도 주위 지역들을 정복했다. 1857년엔 세포이(Sepoys) 항쟁이 있었다. "양측이 모두 무차별한 학살과 무자비한 보복으로 맞선 엄청난 사건"이었으나 "영국 측에 의해 무력으로 진압되고 말았다."[256] 또, 1858년에는 영국 정부가 직접 통치하는 총독 체제가 새로이 들어섰는데 철저히 중앙집권적이었고

---

253 위의 책, 272~273쪽.
254 위의 책, 282~283쪽.
255 위의 책, 293~294쪽.
256 위의 책, 415쪽.

인도 주민의 참여는 완전히 배제되었다.[257] 1885년 12월 28일에는 인도 근대사에서 아주 중요한 전환점이 될 '국민회의'가 출범하게 되고,[258] 세계 제1·2차 대전의 소용돌이 속에서 인도는 파키스탄과의 분리를 겪으며 마침내 1947년 8월 15일 독립하게 된다. 그러나 이 독립은 하나의 '민족'이 종교가 다른 두 개의 '민족'으로의 분열을 노정한 비극적 과정이기도 했으며 그 연원은 1903년 커즌 총독의 벵골주 분리 조치로 거슬러 올라간다. 벵골주 분리 사태를 자세히 인용하는 것은 이 글의 주제로부터 다소 일탈하는 일일지도 모르지만, 분단을 겪으며 두 개의 국가가 분립하고 있는 한반도 상황을 감안할 때 참작할 여지가 있을 뿐 아니라 무엇보다 '민족' 개념이나 그 함축에 대한 상고를 위해서도 쓸모가 없지만은 않을 것이라 생각한다.

인도인의 대규모적인 저항운동을 불러일으켰던 사건은 커즌 총독의 벵골주 분리 조치였다. 당시 벵골주는 오늘날의 비하르, 오리싸, 벵골 및 동벵골(방글라데시)을 포함하고 있는 지역이었다. 따라서 벵골주는 한 사람의 지사가 다스리기에는 너무나 광대한 지역이었으므로 벵골주의 분리 문제는 자주 논의되어 왔었다. 1903년 커즌 총독은 행정적 능률의 개선과 진정한 현실적 필요성을 강조하면서 벵골주의 분리 계획안을 구체화하였다. 분리 계획안에 따라 비하르와 오

---

257 위의 책, 419쪽 및 486쪽.
258 위의 책, 446쪽.

리싸를 포함하는 서벵골주와 아쌈을 포함하는 동벵골주로 양분되었으며 총독 정부의 건의안이 1905년 브로드릭(John Brodric) 인도상에 의해 그대로 인가되었다.

커즌 총독의 벵골 분리 조치는 행정적으로 보면 논리적일 수 있지만 정치적으로는 현명하지 못한 처사였다. 그의 이른 바 반동 정책이 인도 민족주의운동에 있어서 새로운 전기를 마련해 주었다. 벵골 분리 계획안이 처음 알려졌을 때부터 국민회의를 비롯한 인도인 특히 벵골 주민의 반발이 즉각적으로 나타났다. 총독의 조치는 민족 분열을 획책하는 것으로 해석되었는데 그것은 종교적으로는 대립하였을지라도 벵골인들은 같은 인종으로서 같은 언어를 사용하면서 항상 일체감을 느껴 왔기 때문이었다.

힌두의 저항은 매우 강렬하게 나타났다. 벵골주가 분리되기 이전에 주민의 다수는 힌두였다. 분리된 상태에서도 서벵골에서는 힌두가 압도적인 다수를 차지하지만 동벵골에서는 반대로 모슬렘이 다수를 점하는 결과가 나타났다. 동벵골의 힌두는 모슬렘에 비하여 소수로 전락한 데 대한 분노와 함께 지금까지 문명의 혜택을 거의 받지 못해 야만시해 왔던 아쌈인들과 병합한다는 것은 벵골인들의 자존심으로서 받아들이기 힘들었다. 따라서 인도인들에게는 총독이 추진하는 벵골 분리의 진정한 목적이 힌두 다수의 서벵골주와 모슬렘 다수의 동벵골주로 양분함으로써 종교적 대립을 조장시켜 민족주의 감정이 가장 강렬한 벵골 주민의 단합을 분열시키려

는 데 있다고 생각되었다.[259]

벵골주의 분리로까지 거슬러 올라가는 인도 파키스탄 분리의 씨앗은 인도의 민족분열을 겨냥한 영국의 '간계'에서 비롯되었다고 보는 것이 정설이다. 이후 동서로 나뉘어 있던 파키스탄의 동쪽이 유혈 독립전쟁 끝에 1971년 독립함으로써 한때 버마까지 아우르던 영국령 인도 '제국'은 결국 인도, 파키스탄, 방글라데시의 세 나라로 나뉘어 현재에 이르게 된다.

이와 같이 인도의 피식민 역사는 플라시 전투로부터 독립에 이르기까지 약 200년에 달하며, 가까운 필리핀은 무려 1565년부터 에스파냐 정복 아래 놓였다가 1898년 독립을 선언하지만 미국-에스파냐 전쟁으로 미국의 지배 아래 들어가 태평양전쟁 중에는 일본의 점령 통치까지 받고 종전 후에야 독립한다.

멀리 중남미의 경우에는 대부분 1810~1820년대에, 카리브해 수역 국가들은 대체로 1960~1980년대에 독립을 하게 된다. 그런데 이는 1492년 컬럼버스가 카리브해의 한 섬에 도착함으로써 신대륙을 '발견'한 후 자메이카, 베네수엘라, 브라질 발견 등으로 이어지고, 스페인은 "1535년 오늘날 멕시코를 중심으로 설치한 누에바에스빠냐(Nueva España) 부왕청(Virreinato)", "1544년에는 페루 부왕청"[260] 등 부왕청을 통한 총독 통치를, 포르투갈은 "군주의 이익을 대변하고 권한을 대행할 수 있는 까삐따니아(Capitania)라는 제

---

259 위의 책, 452~453쪽.
260 민만식 · 강석영 · 최영수, 『중남미사』, 민음사, 1993, 50쪽.

도"[261]를 1534~1536년경 브라질 지역에 실시하면서 시작된 식민통치를, 거의 현대에 들어서야 끝낸 것이었다. 스페인과 포르투갈에 의한 라틴아메리카 지역의 식민화는 황무지에 수목을 이식시키는 방식이 아니라 주지하듯이 마야문명, 칩차문명, 잉카문명 같은 고대로부터 전통적 문명들을 가혹하게 붕괴시켜 간 과정이기도 했다.

한국의 경우 식민지화 과정은 1876년 강화도조약으로까지 거슬러 올라가는 것으로 이해되곤 하는데, 이로부터 1910년 한일합병까지의 34년 기간은 1910년부터 1945년 해방까지의 기간과 거의 같다. 식민지근대화론을 기각함에 있어서는 이 개화계몽기의 성격을 새롭게 이해하는 것이 중요하다. 이 시기는 일제에 의해 식민화를 향해 일방적으로 나아간 수동적 과정이 아니라, 경인선, 경부선, 경의선, 경원선 등 잇따른 철도부설 과정이 보여 주듯이 새로운 사회 설계를 향한 주체적인 노력이 일제의 무력과 계략에 의해 좌절, 무력화되는 과정이었다. 또, 같은 맥락에서 일제 35년 강점기 역시 일본의 지배와 수탈만으로 일관된 것이 아니라 엄혹한 조건 속에서도 한국인들이 스스로 독립을 쟁취하고 문화를 창조하기 위해 가열한 노력을 기울인 과정이었음을 환기할 필요가 있다. 무엇보다 앞의 34년은 뒤의 35년과는 질적으로 완전히 구별되는 시기였다. 앞의 시기에 한국인들은 열강들의 침습 속에서도 스스로 새로운 세계를 열고자 몸부림쳤다. 이 능동성과 창조성의

---

261 위의 책, 58쪽.

분출과 좌절을 바로 보지 않으면 일제의 폭력적 지배가 그대로 합리화될 수 있다. 바로 여기서부터 식민지근대화론이 서식하기 시작한다.

약 200년부터 300년에 이르는 장구한 유럽식 식민통치와 35년 일본의 '강점식' 통치 상황의 차이에 주목하지 않고 한국의 경험을 제국주의와 식민지라는 통상적인 구조적 개념으로 일반화하는 것은 한국의 경험을 포스트콜로니얼리즘이라는 영미 비평이론의 '일반성' 속에 함몰시키는 시발점이다. 영토 면에서 당시 조선은 인도 대륙과는 비교도 안 될 정도로 작고 지리적으로도 일본에 인접해 있어 비교 대상은 오히려 영국과 아일랜드 사이에서 찾아야 할 수도 있지만, 영국이 아일랜드를 통치한 것은 무려 12세기부터라고 알려져 있고 아일랜드는 1921년에 이르러서야 비로소 아일랜드와 영국령 북아일랜드로 나뉘어 독립하게 된다. 이와 같은 피식민 기간의 차이는 단순히 양적인 것이 아니라 오히려 다른 피식민 경로들과는 전혀 다른 질적인 차별성을 갖는 것이라 보아야만 새로운 논의가 가능할 것이다.

3. 포스트콜로니얼 담론과 한국어, 한국어문학

다른 하나의 차별성은 포스트콜로니얼리즘의 주요 연구분석 대상인 언어(특히 문학언어)와 문자의 문제다. 이 문제는 아주 중요한데, 이는 비평이론으로서의 포스트콜로니얼리즘의 문제의식이 바로 이 문제에 집중되어 있기 때문이다. 애쉬크로프트를 위시한 『포스트콜로니얼 문학이론』의 공저자들은 자신들의 문제의식이 언어 문제에 대한 착목에서 비롯된 것임을 분명히 한다.

언어란 권력의 계층구조를 영속시키는 매개일 뿐만 아니라 '진리', '질서', '리얼리티'라는 개념들을 구축하는 중개자이다. 그러나 포스트콜로니얼한 담론의 출현과 더불어 언어의 무한권력은 사라지고 만다. 이러한 이유 때문에 포스트콜로니얼리즘은 언어와 글쓰기가 어떻게 자신의 막강한 권력과 권위적인 의미작용을 이용하여 유럽의 지배문화권 내에서 그 존재를 영위해 왔는가를 탐색한다. 포스트콜로니얼한 국가에서 영어가 사용되어 왔던 다양한 방식에 논의의 초점을 맞추면서 그 각각의 방식이 환기하는 차별성을 정확하게 인식하기 위해서는, 영국이라는 제국으로부터 전수된 '식민지 본국 영어(English)'와 포스트콜로니얼한 국가에서 새롭게 태동한 '포스트콜로니얼한 영어(english)'를 구분할 필요가 있다. 비록 영국의 제국주의가 지구촌에 한 언어, 즉 식민지 본국 영어의 팽창을 가져오긴 했지만, 그것이 자메이카의 포스트콜로니얼한 영어를 비롯해 캐나다, 마오리족 혹은 케냐의 포스트콜로니얼한 영어와 다를 수밖에 없다는 것은 주지의 사실이다. 표준적인 코드로 등장한 식민지 본국 영어(과거 제국주의 본국의 언어)와 전 세계에 걸쳐 몇 차례의 특징적 변이과정을 거치면서 변종화된 포스트콜로니얼한 영어를 철저하게 구분하여 사용함으로써 포스트콜로니얼한 세계에서 하나의 언어가 각기 상이한 언어공동체에 의해 얼마나 다양한 방식으로 선용될 수 있는가를 드러내려고 한다.[262]

이들에 따르면 대문자 '영어'와 소문자 '영어들'을 준별하고 그럼으로써 포스트콜로니얼한 사회의 소문자 영어들로 이루어진 언어적, 문학적 '실천'을, 그 차이화 및 전복을 비평적 탐구대상으로 설정하는 것이 바로 포스트콜로니얼리즘이라는 것이다. 이를 그들은 다른 곳에서 이렇게도 표현한다.

피식민지 하에서 '문학'이라는 제도는 문학작품의 수용 가능한 형식을 공인하면서 그것의 출판과 유통과정을 검문할 유일한 자격을 갖춘 제국주의 지배계급의 직접적인 통제를 받는다. 그러므로 텍스트는 제한된 담론 내에서만 그리고 상이한 관점의 주장을 기각하거나 제한하는 후원자 제도 같은 제도적 관행 내에서만 존재할 수 있었다. 결국 포스트콜로니얼한 문학의 독자적 발전을 이룩하기 위해서는 이러한 통제세력의 폐기와 더불어 그들의 언어와 글쓰기를 보다 신선하고 변별적으로 전유하는 수밖에 없었다. 왜냐하면 전유는 현대의 포스트콜로니얼한 문학이 태동하는 데 있어서 가장 의미심장한 요소이기 때문이다.[263]

---

262 빌 애쉬크로프트 외, 앞의 책, 21~22쪽.
263 위의 책, 16~19쪽.

포스트콜로니얼리즘에서 '전유(appropriation)'라는 전략이 중요한 의미와 가치를 띠는 것은 바로 이 대목이다.

　　전유라 한 언어가 자신의 문화적 경험을 '담보'하는 과정을 의미하거나, 혹은 라자 라오의 지적처럼 '모국어가 아닌 타자의 언어로 모국어의 정신을 전달하는 것'을 의미한다. 즉 그것은 상호 이질적인 문화적 경험들을 다양한 방식으로 전달하기 위해서 언어를 하나의 도구로 차용 및 선용하는 방식을 의미한다. 이 같은 이질성은 서로 동질적인 것처럼 보이는 문화권 내에서도 존재한다. 이런 의미에서 모든 포스트 콜로니얼한 문학은 통문화적이라고 볼 수 있다. 그 이유는 포스트콜로니얼한 문학이 각 '국가' 간의 간극을 오히려 조장하는 측면을 지니고 있기 때문이다. 게다가 이 간극을 통하지 않고서는 포스트콜로니얼한 문학적 실천의 의미를 정의하고 규정하는 데 필수적인 전유와 폐기라는 동시다발적 과정에 대한 설명이 불가능해지기 때문이다. 그러므로 포스트콜로니얼한 문학은 중심부의 언어로 이야기하는 기득권을 가진 식민지본국의 언어, 즉 영어를 폐기하고 그 언어를 각 주변부 국가의 모국어의 영향력 안에 유치시키려는 전유행위 사이에 존재하는 긴장으로 쓰여지는 문학이라고 볼 수 있다.[264]

264　위의 책, 66쪽.

여기서 말하는 '전유'의 의미는 깊이 음미해 볼 필요가 있다. 즉 포스트콜로니얼리즘에서의 전유란 무엇보다 언어의 전유이며, 그것은 대문자 영어 대신에 "그 중심부 언어를 새로운 공간에 어울리는 담론의 형식으로 교체하는 것"[265]을 말한다. 이런 의미에서의 전유라는 것이 현대 한국문학 또는 일제강점기의 한국문학에서 그대로 수용, 적용할 수 있을까 하는 문제는 한국문학에서의 포스트콜로니리즘적 연구와 관련하여 반드시 짚고 넘어가지 않으면 안 될 사안이다.

한국의 피식민 경험에 비추어 볼 때 애쉬크로프트 등의 논자들이 개념화하는 '전유'는 일제강점기 한국문학에서는 결코 전형적, 일반적인 현상이 아니라는 사실에 먼저 주목할 수 있지 않을까.

흔히 일제강점기의 한국사회를 이중어 사회라고들 하는데, 포스트콜로니얼리즘에서 이 개념이 기본적으로 문제시되는 것은 식민사회에서 본국의 대문자 언어의 군림과 현지 언어의 위계적 공존, 그 속에서 본국의 대문자 언어를 전유한 식민사회의 소문자 언어가 포스트콜로니얼한 언어와 문학을 작동시켜 나가는 과정을 설명하기 위해서다.

이들은 포스트콜로니얼리즘의 견지에서 (탈)식민지 사회의 언어적 상황을 세 가지 형태로 유형화한다. 단일어 그룹(monoglossic group), 이중어 그룹(diaglossic group), 다중어 그룹(polyglossic group) 등이 그것이다. "단일어 그룹은 포스트콜로니얼한 영어를 모국어

---

265 위의 책, 65쪽.

로 사용하는 단일어 사용지역을 의미한다. 백인 정착 식민지가 그 전형적인 예에 속한다 …… 이중어 사용지역은 인도, 아프리카, 남태평양 같은 지역처럼 백인 정착민들이 식민지의 원주민들과 사회적 관계를 유지할 목적으로 2개 국어를 기본적으로 사용하고 있던 지역이거나 또는 캐나다 퀘벡 문화처럼 2개 국어를 공식적인 모국어로 채택하고 있는 지역을 의미한다. 이중어 사용지역의 경우, 일반적인 행정과 통상 분야의 언어로는 포스트콜로니얼한 영어가 선용되고 있는 반면, 문학 분야에서는 다양한 형태의 언어가 보다 공공연하게 사용된다. 다중어 혹은 '다중 방어' 사용지역으로 가장 두드러진 곳은 카리브해 지역이다. 그곳에서는 다종 다기한 방언들이 서로 교차하면서 매우 포괄적인 언어적 콘티뉴엄을 형성한다."[266]

그렇다면 일제강점기의 한국사회는 대체로 이중어 그룹 유형에 속하다고 할 수 있겠지만 필자가 생각하기에 이 이중어 상황은 포스트콜로니얼한 일본어와 조선어의 공존이라기보다 "행정", "통상" 분야의 '공식' 일본어와 조선어의 공존이었고, 특히 문학 분야에서 포스트콜로니얼한 일본어의 문학이라는 것은 지극히 제한적인 현상이었다고 할 수 있다. 포스트콜로니얼한 '소문자' 일본어 문학은 일부 작가가 일본의 공식적 학교교육의 영향 속에서 습작기를 경과할 때 일시적으로 나타나는 현상이거나, 장혁주나 김사량 같은 1930년대 이후의 몇몇 작가들이 일본어문학 제도에 접근

---

266 위의 책, 67쪽.

해 가는 과정에서 나타난 제한적 현상이거나, 집단적이기는 하되 일제 말기에 국민문학론에 동조해서 나타난 국책문학, 어용문학, 정치주의 문학인 경우가 대부분이었다. 애쉬크로프트 등이 본격적 탐구 대상으로 다룬바 소문자 언어를 매체로 삼은 포스트콜로니얼한 문학이란 일제강점기의 한국문학의 경우에는 지극히 주변적, 말단적 현상이었다고 보아야 한다.

다시 말하건대 "모국어가 아닌 타자의 언어로 모국어의 정신을 전달하는 것"이라는 의미에서 포스트콜로니얼리즘을 논의한다면, 한국문학은 그러한 비평이론의 예외적 대상으로 간주되어야 하다. 그렇다면 한국문학은 어떻게 이런 예외적 존재로서 독특한 포스트콜로니얼한 문학을 처음부터 구성할 수 있었을까. 이는 한글이라는, 한국어를 표현, 전달할 수 있는 문자체계가 이미 오래전부터 한글문학이라는 '국어국자' 문학의 내일을 준비해 왔다는 사실을 손꼽아야 하겠지만, 그보다 여기서 중요한 것은 일제강점기 전후 한국근대문학 본격적 형성기의 담지자들이 일본이라는 '이류' 제국주의 언어를 처음부터 '용도 폐기'하고 '조선어로 쓴 문학만이 조선문학'이라는 근본적인 태도로 문학제도를 구축하려고 부단히 노력했다는 사실이다.

그러므로 포스트콜로니얼리즘의 견지에서 한국현대문학을 논의하기 위해서는, 이른바 개화계몽기라 이름 지어진 1876년부터 1910년에 이르는 시기와 1910년의 한일합병 이후 일제강점 말기에 이르는 시기의 한국어의 위상과 한국어문학의 포스트콜로니얼한 전략의 문제를 새롭게 검토할 필요가 있다. 이 두 시기, 그리고 해방 이후 한국문학의 전개 양상은 한국인들이 한국어와 그 표현 매체로서의 한글을 근본적으로 상실하지 않았다는 의미에서 유럽 제국의 식민지배 아래 오랜 기간에 걸쳐 포스트콜로니얼한 소문자 영어나 그 밖의 소문자 언어들을 통한 '전유'를 핵심적 '전략'으로 삼았던 나라들과 근본적으로 구별되는 '예외성'을 보여 준다고 할 만하다.

4. 포스트콜로니얼과 한국어문학의 위상

지난 십수 년 동안 필자는 이광수 문학에 대한 연구논문들을 그치지 않고 써 왔는데, 그것은 한편으로는 이광수 문학을 한국 현대문학의 '진정한' 개척자로 간주하는 학문적 전통의 영향을 받은 때문이기도 했고, 다른 한편으로는 조선문으로 쓴 문학만이 조선문학이라는 이광수의 '근본주의적' 태도가 가진 중요성에 대한 인식 때문이기도 했다. 그는 「조선문학의 개념」(『사해공론』, 1935.5)에서, 연전에 모 교수가 경성제대 조선문학과에서 조선문학 연습용 교과서로 『격몽요결』을 사용한다는 이야기를 들어 기상천외하다는 비난을 가하며 단정적인 어조로 다음과 같이 '선언'한다.

어느 나라의 문학이라 함에는 그 나라의 문자를 쓰이기를 기초 조건으로 삼는 것이다. 지나문학이 한문으로 쓰이고 영문은 영문으로 쓰이고 일본문학은 일문으로 쓰이는 것은 元

亨利貞이다. 만일 일본문학이 독일어로 쓰이고 희랍문학이 범어로 쓰이었다 하면 『격몽요결』을 조선문학이라는 膽大無學한 모 대학교수도 아연실색할 것이다. 조선문학은 조선문으로 쓰이는 것이다. 조선문으로 쓰이지 아니한 조선문학은 마치 나지 아니한 사람 잠들기 전 꿈이란 것과 같이 무의미한 일이다.

우에 말한 모 교수는 연전보다는 장족의 발전을 하야 조선문학 연습으로 『구운몽』을 쓴다고 한다. 『격몽요결』보다 그 목적에 접근한 것은 물론이니 대개 『구운몽』은 분명히 소설이오 딿아서 第一儀的인 문학이다. 그러나 이 모 교수가 아직도 어떤 국민문학의 기초 요건이 그 국문이라는 원리를 깨닫기에는 전도가 요원한 모양이다. 그의 가엾이도 어리석은 머리는 『구운몽』은 조선인이 쓴 문학이니 조선문학이라고 추리하는 모양이다. 문학은 결코 그 작가의 국적을 딿아 어느 국문학에 속한 것이 아니오 오직 그 쓰여질 국문을 딿아 어느 국적에 속하는 것이다. 말하자면 문학의 국적은 속지도 아니오 속인(작가)도 아니오 속문(국문)이다.

(중략)

그러면 『구운몽』은 어느 나라 문학인가? 그것은 물론 지나문학이다. 그 제재가 지나에서라 하야 지나문학이 아니라 그 문학이 지나문이기 때문에 지나문학이다. 다만 작자가 조선인일 따름이다. 허난설헌의 시도 지나문학이다. 한문으로 쓰인 모든 문학, 崔孤雲, 鄭圃隱 이하로 申紫霞, 黃梅泉에 이르기까지 모두 지나문학 제작자엿섯다.

그와 반대로 조선문으로 번역된 『삼국지』『수호지』며 『해 왕성』, 『부활』 같은 것이 도리어 조선문학이다. 조선문으로 쓰인 까닭으로. 그러면 우리 선인들의 汗牛充棟할 시문은 전 혀 지나문학일가? 물론 도저히 조선문학은 될 수 없을가? 잇 다. 조선문으로 번역하므로! 그러하기 전에는 그것은 다만 조선의 국토에 생 지나문학이 될 뿐이다.[267]

이러한 시각은 "조선문", 즉 한글로 씌어진 문학을 조선문학의 절대 유일한 근거로 제시하는 것으로, 일제강점 이전의 조선사회 가 일종의 '양층 언어', 즉 이중언어 사회였다는 사실을 언어민족 주의적 시각으로 부인하는 듯한 인상마저 자아내는 것이라 할 수 있다. 이러한 관점을 취함으로써 이광수는 조선 한문학을 조선문 학의 개념 바깥으로 '추방'함과 동시에 조선문학, 즉 한국문학사 의 전개 과정을 그 질량 면에서 필요 이상으로 낮추는 일종의 편 향적 태도를 나타내게 된다.

이두로 기록된 신라의 향가 수십 편과 정음으로 기록된 시 조 천여 편은 실로 조선문학의 연원이오 본체다. 형식, 운율, 사상, 정조, 생활— 진실로 이것은 우리에게 남겨진 조선혼의 유일한 기록이오 성전이다. 다만 문학적으로만 그러한 것이

---

267 이광수, 「조선문학의 개념」, 『사해공론』, 1935.5, 31~38쪽.

아니라 인생관, 사회관을 가르치는 생의 철학으로도 우리 선대의 것을 찾을 곧은 정히 향가와 시조니 이것을 두고 다른 것은 없는 것이다. 세종 때에 정음이 생기고 成三問, 朴彭年, 李塏 같은 이들도 음으로 시조를 썼으며 또『용비어천가』같은 장편 시까지 勅撰되엇으니 참 의미의 조선문학이 발달할 조건도 구비하엿건만 그 주릴 할 한학에 鴆讀이 되어 심지어 換父易祖까지 하려는 고맙지도 아니한 假明人 鴻儒와 巨擘들이 輩出하니 조선의 문학은 조선의 민족혼과 함께 말라버리고 말앗다. 그래서 이씨조 말이 되도록 우에 말한 시조와 춘향전, 심청전 등을 제한 외에 질로나 양으로나 국문학의 발달을 보지 못하고 말앗섯다. 만일 어리석은 우리 선인들이 한문 공부를 그만두고 정음으로 사상, 감정을 발달하기를 힘썼든들 조선의 문학은 가할 것이 많앗을 것을 되지 못하게 外國史를 숭상하기 때문에 五流, 六流의 지나문 기십 권을 남기고 마는 가엾은 꼴을 보게 된 것이다.[268]

이광수의 시대에도 이러한 '극단론'과는 다른 견해가 엄연히 존재해서 박영희 같은 문학인은 "朝鮮에 자기의 글이 없을 때 일이라면 漢文을 代用해서 작품을 썻다고 그것이 朝鮮文學이 않이라고는 할 수 없다. 이러한 경우에 限해서는 獨特한 例가 되는 것이다. 타―골, 이예츠…… 등은 英文學으로 取扱되는 때가 많다. 愛

---

268 위의 글, 33쪽.

蘭 사람이 썻다는 것보다도 영어로 썻다는 것이 문제되는 것이다."[269]라고 하여 한국 한문학을 인정하는 태도를 표명했다. 한편으로, 염상섭은 더 나아가 언어만을 민족문학의 기준으로 삼을 수 없으리라는 견해를 보이기도 한다.

한민족을 단위로 본 개성—쉽게 말하야 민족성을 표현하야 민족의 마음, 민족의 혼, 민족의 獨異性을 表白하고 따라서 그 민족의 인생관, 사회관, 자연관들을 描寫表現한 것이면 그 민족만의 문학일 것이라고 하겟습니다. 그럼으로 첫재 문제는 「쓴사람」의 문제일 것이오, 둘재는 작품의 담긴 내용에 따라서 결정될 경우도 잇겟습니다. 그러고 語와 文은 한 표현수단 즉 器具와 가튼 것인가 합니다. 그럼으로 第一條件이 朝鮮 사람인 데에 잇고 외국어로 표현하얏다고 반듯이 朝鮮文學이 아니라고는 못 할 듯 합니다. 朝鮮의 작품을 번역하얏다고 今時로 외국문학이 되지 안흠과 가티 외국어로 표현하얏기로 朝鮮 사람의 작품이 외국문학이되리라고는 생각할 수 업습니다.[270]

염상섭은 한글 및 향찰, 이두 등으로 쓴 문학만이 조선문학이라고 본 이광수와 달리 "그 민족의 인생관, 사회관, 자연관"이 담겨 있다면 어떤 언어로 쓰인다 하더라도 그 민족의 문학이 될 수

269 박영희, 「조선사람 읽을 것만이」, 『삼천리』, 1936.8, 84쪽.
270 염상섭, 「언어는 제이차적」, 『삼천리』, 1935.8, 84~85쪽.

있다고 본다. 이러한 그의 생각에는 "語와 文은 한 표현수단 즉 器具와 가튼 것"이라는 언어 도구론적 관점이 개입되어 있다고 할 수 있다.

이에 반해 이광수의 논리에는 한글은 한국어의 정신, 또는 한 민족의 정신을 가장 잘 전달할 수 있는 둘도 없는 문자라는 관념이 전제되어 있는 셈이다. 다시 김광섭 역시 이광수와 같은 맥락에서 "어느 나라 문학을 勿論하고 그 나라의 문학되는 所以는 우선 그 나라의 언어에서 결정된다. 그 결정된 바 언어로써 그 나라 사람 즉 작가가 그 나라사람 즉 민중에게 그 나라의 내용을 표현하는 데서 그 나라의 문학이 발생되는 것이다. 그러므로 朝鮮文學이라고 하면 朝鮮語로서 朝鮮 작가가 朝鮮人에게 朝鮮의 내용을 표현하는 것에 不外할 것이다."[271]라고 주장했다.

과연 '조선문'으로 쓴 문학만이 조선문학이라 할 수 있는가? 이광수는 한문과 한글을 본질론적으로 구분하여 한문 문학은 조선문학일 수 없다고 생각하지만 다른 한편으로 염상섭과 같은 생각이 반드시 부정될 수는 없으며, 또 이는 언어와 민족의 관계에 대한 최근의 견해에 비추어 보아도 반드시 잘못된 견해라고만 볼 수는 없다. 다음과 같은 견해를 참조해 볼 수 있다.

언어는 그것을 쓰는 민족보다 소멸될 때가 더 많다. 사실 약 5만년에 걸친 유럽의 인류사를 주도적으로 구성한 것은

---

271 김광섭, 「言語에서 決定된다」, 『삼천리』, 1935.8, 85쪽.

유전학적 교체가 아니라 언어 교체 현상이었다. 오늘날의 언어학 교과서에는 대략 5,000종의 언어가 있다고 나오지만, 약 4,000종만 실제로 쓰이고 그 수는 급속도로 줄어들고 있다. 아마 22세기 초엽까지 살아남을 언어는 1,000여 종 미만일 것이다. 지금까지 인류사에서 사회 통합이라든지 민족 해체 같은 현상은 언어 교체 현상보다 더 두드러지진 못했다. 언어는 늘 경제적, 문화적, 정치적, 종교적 이유에서 명멸했다. 소수민족의 언어만 사라진 것은 아니다. 유럽의 다수 언어 대부분은 소수 동쪽으로부터의 다양한 양상의 침입을 통해 소수 언어인 인도 유럽어에 자리를 빼앗겼다. 언어의 멸종 위기는 현재 인류가 맞이한 가장 심각한 문화적 도전으로서 엄청난 과학적, 인도주의적 문제를 야기하고 있다.[272]

이 책의 저자들에 따르면 민족은 언어보다 더 장구한 생명을 영위한다는 것이다. 이들은 "사실 동일한 언어를 사용하는 사람들과의 동일시를 통해 '국민'이라는 개념이 생겼다."[273]라는 말에서 단적으로 나타나듯이 민족 또는 국민과 언어의 관계를 긴밀하게 사유한다는 점에서 최근 15년간 국문학계에서 '맹위'를 떨쳐온 베네딕트 앤더슨 등의 근대주의적 민족론과는 다른 견지에 입각해 있다. 그러나 그들은 동시에 언어와 민족은 반드시 생사를 같이하지는 않는다고 생각하며, 오히려 여러 조건과 필요 등에 의해서 어

272　스티븐 로저 피셔, 『언어의 역사』, 박수철·유수아 역, 21세기북스, 2011, 263~264쪽.
273　위의 책, 243쪽.

떤 민족이 사용하는 언어는 교체될 수도 있느니만큼 그 표현 매체로서의 문자에 대해서는 더욱더 그러할 것이다. 한 번 더 그러나, 그들은 동시에 이렇게 말하기도 한다.

　기원전 5세기 초반에 역사가인 헤로도토스가 '하나의 혈통과 하나의 언어를 가진 전체적인 그리스인 공동체'에 대해 어떤 식으로 말했는가는 이미 언급한 바 있다. 사실 그의 견해는 의미심장하다. 인류사의 대부분 기간에 혈통은 언어였다. 인구가 적었기 때문에 우리처럼 말하는 사람들은 바로 우리의 친척이었다. 1만 년 동안 이 혈족 관계는 비슷한 언어가 수용하는 확신을 낳았다. 반대로 이질적인 언어는 위협적인 존재이다. 비슷한 언어 사용자들의 공동체 여럿이 함께 모이면서 도시국가, 공국, 국가가 차례대로 형성되자 이질적인 언어를 사용하는 사람들과 접촉은 대규모의 분쟁으로 비화되었다. 이로써 이웃들 사이의 한층 두드러진 경계, 즉 공통의 언어가 없는 데 따른 경계가 결정되었다.[274]

　또한 어떤 민족이 본래의 언어를 버리고 다른 언어를 선택하게 되는 순간에도 그들은 어떤 상실감에 시달리게 된다.

　언어 교체가 가져오는 직접적인 소득에도 불구하고 자발

274　위의 책, 246쪽.

적으로 원래의 언어를 포기하는 사람들은 예외 없이 민족적
정체성을 상실한 느낌, 중심부나 자국의 중앙권력에 의한 패
배감(과 거기에 따르는 열등감), 조상을 배신했다는 자책감 따위
를 갖게 된다. 이것은 전통·관습·행동양식뿐 아니라 구술역
사·합창곡·신화·종교·전문용어 등을 잃어버리는 결과를
낳기도 한다. 역사가 오래된 모든 사회는 분개하기 마련이고,
새로운 언어가 그에 따른 공백을 메우지 못할 때가 많고, 따
라서 이른바 '잃어버린 세대'가 새로운 정체성, 즉 '가치 있는
무언가'를 찾아 나선다.[275]

과연 민족문학과 언어는 어떤 관계에 놓이는 것인가 하면, 필자
는 이광수와 염상섭의 시각이 각기 다른 '정당한' 근거 위에 서 있
다고 말할 수 있으리라 생각한다.

그러나 중요한 것은 '조선문으로 쓴 문학만이 조선문'이라는 이
광수 식의 전략과 노선이 일제강점기 한국문학의 가장 중요한 탈
식민 전략으로 기능했고, 바로 이 때문에 비록 짧은 피식민 기간이
지만 일본문단과는 다른 조선문단의 성립과 전개, 확립이 가능했
으며, 바로 이 때문에 1940년 전후의 한국어, 한국어문학의 위기
에도 불구하고 한국문학은 그것을 '초극'하여 새로운 시대를 맞이
할 수 있었다. 물론 이 넘어서기에는 이광수 자신의 언어적 '훼절'
등과, 이윤재, 한징 같은 조선어학회 회원과 이상, 윤동주, 이육사

---

275 위의 책, 265쪽.

등과 같은 문학인들의 희생이 수반된 것이었지만, 조선문과 조선문학을 하나의 궤로 엮는 전략으로 말미암아 해방 후 한국문학은 한글 중심의 문학으로 거듭날 수 있었다.

1945년 8·15 해방이 되자 문학인들은 어떤 문자체계를 추구할 것인가를 두고 치열한 탐구를 행하게 되며, 이는 장용학과 유종호의 논쟁에서 볼 수 있는 1960년대 전반기의 한자사용론과 한글전용론의 대립으로 표출되기도 한다. 이 대립은 일제강점기 한복판에서 출생하여 중일전쟁, 태평양전쟁 시기에 학창시절을 보내며 일제 말기의 일본어 '전용화' 정책의 세례를 받은 이른바 '전중파' 세대와, 앞선 세대로부터의 문화적, 사회적 단절을 시도한 4·19세대 사이의, 포스트콜로니얼한 문화적 '담론전'으로서의 의미를 갖는 논쟁이었다고 평가할 수 있다. 유종호 세대의 한글전용론은 한문체계 및 한자와 가나를 함께 사용하는 일본어 문자체계로부터의 단절이라는 의미를 함축하고 있으며, 바로 이 점에서 이광수의 포스트콜로니얼한 문화 및 문학 노선을 이어받은 것이라고도 할 수 있다.

5. 조동일의 '새로운' 포스트콜로니얼 문명사

한국문학과 언어, 민족의 관계를 보다 넓게 이해하기 위해서는 불가피하게 조동일을 비롯한 고전문학 연구자들이 제기한 문제로 돌아가지 않을 수 없는데, 왜냐하면 1960년대 이래 새로운 분과 학문으로 '파생'해 나온 현대문학 연구는 그 '현대성'(근대성)이라는 개념적 주박에 사로잡힌 듯한 현상을 지속적으로 드러낸 데 반해, 고전문학 쪽에서는 세계문학 속에서 한국문학의 위상을 새롭게 이해하려는 문제의식을 일찍부터 독자적인 포스트콜로니얼리즘적 견지에서 펼쳐 보였던바, 조동일은 그 대표적 논자의 한 사람인 까닭이다.

조동일의 시각과 연구는 방대한 분량의 논문과 저술에 자세히 서술되어 있다. 그 가운데 하나의 논문에서 그는 문제를 새롭게 검토하기 위해서는 "한국문학과 세계문학의 관계를 접촉과 교류에 따라서만 이해해 왔던 것부터 반성할 필요가 있다"[276]며 "세계문학을 거시적이고 입체적인 관점에서 파악"[277]할 것을, 그리고 "특정 문학을 세계문학이라고 전제했던 데 대한 반성"[278]도 필요함을 주장한다. "한때는 중국이 천하의 중심이라 하고, 그 뒤에는 서구문학이 세계문학이라 믿으면서, 그 외곽에 자리잡은 한국문학은 어차피 모자랄 수밖에 없다고 생각한 것은 잘못"[279]이라는 것이다. 이러한 인식은 명백히 탈식민적인 한국학, 한국문학 이해를 겨냥하고 있지만 그의 새로운 세계문학 설계는 한국문학으로 돌아오자는 소박한 환원 대신 세계문학사를 복수의 문명사의 전개 과정 속에서 새롭게 이해하고자 한 것이었다.

---

276 조동일, 「한국문학과 세계문학, 관련 양상의 문제점」, 『한국학』, 1984.1, 209쪽.
277 위의 논문, 같은 쪽.
278 위의 논문, 같은 쪽.
279 위의 논문, 같은 쪽.

인류가 이룬 문학의 총체인 세계문학은 동북아시아 문학, 인도 및 동남아시아 문학, 아랍 문학, 유럽 및 북미 문학, 중남미 문학, 아프리카 문학, 대양주 문학 등을 모두 포괄한다. 그 판도를 두루 살피면서 한국문학의 위치를 가늠해야 하지, 어느 한쪽의 문학과 한국문학 사이의 양자관계로 논의를 한정할 일은 아니다. 그뿐 아니라, 문학사 이해의 포괄적인 관점이 또한 필요하다. 세계문학은 문학이 처음 생겨났을 때부터 시작해서 각 문명권에 따르는 공통적인 모습을 갖추는 과정을 거쳐서, 서구문학이 특별히 두드러진 진출을 해서 생긴 문제에 부딪히고, 마침내 민족의 해방과 각성을 촉구하기에 이르기까지 각 단계마다의 변화를 함께 겪었다고 할 수 있다. 그런 과정에서 민족문학과 세계문학의 관계가 계속 다른 양상으로 전개되었다. 관심을 이렇게까지 넓혀야 한국문학의 위치와 구실을 세계문학과 함께 다룰 수 있는 넓은 시야가 열린다.[280]

역저『한국문학 통사』를 마무리하면서 그는 "지역적 변이의 총체이면서 역사적 축적의 총체인 세계문학에 대한 포괄적인 정리"[281]를 향해 나아가고자 했고 민족과 국가의 관계에 유의하면서 각 사회에서의 문학의 전개 양상을 논의하는 가운데 특히 문명권 전체를 공동문어와 공동문어문학의 시대를 핵심적 특징으로 삼

---

280 위의 논문, 209~210쪽.
281 위의 논문, 210쪽.

는 독특한 중세 개념을 제시하고자 한다.

그에 따르면 "한문, 사스크리트어, 고전아랍어, 라틴어 등은 원래 어느 종족의 언어를 기반으로 해서 생겼으나, 세계 제국의 문어로 채택되고 문명권 전체에서 널리 쓰이게 되었다."[282] 이 공동문어를 중심으로 한 중세문학의 양상은 그러나 공동문어문학만으로 이루어지는 것이 아니라 구어문학과 함께 존재한다는 점에서 일종의 이중어문학 상태를 보여 주는 것이었고, 신라의 향찰문학처럼 "구어문학을 구비문학에 머물게 하지 않고, 문어의 문자를 변용시켜 그 나름대로 표기법을 개발하는 것도 흔히 볼 수 있는 일이었다."[283] 동아시아 문명권에서 중세 공동문어문학으로서의 한문학과 병행해서 존재했던 구어문학들로는 중국의 백화문학, 신라와 고려의 향찰문학, 일본의 가나문학, 베트남의 쯔놈문학 등을 꼽을 수 있으며, 근대 민족문학은 그러한 구어문학이 성장하며 민족을 대표하는 문학으로 형성, 정립되는 과정에서 이루어진 것이었다.

조동일의 이러한 시각은 특히 동아시아에서의 근대문학의 형성 과정을 서구 근대문학의 일방적인 영향과 그 수용, 모방으로 설명하지 않고 문명사 전체와 중세문학의 보편적인 전개와 그 해체 과정으로 설명한다는 점에서 문학사상의 콜로니얼리즘의 해체를 겨냥한 것으로 평가할 수 있다. 그는 문학사의 전개를 제국과 식민지의 구조적 서열체계와 일방적 영향, 수용의 시각에서가 아니라

---

282 위의 논문, 217쪽.
283 위의 논문, 같은 쪽.

각 문명권의 중세 공동문학 시대의 해체 과정으로 설명한다는 점에서, 또 이러한 세계문학의 중세 역시 공동문어를 낳은 민족, 사회만을 특권화하지 않는 '성숙한' 시각으로 접근하고자 한다는 점에서 각별히 음미할 만하다.

특히 조동일은 각각의 나라에서의 민족어문학의 발달 과정을 특정한 민족의 우월성이나 열위성으로 설명하지 않고, 고대에서 중세 공동문어문학으로, 그리고 근대 민족어문학으로 나아간 문명사의 전개 과정 속에서 각각의 사회가 처한 상황의 차이로 설명하고자 한다. 예를 들어 일본이 일찍부터 가나를 통한 민족어문학을 발달시킬 수 있었던 것이, 일본이 특별한 민족이어서가 아니라 중세 공동문어문학의 주변부에 처하여 이른바 중심의 압력을 가장 적게 받았던 사정에서 기인한다면, 그것은 일본은 아시아에서는 유일하게 봉건제가 완전하게 발달한, 그래서 자본주의를 태내에서 준비할 수 있었던 유일한 아시아 사회라는 식의 마르크시즘과 결합된 식민주의적 설명과는 전혀 성격이 다른 문명사적 설명이라 할 것이다.

그의 이러한 문제의식은 다음과 같은 마르크시즘의 오리엔탈리즘 비판을 통해서도 다시 한번 확인된다.

역사발전의 보편적인 법칙을 밝히는 목표는 버리지 않고 재확인해야 한다. 사회사와 문학사의 관련은 미리 부정하지 말고 실상대로 인식하기 위해 노력해야 한다. 유럽사에서 확인한 세계사 발전의 보편적인 법칙이라는 것을 동아시아에 일방적으로 적용하려는 시도를 거부해야 할 뿐만 아니라, 동아시아사 또는 동아시아 각국의 독자적인 전개를 그것대로 고찰하는 데 그쳐서도 안 된다. 사회사와 문학사의 관계에 관한 마르크스주의 기존 이론을 믿고 따르지도 않고, 버리고 돌아서지도 말고, 진지한 토론의 대상으로 삼아 그 한계를 극복하면서 결정적인 진전을 이룩해야 한다.[284]

그의 오리엔탈리즘적 연구에의 비판은 다른 편향에 대한 경계로 연결되는 것이기도 하다.

유럽문명권 중심주의를 비판하고 그 대안으로 동아시아 중심주의를 내놓는다면 비판하는 의의가 없어진다. 어느 문명권 문학이 세계문학의 중심이라는 주장 자체를 부정해야 한다. 한국문학과 동아시아문학을 예증으로 삼아 논의를 전개한 결과가 다른 민족의 문학, 또는 다른 문명권의 문학을 예증으로 삼았을 때와 근본적으로 동일하게 나타나게 될 것을 기대한다. 그래야만 보편적인 이론을 수립할 수 있다. 보편적인 이론 수립을 목표로 해서 연구를 진행하면서, 보편성과 함께 존재하는 특수에 관해서도 사실 차원의 비교를 하는 데 힘써야 한다.

문학사를 서술하면서 자기 문학을 높이려는 것은 이제는

---

284 조동일, 「동아시아 근대문학 형성과정 비교론의 과제」, 『한국문학연구』 17집, 1995, 8쪽.

청산해야 할 낡은 애국주의의 발상이다. 유럽문명권에서 그렇게 한 전례를 뒤늦게 따른다고 해서 선진의 대열에 끼일 수 있는 것은 아니고, 오히려 뒤떨어지고 만다. 애국주의 경쟁은 학문 발전을 저해한다. 애국주의를 청산하고 보편주의를 이룩하는 것이 지금 절실하게 요망되는 새로운 과제이다. 그렇게 하는 데 앞장서겠다는 것을 또 하나의 애국주의 경쟁이라고 오해하지 말아야 한다. 그 점에 관해서 한국에서 하는 작업을 들어 가까이 있는 일본학계에 자극을 주려고 하는 데 대해서 일본 특유의 배타성이나 우월감에 의거해 방어를 한다면 적절하지 않다.[285]

이와 같이 조동일의 접근법에서 유럽 중심주의나 특정한 민족우월주의는 부정되며 콜로니얼한 근대는 특권화되지 않고 공동문어문학으로 특징지어지는 중세의 자기 전개 과정 속에서 설명된다. 같은 맥락에서 조동일의 민족론은 지난 20년간 한국사회에서 '우세종'처럼 유행해 온 근대주의 민족론과는 전혀 방향을 달리하고 있다.

한국현대문학 연구는 서구 비평이론이나 일본화한 문학이론들을 무분별하게 추수하는 경향이 있는데, 최근 20년간에 걸쳐 선배들의 연구는 돌아보지 않고 베네딕트 앤더슨의 『상상의 공동체 (Imagined communities : reflections on the origin and spread of Nationalism)』

---

285 조동일, 「한국문학사·동아시아문학사·세계문학사의 상관관계」, 『비교문학』 19집, 1994, 8쪽.

(1976)나 그 한국문학 적용 판본인 앙드레 슈미드(Andre Schmid)의
『제국 그 사이의 한국 1895~1919(Korea between Empires, 1895~1919)』
(2002) 같은 몇몇 저작들의 개념, 설명, 주장에 의지해서 한국현대
문학사에 대한 분석을 시도하고 그 모방적 판본을 만들어 내는
데 주력하는 경향들은 한국현대문학 연구의 탈식민을 가로막은
가장 큰 장애물 가운데 하나였다.[286]

6. 포스트 포스트콜로니얼, 그리고 '신채호'를 위하여

  한편으로, 문학사 속에서 일찍부터 이러한 사유의 혁명을 시도
한 문학인으로서 신채호(1880.11.7~1936.2.21)에 관해 논의하지 않을
수 없다. 고백적으로 말한다면, 근대문학 연구자를 자처함에도
불구하고 문학인으로서 신채호의 존재 의의에 대하여 필자는 아
는 바가 별로 없었다고 해도 좋을 정도였다. 이러한 상황에서 신
채호는 이광수 연구에의 필요성으로부터 역전적으로 새롭게 발견
된 것이었다. 그 사정은 다음과 같다. 김윤식의 역저 『이광수와 그
의 시대』는 이광수를 삼중의 고아로 특징화하고 있다고도 볼 수
있는데, 그는 일찍이 부모를 여읜 육친의 '고아'요, 나라를 잃은 조
국 상실의 '고아'요, 일본에 유학 가서 서구와 일본을 통하여 담론
을 익힌 사상의 '고아'라는 것이었다. 『이광수와 그의 시대』 전체를

---

286 방민호, 「'민족'에 관하여—근대주의적 민족론에의 비판적 조명」, 『국제한인문학연
구』, 2019, 155~211쪽, 참조.

통하여 이광수가 접한 안창호와 신채호의 존재는 그 빈번한 언급에도 불구하고 그들의 사상적 지향의 실체는 명징한 모습으로 떠오르지 않는데, 이는 김윤식의 훌륭한 이광수 연구가 지닌 하나의 '맹점'과 같은 것이었다고도 판단된다. 그의『한국근대문예비평사』가 '카프 비평'으로부터 시작함으로써 '근대'라는 시대를 마르크시즘이라는 서양산 담론의 수입사로 이해하는 듯한 난점을 드러내고 있듯이,『이광수와 그의 시대』는 이광수 이전의 선배 문학인, 활동가들의 존재를 '삭감'해 놓음으로써 이광수의 문학사적 의의를 3중의 고아의식에 기반한 평지 돌출형 대형 작가로 묘사해 놓았던 것이다. 함부로 논단할 수 없지만 이 점에서 김윤식의 현대문학사 연구는 스스로 설정한 '근대'의 범주적 한계 안에 한국문학을 '위리안치'시키는 아쉬운 작업이었다고도 말할 수 있을 것이다.

연구의 이러한 범주적 경계의 바깥에 존재한 사람들 가운데 하나가 바로 단재 신채호였으니 그는 죽음을 앞두고 '절세의 경륜'을 집약한 '동양평화론'의 안중근(1879.9.2~1910.3.26), '불교 유신론'을 펼친 한용운(1879.9.2~1910.3.26), 유학적 이상과 기독교적 이상을 접합하여 '무정·유정'의 사상을 주조한 안창호(1878.11.9~1938.3.10), 동학교도에서 계몽교육가를 거쳐 안창호와 함께 임시정부의 대들보 역할을 한 김구(1876.8.29~1949.6.26) 등과 함께 이광수의 한 세대 선배그룹을 이루면서 사상적으로는 강렬한 민족주의적·아나키즘적 세계인식을 주조해 나가는 한편 문학적으로는 한국의 전통적인 문학양식과 외부에서 들어오는 양식들을 접합(engraft)시킴으로써 한국근대문학의 독특한, 새로운, 그만의 형식을 창조한 인물이었다.

필자는 특히 소설 쪽에서 한국문학의 현대성이 창출되어 간 과정을 몇 단계의 가설로서 설명할 수 있다고 본다. 그 첫 단계는 이인직의 신소설로서 그는 『혈의 누』(1908)에서 볼 수 있듯이 16, 7세기 한문 단편소설 양식을 '국문화'하면서 일본 정치소설 식의 메시지를 결합시켰다.

이인직 이후의 두 번째 현대소설 국면을 창조한 사람은 신채호이지만 그의 소설 창작활동 과정이나 전체 규모는 아직도 완전히 해명되었다고 볼 수 없다. 김주현에 의해서 『신채호 문학 주해』(경북대 출판부, 2018) 및 『신채호 문학 연구초』(소명출판, 2012) 등의 중요한 실증적 검토가 이루어진 것이 그 가장 최근의 사건이다. 이러한 검토 작업의 도움을 빌려 필자가 보기에 신채호는 현대소설 형성사의 두 번째 국면을 이루는 것으로 그는 전통적인 문학양식과 외부에서 들어온 양식들을 다양한 형태로 접합시키는 시도를 이어간 작가였다.

신채호는 일찍이 「익모초」(1908)에서 "설화적 형식"[287]에 '가정소설'이라는 양식명을 붙였다. 「디구셩미리몽」(1909)은 몽유록 형식을 빌려 『대한매일신보』에 소설로 연재한 것으로, 그 주인공인 '우셰자'는 "단군 이후 ㅅ천여 년 시디 사람"[288]으로 "잡지와 월보"[289]에 관여하다 세상 주유에 나선 일종 시대의 광인 같은 사람이다.

---

287 김주현, 『신채호 문학 주해』, 경북대 출판부, 2018, 32쪽.
288 위의 책, 33쪽.
289 위의 책, 같은 쪽.

그는 일찍이 교화가 밝지 못하고 풍속이 아름답지 못한 것을 근심하여 청년을 교육하고 지사 되기를 권고하고 완고한 사람을 깨우치고자 하나 오히려 "광패"하고 "허황"한 사람으로 손가락질을 당한다.[290] 또, 「쏨하늘」(1916)은 몽유록 양식과 일본 사소설(또는 그 변형태로서의 심경소설) 양식을 접맥시키면서, '한놈'이라는 주인공이 당대의 시대사조라 할 수 있는 안창호류의 '무정·유정'의 사상에 귀착하는 과정을 그린 작품이다. "쎼는 단군 기원 사천이백사십 몃해 어늬 달 어늬 날"이요, "쌔는 서울이던가, 시골이던가, 해외 어대던가, 도모지 기억할 수 업는대"라고 해서,[291] 「디구셩미리몽」의 환상소설적 요소를 일층 강화하면서도 주인공 한놈은 작가 신채호 자신을 가리키도록 하는 자전적 소설식 설정을 함축하도록 했다. 즉 작중에서 화자는 "한놈이 일즉 내 나라 역사에 눈이 쓰자 을지문덕을 숭배하는 마음이 간절하나 그의 대한 전기를 짓고 십은 마음이 밧버 미처 모든 글월에 고려하지 못하고, 다만 『동사강목』의 적힌 바에 의거하야 필경 전기도 안이오, 논문도 안인 『사천재제일위인을지문덕』이라 조고마한 책자를 지어 세상에 발포한 일이 잇섯더라"[292]라고 함으로써, 독자들로 하여금 이 한놈의 세상 주유 이야기가 작가 자신의 상상의 산물임을 의식하도록 했다. 마지막으로, 1928년에 집필된 것으로 추정되는 「용과 용의 대격전」은 '미리(龍)'을 등장시킨 전통적인 설화요소를 도입하면서

---

290 위의 책, 같은 쪽.
291 위의 책, 60쪽.
292 위의 책, 69쪽.

도 1928년을 전후로 한 세계사적 상황을 알레고리적으로 묘사하면서 '민중'들에 의한 혁명을 설파하고 있다. 이러한 양식적 접합에 앞서 신채호는 일련의 역사전기'소설'들, 즉 『을지문덕』(휘문관, 1908), 『수군제일위인이순신』(『대한매일신보』(1908.5.2~8.18), 『동국거걸최도통』(『대한매일신보』 1909.12.5~1910.5.27) 등을 통하여 새로운 글쓰기를 실험했던바, 신채호의 문학은 전통적인 문학의 문법에 익숙한 작가가 한국적인 신문학 양식을 창조해 가는 실험적 과정을 풍부하게 드러내 보인 사례라 할 수 있다.

필자가 생각하는 한국 현대소설 형성 과정의 제3 국면은 조중환의 『장한몽』(『매일신보』, 1913.5.13~10.1, 및 1915.5.25~12.26)으로 대표되는 번안소설의 창작이며 그다음 국면이 비로소 이광수의 장이지만, 이광수 자신은 그 자신의 문학사적 계보를 이인직과 조중환의 뒤에 위치시킬 뿐 신채호의 존재는 아예 고려하지 못하는 '무의식적' 삭제를 감행한다. 그러나 이 '인멸'은 단지 무의식적이라고만 볼 수는 없는 것이, 그는 안창호와 함께 신민회를 중심으로 독립운동을 펼치다 상해로 망명했던 신채호의 존재를 결코 망각할 수는 없었기 때문이다.

나는 丹齋(단재 신채호)를 밑에 두고 五六年 前 上海에서 丹齋(단재 신채호)가 허리와 고개를 빳빳이 누구 앞에도 이 허리와 고개는 아니 굽는다는 듯이 팔짱을 끼고 冊肆로 돌아다니던 것을 回想하였다.

그는 料理를 자시고 술을 자시며 그동안 各地로 漂浪하던 이야기를 이것저것 別로 系統없이 말하였다. 海蔘威(블라디보스토크)에서 消化不良이 甚하여서 每日 二千步式 걸음을 걸어서 좀 나았다는 말도 하고 지금도 트림이 난다는 말도 하고, 또 李承晩(이승만) 博士의 맨데토리(mandatary, 위임통치)問題는 大義上 容恕할 수 없고, 安島山(도산 안창호)은 國民會(국민회)長으로 李(이승만) 博士를 代表로 任命 派遣하였으니 그래서 私分으로 무척 欽慕하건마는 찾지 아니하노라고 말하고 「우리가 이제 남은 것이 무엇이오? 大義밖에 있소? 節介밖에 있소?」하고 節介意識의 磨滅은 무엇보다도 무서운 것이라고 極論하였다.

그때에 내가 丹齋(단재 신채호)를 만난 主要한 理由는 李承晩(이승만) 博士를 支持함이 大義에 合하다는 것을 說伏하여 丹齋(단재 신채호)로 하여금 내가 主幹하던 ○○신문의 主筆로 모시려 함이었다. 그러나 나는 丹齋(단재 신채호)를 說伏하기에 成功하지 못하였다. 그 結果로 丹齋(단재 신채호) ○○○이라도 李(이승만) 博士를 首班으로 하는 ○○를 否認하는 新聞을 發行하게 되었는데 그것은 나중 일이거니와 그보다 먼저 ○○○○을 조직할 때에도 丹齋(단재 신채호)는 李(이승만) 博士의 首班을 反對하여 一座의 威脅·挽留도 듣지 아니하고 「나를 죽이구려」하고 벌떡 일어나서 悠悠히 會場에서 나가버리고 말았다. 그것은 己未年 四月 十日 그 前날 卽 九日부터 滿 二十四時間 不眠不休로 討議한 ○○○○ 成立의 날이었었다.

그는 熱血 있는 靑年 數人의 生命에 對한 威脅도 모른 체하고 初志를 굽히지 아니하였다. 거기 丹齋(단재 신채호)의 不屈하는 性格이 가장 잘 나타났던 것이다.

그後에 丹齋(단재 신채호)가 ○○○이라는 新聞에 ○○運動의 現在에 對하여 否認하는 論을 쓴 데 對하여, 나는 正面으로 그를 駁論하지 아니치 못할 處地에 있어서 이렇게 數次 論戰이 있은 後에는 그만 丹齋(단재 신채호)와 나와의 私的 交分조차 끊어지고 말았다.

그러나 나의 丹齋(단재 신채호)에 對한 欽慕는 距今 二十六年 前 五山校에서 서로 만났을 때에 始作된대로 오늘날까지 變함이 없었다.[293]

이러한 이광수의 회상은 상해 임시정부 수립 전후로부터 시작된 이광수와 신채호의 노선 대립을 드러내며, 이광수가 왜 신채호를 가리켜 "天生의 淸節을 탄 人物"이라고 추켜세우면서도 다른 한편으로는 "丹齋(단재 신채호)는 세수할 때에 고개를 숙이지 않고 빳빳이 든 채로 두 손으로 물을 찍어다가 바르는 버릇이 있었다. 그래서는 마룻바닥과 자기 저고리 소매와 바짓가랑이를 온통 물투성이를 만들었다."[294]라고 하여, 신채호의 '비현실적' 기질을 은연중 비유적으로 나타내고자 했는지 생각하게 한다.

그러나 동시에 그는 신채호의 『수군제일위인이순신』의 성과에 '기대어' 자신의 『이순신』(『동아일보』, 1931.6.26~1932.4.3)을 연재할 수 있

---

293 이광수, 「탈출 도중의 단재 인상」, 『조광』, 1936.4, ?쪽.
294 위의 글, ?쪽.

었으며, 그의 출세작 『무정』(『매일신보』, 1917.1.1~6.14)도 사실은 이 소설의 뒤에 논문으로 정리되는 섬메 안창호의 「無情한 사회와 有情한 사회—情誼敦修의 의의와 요소」(『동광』, 1926.6)나 신채호의 「쑴하늘」(1916)에 나타난 '무정·유정'의 사상에 젖줄을 대고 있었던 것이다.[295] 그렇다면 조선문으로 쓴 작품이라야 조선문학이라 한 이광수의 극단적인 전략의 경우라면 어떠할까? 필자는 신채호의 논설들 가운데에서 그의 창작활동을 뒷받침해 주는 국문소설론의 존재를 발견한다.

夫 國文도 亦文이며 漢文도 亦文이거늘, 必曰 國文重 漢文輕이라 함은 何故오. 曰 內國文 故로 國文을 重히 여기라 함이며, 外國文 故로 한문을 輕히 여기라 함이니라. 此雖內國이나 高僧 了義 創造한 以後 至今 千載에 只是 閨閣 내에 存하며, 下等社會에 行하여 不經한 諺冊과 淫蕩한 歌詞로 人의 心德을 亂하였고, 彼雖外國文이나 幾拾百年來로 學士大夫가 尊誦하며, 君臣上下가 一遵하여 此로 治民에 以하며, 此로 行政에 以하며, 此로 明倫講道에 以한 故로 此則 諺文이라 名하며, 彼則 眞書라 稱하였거늘 今忽輕重을 顚倒함은 何故오. 曰 漢文은 弊害가 多하고 國文은 弊害가 無한 故니라.

(중략)

嗚呼라! 此其原因을 推究하면 韓國의 國文이 晚出함으로,

295 방민호, 「단재 신채호의 문학사적 의미―소설 「쑴하늘」에 나타난 '정', '무정'과 관련하여」, 『서정시학』, 2019.9, 130~144쪽, 참조.

其勢力을 漢文에 被奪하여, 一般 學士들이 漢文으로 國文을 代하며, 漢史로 國史를 代하여 國家思想을 剝滅한 所以라. 聖哉라! 麗太祖가 云하사되 我國風氣가 漢土와 逈異하니, 華風을 苟同함이 不可라 하심은 國粹保存의 大主義이시거늘, 幾百年 庸奴拙婢가 此家事를 誤하여, 小國 二字로 自卑하였도다. 然則 今日에 坐하여 尙且 國文을 漢文보다 輕視하는 者 有하면, 是亦 韓人이라 云할까.[296]

세종대왕이 한글을 창제했다는 사실이 규명되기 이전에 쓴 이 글은 비록 그것을 "고승 요의"가 만들었다고는 하나 한문에 대하여 국문, 즉 한글을 중시할 것을 역설하는바, 국문소설, 즉 신소설 작가들을 향하여 "소설은 국민의 혼"[297]임을 주장하고, 국한문 혼용의 어지러운 실태를 적시하면서 문법의 통일을 역설하고 있다.[298] 나아가 다음과 같이 국문연구회 회원들을 향하여 실질적인 사업을 통하여 사람들의 어문생활을 향상시킬 것을 권유한다.

設令 此音此語가 十分的當할지라도 徒히 讀者의 腦際만 昏亂케 할 而已요, 壹毫도 民知發達에 利益이 無할 것이니 況音韻에도 不適하고 時宜에도 不適한 者이오. 諸公의 不憚煩이 어찌 如此히 甚하뇨. 諸公은 此等 汗漫·迂怪·煩鬧·胡

---

296 신채호, 「국한문의 경중」, 『대한매일신보』, 1908.3.17~19
297 신채호, 「근금 국문소설 저자의 주의」, 『대한매일신보』, 1908.7.8
298 신채호, 『대한매일신보』, 1908.11.7

亂·無益의 事는 姑閣하고 民智發達에 有益한 辭書 或 字典의 編撰에 從事하되 字樣을 簡易케 하고 音韻을 均壹케 하여 讀者로 掌을 示함과 如히 함을 望하노라.[299]

이러한 글들은 비록 국한문으로 쓰여 있으나 순전한 국문 사용을 통한 문자 생활의 영위와 새로운 문학 건설을 기약하고 있는 것으로서, 이광수의 '조선문·조선문학론'의 내발적 근거로서 선재해 있었음을 알 수 있다.

『포스트콜로니얼 문학이론』의 저자들은 포스트콜로니얼한 글쓰기의 주요 전략으로 '폐기(abrogation)'와 '전유(appropriation)'의 두 가지 방략을 제시한다. '전유'에 대해서는 이미 논의했지만 이 '폐기'는 신채호에서 이광수를 거쳐 해방 후 한국현대문학의 언어 및 문자체계 선택 과정과 관련하여 시사하는 바가 있다.

권력의 중개자로서 언어가 수행하는 중요한 기능 중의 하나는 포스트콜로니얼한 저작을 통해서 중심부의 언어를 용도폐기하고 그 중심부 언어를 새로운 공간에 어울리는 담론의 형식으로 교체하는 것이다. 이것을 제대로 실행하기 위해서는 두 가지 독특한 공정 과정이 필요하다. 첫째로 식민지 본국의 언어, 즉 '영어'의 특권을 폐기하거나 거부함으로써 의사소통 과정에 개입하는 그 언어의 강제로부터 벗어나는 것

---

299 신채호, 문법을 통일」, 『대한매일신보』, 1908.11.14

이고, 둘째로 중심부 언어의 전유와 재구성, 즉 그 언어를 새로운 용례로 사용하는 방법을 확보하고 재조정함으로써 식민주의적 특권으로부터 일탈을 시도하는 것이다.

폐기란 제국의 문화, 미학 그리고 그것의 적용 범주—소위가장 모범적이고 '오차 없이' 사용된다고 하지만 기실 매우황당무계한 기준을 가지고 있는—를 부정하는 것이다. 물론그 부정은 각각의 단어 속에 '각인되어 있는' 전통적이고 고차적인 의미의 토대를 거부하는 것을 의미한다. 언어를 탈식민지화하면서 동시에 '포스트콜로니얼한 영어'로 글을 쓰는행위는 무척 짜릿하다. 그러나 만약 전유의 과정이 생략된다면, 식민지 본국의 언어를 폐기한다는 것은 고작해야 과거의특권적이던 것, 전형적이던 것, 그리고 오차 없는 기술로 인정되던 것을 단순하게 도치하는 행위 그 너머의 영역으로까지확대될 수 없다는 것을 의미한다. 그것은 곧 과거의 것들이새로운 용도로 이양되어 새로운 형태로 존속될 수 있다는 가능성을 부인하는 것과 마찬가지이다.[300]

이러한 문장들을 읽어나가며 필자가 다시 한번 확인하게 되는것은 한국현대문학은 이 저자들이 말하는 의미에서의 어떤 '폐기'나 '전유'도 필요로 하지 않았다는 사실이다. 일본어는 식민지 강점기에 들어서도 한국인들의 문학어로서 '일반적으로' 채택된 적

---

300 빌 애쉬크로프트 외, 앞의 책, 65~66쪽.

이 없으며, 따라서 한국문학의 탈식민주의적 실천을 위해서는 통상적인 의미에서의 식민본국 언어의 폐기나 전유와는 다른 차원의 의미 설정이 필요하다.

이러한 문제들은 필자로 하여금, 앞에서 논의했던 한국인들에게 있어 '탈식민'이란 무엇이며 포스트콜로니얼한 문학이란 무엇인가에 관한 사고를 요구하는 듯하다. 필자는 앞에서 "단절되는 것 같으면서 지속되는 '탈식민' 대신에 어느 시점에는 더는 작동하지 않을 '탈식민'에 관심이 있다"고 이야기했다. 과연 35년이라는 일제의 강점을 경험한 한국사회와 문학에서 탈식민의 시기는 언제 어떤 방식으로 종막에 다다르게 되는 것일까?

수사학적 과장을 빌어 표현하자면 그것은, 한국사회가 일본보다 확실히 나아 보이는 여러 국면들을 보여 주고 있는 바로 지금, 그러한 '진보'의 방식으로 이루어진다고 말할 수 있다. '코로나19'가 세계적으로 대유행을 하면서 세계 각국은 자신들의 내재적 능력을 공통의 시험대 위에 올리지 않을 수 없었는데, 바로 이 과정에서 한국은 다시 한번 예의 그 '예외성'을 나타내면서 제국과 식민지의 '구조주의적' '양극체제'를 '허물어뜨리는' 양상을 나타냈다. 때마침 한국은 일본과 강제징용 배상 문제로부터 촉발된 일종의 경제전쟁을 치르는 와중이었고, 이 때문에 두 나라의 경제적 경쟁력 또는 잠재력에 대한 재평가가 이루어질 수밖에 없었고, 이 글을 쓰고 있는 지금은 위안부(일본군 성노예) 운동 과정에서 일어난 '윤미향' 사태도 한창 진행 중이기도 하다. 특히 강제징용 문제와 위안부 문제의 처리 방향을 둘러싼 진통은 향후의 한국사회의 포스트콜로니얼한 과제뿐 아니라 그 포스트콜로니얼로부터의 탈각의 방향까지도 새롭게 점칠 수 있게 해 줄 것 같다.

제국-식민지 관계를 구조주의적으로 단단히 '묶여 있는' 양극항이라고 보는 믿음을 잃어버리지 않으려는 사람들의 시선으로 보면, 한국이 일본에 비해 아주 우수한 방역체제를 갖추고 있음이 드러나고, 일본 정부의 무능력과 부패, 언론 통제와 부자유, 일본 국민들의 낡은 수동성과 애국주의 같은 문제들이 낱낱이 드러난다 해도 한국은 여전히 포스트콜로니얼한 단계 내에 존재할 것이다. 그것은 끝내야 하지만 영원히 끝나지 않을 단계로서 한국인들의 전도를 가로막는 아포리아로 존재할 것이다. 그러나 '변하지 않는' 제국-식민지의 위상학을 이제는 새롭게 심문해야 할 필요가 있다.

마르크시즘 변증법의 '양질전화' 논리를 떠올려 볼 수도 있다. 1990년 전후의 한국경제 도약기에 정치경제학 잡지 『현실과 과학』을 중심으로 한 마르크시즘 사회학자들 사이에서 한국이 '서브 제국주의'로 전화하고 있다는 논의가 제출된 바 있는데, 말하자면 그것은 마르크시즘에 내재된 오리엔탈리즘적, 콜로니얼리즘적 요소를 '극복'하고자 한 이론적 시도의 일환이었다. 그즈음 마르크시즘적 정치경제학은 해체 기미를 보이는 한국의 '신식민지적' 체제 문제를 '해결'해야 하는 문제에 봉착해 있었다. 다가온 러시아 소비에트혁명을 논리화하고자 내놓은 레닌의 '얇은' 『제국주의론』에 기초한 이론적 논리들로는 한국 문제를 다 설명할 수 없었던 것이다.

한국현대문학의 독특한 전통, 신채호로부터 이광수를 거쳐 해방 후 현대문학에 이르기까지 한국어문학, 한글문학은 식민화되기 이전부터 '포스트콜로니얼한' 문학의 토대 위에 놓여 있었다는 이 '예외성' 때문에 한국현대문학 연구에는 그 특이성에 걸맞은 접근 방법이 필요하다. 이 방법의 실험과 개척이야말로 한국현대문학 연구에 있어 포스트콜로니얼한 단계를 넘어 '포스트 포스트콜로니얼'로 나아가기 위한 요건이 될 것이다.

아울러 일제강점기 이전부터 이미 강력한 프로젝트로서 추진된 '한국어문학'이라는 독특한 문학적 전략이 '제국-식민지'의 이항대립에 기초한 식민, 탈식민 문학을 초극하는 제3항으로 기능할 수도 있다. 앞에서 언급한 『언어의 역사』의 저자에 의하면 세계는 앞으로 나아갈수록 언어의 숫자는 급격히 감소되며 영어를 중심으로 재편될 것이라고 한다. 물론 이는 명백히 인류적 재앙이다. 사라져 가는 언어들은 각각이 모두 인류적 경험의 정보저장장치들이기 때문이다. 문제는, 이러한 상황에서 한국어는 또 다른 '예외'로서 얼마나 어디까지 지속될 수 있는가 하는 것이다. 이는 한국어라는 기억장치의 능력을 얼마나 극대화하느냐에 달려 있다. '제국-식민지'의 이항관계로 틀 지워진 통상적인 포스트콜로니얼리즘의 전략으로는 이 문제를 풀 수 없다. 한국어와 한글의 능력을 지속시켜 가면서도 이를 그 바깥의 세계에 넓게 개방하는 열린 한국어와 한글을 통하여 한국사회와 한국문학은 새로운 역사의 단계를 창출해 갈 수 있을 것이다. 이것이 앞에서 언급한 '포스트 포스트콜로니얼'한 단계가 될 것이다.

이러한 역사의 창조를 가능케 할 수 있는 인식론적 논리가 무엇인지는 쉽게 말할 수 없다. 그러나 중요한 것은 현재의 한국인들에게 저 옛날의 신채호와 같은 새로운 창조자들이 필요하다는 것이다. 2020년은 1880년에 출생한 단재의 140주년이 되는 해다. 신채호는 『조선상고사』를 비롯한 저작들을 통해 일제의 식민주의적 역사 해석에 맞서 독창적인 민족사 인식, 세계사 인식의 지평을 열었다. '한놈' 신채호는 정태적, 수동적 사유에 머물지 않고 '상식'이라 강변되는 지배의 언어를 넘어 자유의 천지로 달려갔다. 그는 '제국-식민지' 체제로 점철된 '무정' 세계를 '유정'하게 전변시키기 위해 자신의 사유부터 혁신한 흔치 않은 지식인이었다. 신채호 세대의 영웅들이 전개한 '의식혁명'도 새삼스럽다. 안창호, 김구, 한용운, 안중근 등의 인물들, 그리고 이돈화(1884.1.10~?) 등의 천도교 지식인들은 전통적 세계의 낡은 지적 전통에 '정통'하면서도 구각을 깨고 새로운 인식과 지식을 수용하여 새로운 '접합적' 사유의 세계를 열었고, 이를 통하여 '제국-식민지' 체제에 기반한 지배의 논리와 '역사'의 신화를 벗겨냈다. 오늘 한국인들에게서 바로 그와 같이 새로운 사유를 하는 사람들이 출현해야 한다.

4장
『주전장』, 『제국의 위안부』,
새로운 동아협동체론

1. 미키 데자키 감독의 다큐멘터리 영화 『주전장』

미키 데자키 감독의 다큐멘터리 영화 『주전장(Shusenjo: The Main Battleground of Comfort Women Issue)』은 위안부 문제의 논점들을 다룬 '이야기들로만' 이루어진 영화다. 소개에 따르면 데자키는 원래 유튜버였는데, 미국에서의 소녀상 문제를 둘러싼 '우익'들의 반응에 대한 의문 때문에 영화를 만드는 일에 착수했다고 한다. 그러니까 이 영화는 일본과 한국 사이에서 벌어지는 위안부 문제에 대한 개입을 목표로 한 것이 아니며, 그보다 직접적으로는 미국에서의 소녀상 건립 문제를 둘러싼 논란을 정면으로 다루고자 한 것이다. 그럼에도 작년에 만들어진 영화는 올해 광복절을 전후로 한국에서 개봉되었고, 때마침 일본의 아베 수상이 위안부 문제에 관한 기존의 한일합의가 무효화된 데 대한 '보복'으로 한국을 이른바 화이트 국가에서 제외한다고 '선포'함에 따라 진중한 영화를 선호하는 사람들의 관심 대상으로 떠올랐다.

『주전장』은 정말로 이야기만으로 이루어진 독특한 영화로서 위안부 문제의 논점들을 얼마 안 되는 분량 안에서 효과적으로 다루고 있다는 인상을 준다. 우연의 소치이리라고 생각하지만, 그런데 이 영화는 몇몇 부분을 제외하면 한국에서 심각한 논란거리가 된 박유하의 『제국의 위안부』(뿌리와 이파리, 2013)의 내용들, 특히 그 첫 글꼭지 "강제연행"과 '국민동원' 사이'의 주장을 날카롭게 비판하는 느낌을 준다. 아마도 위안부 문제를 부인하는 'denialist'들은, 공통적으로, 위안부가 국가의 '강제'에 의한 '성노예'적 노동의 강요였다는 사실을 부인하는 형태를 취하고 있기 때문일 것이고, 박유하 역시 이른바 일본 '우익'들과 맥락을 같이하는 '디나이얼리스트'의 하나이기 때문일 것이다.

텔레비전과 유튜브를 통해 전달되는 아베의 주장, 한국은 약속을 깼다며, 이렇게 신뢰할 수 없는 국가(또는 정부)는 가혹하게 다루어도 된다는 식의 어성을 보면 그가 특히 일본 국민을 위해서는 아주 좋지 않은 유형의 지도자임을 확실히 인식할 수 있다. 일본이라는 국가나 일본의 정치지도자, 또는 일본국민은 약속을 중시하고 거짓말을 하지 않는다는, 그러나 한국이라는 국가나 정치지도자, 또는 한국 사람인은 그렇지 않다는 식의 '뻔뻔스러운' 선전이, 21세기의 일본에서 여전히 통용될 수 있는 데마고기로 보이기 때문이다. 아직도 일본에서는 이런 데마고그들, 그러니까 정치적 선전꾼들이 권력에 용이하게 접근하고 영화를 누리는 모양이다.

하기는, 한국에서는, 미국에서는 또 그렇지 않았던 적이 얼마나 있었던가 싶긴 하다.

　일본이 지도자의 어리석은 판단으로 비참한 결과를 맞은 상징적인 사건 중에 태평양전쟁의 임팔 전투가 있다. 임팔 전투는 1944년 3월에서 7월에 걸쳐 일본군이 미얀마 쪽에서 인도의 임팔에 주둔했던 영국군을 비롯한 연합군을 향해 무모한 공격을 감행했다가 무수한 희생을 치르며 패주한 전투를 말한다. 이때 이 전투를 계획하고 밀어붙인 자는 당시 버마 방면군 산하 15군을 이끌던 무타구치 렌야였다. 무타구치는 일본이 점령 중인 미얀마(=버마)를 향해 진격해 오는 연합군의 기세를 끊기 위해 역으로 인도의 연합군 주둔지를 선제공격한다는 계획을 세우고 상부, 그러니까 남방군이나 대본영에 지지를 요구했다. 이 전투는 산맥과 밀림에서 치르지는 험지 전투인 데 비해 보급 계획이 없다시피 해서 군 내부의 반대는 물론이고 히로히토까지 의심을 버리지 못할 만큼 현실성이 없었으나, 때마침 밀리고 있는 태평양전쟁의 전세를 단번에 바꿔 놓고 싶은 유혹에 시달리던 도조 히데키가와 대본영의 구성분자들이 이를 현실화시켰다. 무타구치는 미얀마 메이묘라는 15군 사령부에 머무르면서 자신의 예하 병력을 셋으로 나누어 각기 임팔을 향해 진격한다. 그런데 이 진격은 우기를 앞둔 시점에 불과 3주 정도를 버틸 만한 병참(식량 기타) 준비만으로 장장 600미터 폭을 가진 친드원강을 건너고 해발 2000미터 산들이 늘어선 산맥을 넘어 470킬로미터나 행군해야 하는 지옥의 길이었다. 이때 동원된 9만 병력 가운데 3만 명이 죽음을 당했고 그보다 많은 4만 명이 부상을 입고 질병에 시달려야 했으며, 살아남은 병사들은 영국군의 집요한 추격 속에서 굶주림에 시달리다 못해 부상당한 동료 병사를 '잡아먹으며' 스스로 이름 붙인 '백골가도'를 패주해 나와야 했다.

어리석은 지도자란 그런 것이다. 태평양전쟁에서 일본이 패배한 이유 가운데 하나는 당시의 일본 대본영 지도자들이 '대화혼' 같은 정신력 따위로 기술과 물자 면에서 월등히 뛰어난 미국과 영국을 상대할 수 있다고 믿었던 데 있었다. 이것은 전쟁 문외한인 필자의 생각이 아니라 태평양전쟁 과정을 깊이 분석한 전문가들의 공통된 견해다.

그런데 이 무타구치의 경력을 들여다보면 흥미로운 사실 하나가 눈에 뜨인다. 그는 중일전쟁의 도화선이 된 '루거우차오 사건' 당시의 바로 그 일본군 연대장이었던 것이다. 1937년 7월 7일에 일어난 이 사건은 한밤에 일본군 안에서 몇 발의 총성이 울린 후 일본군 병사 한 명이 몇십 분간 행방불명된 일을 핑계 삼아 중국군을 포격하고 루거우차오를 점령한 사건으로, 일본 내각이 곧바로 중국침략을 결정하고 중일전쟁으로 비화시킨 이 '음모적 사건'을 조작한 기획자이자 현장 책임자가 바로 이 무타구치 렌야였다. 그러나 중일전쟁은 태평양전쟁으로 이어지고 일본을 수렁으로 빠뜨려 결국 제국주의 일본이 침몰하는 원인이 됐다.

일본국민까지 들먹일 일은 아니지만, 확실히 이른바 제국시대의 일본 위정자들이나 군부 지도자들 중 상당수는 천황 국가를 위해서는 어떤 수단과 방법도 동원할 수 있다고 '믿은' 자들이었다. 그렇지 않다면 어떻게 남의 나라를 강점하기 위해서 그 나라의 황후도 시해하고 옥쇄도 훔쳐다 찍을 수 있을 것이며, 침략전쟁을 정당화하기 위해서 없는 사건조차 만들어 그 시발점을 삼을 수 있을 것인가.

2. 『아우슈비츠의 남은 자들』과 태평양전쟁 성노예의 경험

지금의 일본 수상 아베는 바로 그와 같은 정신을 이어받은 인물임에 틀림없는 것이, 그렇지 않다면 태평양전쟁의 A급 전범의 외손으로서 어떻게 그 입으로 '약속'이라는 말을 들먹이며 자신들이 강점했던 나라를 향한 '제재 조치'라는 것을 만들어 낼 수 있을 것인가. 그러니 이른바 '진실'에 관해서라면, 이런 자들의 입에서 나오는 역사 이야기보다는 직접 당한 경험을 밝히는 노인들의 이야기가, 그 경험 사실이 시간에 풍화된 기간이 얼마이든 말로서 전달되는 그 경험 사실의 형태가 어떠하든 훨씬 더 신빙성이 있다고 하겠다.

위안부 문제의 역사적 '실재성'을 어떤 형태로든 부인하고자 하는 이들이 가장 전형적으로 끌어들이는 방법 가운데 하나는 위안부 할머니들의 기억이 정확하지 않고 오락가락하며 과장되거나 왜곡되어 있다고 주장하는 것이다. 이 문제는 조르조 아감벤의 『아우슈비츠의 남은 자들』의 한 에피소드와 비슷하다. 책에서 아우슈비츠의 수용소 장교는 수용된 사람들을 향해 말한다. 수용소에서 있었던 일들은 기억되지 않을 것이라고. 증거들이 모두 인멸될 것이기 때문이라고. 그러므로 혹시 살아나가서 수용소에서 당한 일을 전하더라도 사람들은 그것을 믿지 않을 것이라고.『아우슈비츠의 남은 자들』은 바로 이 '증언' 문제를 다루는데, 아감벤은 근본적으로 완전한 증언이란 불가능하다는 판단으로부터 이야기를 시작한다. 완전한 증언은 어떤 일을 완전히 경험한 사람들에 의해서만 가능할 텐데, 아우슈비츠 수용소의 일을 완전히 경험한다는 것은 그가 죽음에까지 이르렀음을 의미할 것이므로 살아남아서 그 일을 이야기하는 사람들은 어떻게든 완전히 경험한 사람이 될 수 없고 따라서 완전히 증언할 수 있는 사람도 될 수 없다는 것이다. 뿐만 아니라 증언이란, 말로 이루어지든 글로 이루어지든 언어로 완전히 번역될 수 없는 경험에 관한 '간접적' 표현에 '불과한' 것이므로, 이 사후적인 증언이 완전히 이루어지기는 결코 쉽지도, 아니 가능하지도 않을 것이다. 증언문학으로 명성을 남긴 프리모 레비의 수용소 문학이 귀하게 평가받는 이유도, 그 증언의 완전성 때문이 아니라 자신의 '증언'을 '완전'에 수렴하도록 밀어붙인 증언 태도의 진실함과 성실함 때문인 것이다.

그러나 현재의 일본 정부를 장악한 아베 같은 자들, 그리고 어떤 형태로든 위안부 문제를 부인하고자 하는 이들은, 이 사실의 부인을 위해 무엇보다 위안부 할머니들 증언의 '불완전함'을 문제 삼는다. 한국의 이 증언자들은 프리모 레비가 가진 문장 능력과는 아주 거리가 먼, 심지어는 글을 쓸 줄도 몰랐던, 말로밖에, 그것도 그때그때 달라지는 말로밖에는 자신들의 경험을 표현할 수 없는 사람들이다. 이 부인하는 자들은, 불확실하고 부정확한 이 증언은 일본 정부가 보유하고 있는, 그러나 사실은 증거 인멸로 인한 '부재 증명'에 불과한 '기록'과는 상이하다는 점을 열심히 '떠들어댄다'. 위안부 할머니가 증언하는 사실들이 일본 국가가 남긴 기록으로는 그와 같지 않고, 위안부 할머니들의 증언 내용을 일본의 기록에서는 찾아볼 수 없다는 것이다.

그리고 여기에 박유하 같은 또 다른 디나이얼리스트가 말을 보탠다. 자신은 위안부 할머니들에 관한 찾을 수 있는 기록들을 '성실하게' 찾아보았노라고, 예를 들어 『매일신보』의 신문기사라든가, 그 신문의 광고란에 뜬 모집공고라든가, 일본의 저널리스트가 위안부 경험을 한 만나서 썼다는 책이라든가, 그 밖의 연구자들의 연구내용 같은 것들 말이다. 물론 이 '성실한' 연구자는 위안부 문제의 진실을 규명하기 위해 활동하는 사람들이 내놓은 글이나 책, 위안부들의 증언 내용까지도 참조하는 태도를 취하는데, 그것은 어떻게든 '이미 성립되어 있는' 자신의 논리를 입증하기 위해서다.

미키 데자키 감독의 다큐멘터리 영화 『주전장』은, 박유하가 책의 첫 글꼭지에서 제기하는 문제들, 예를 들어, 일본 국가가 위안부를 강제적으로 동원했다고 보여 주는 '기록'은 없다든가, 이 동원에 오히려 적극적으로 참여한 자들은 일본군이나 정부와는 거리가 먼 조선인 협력자들이라든가, 위안부들은 전선에서 일본군 아래 소속되어 있는 경우도 있었지만 오히려 민간인들도 군인들과 함께 상대하는 '공창' 매춘부 같은 존재들이었다든가 하는 주장을 아주 효율적으로 반박한다. 강제란 눈에 보이게 총칼을 동원하여 끌어가는 행위뿐 아니라 속임수나 유인까지 포함하여 그 사람의 자유의지가 아닌 의지에 의해 행동하도록 하는 모든 행태를 가리키며, 위안부들이 때로 휴식을 취하고 때로는 바깥나들이를 할 수 있었다고 하더라도, 일본군만이 아니라 민간인들의 성적 대상이 되기까지 했다는 등의 사실이 있었다 하더라도, 위안부들이 전반적으로 일본군 또는 국가의 지배 아래 그 상태가 예속되어 있었다는 사실을 부정할 수 없는 한, 위안부들이 성노예 상태에 있었다는 규정은 성립 가능한 규정이라는 것이다.

구체적으로, 박유하의 책으로 들어가 보면 그는 다음과 같이 말한다. "일본군이 장기간 동안 전쟁이라는 '비일상'적인 상황에 놓이게 된 병사들을 '위안'한다는 명목으로 '위안부'라는 존재를 발상하고 모집한 것은 사실"이고, "군에서의 그런 수요 증가가 사기나 유괴까지 횡행하게 된 이유이기도 할 것"이다. "그런 의미에서는 타지에 군대를 주둔시키고 오랫동안 전쟁을 벌임으로써 거대한 수요를 만들어냈다는 점만으로도 일본은 이 문제에서 책임을 져야 하는 첫번째 주체"라고 할 수 있다.[301] 여기서 그는 일본의 국가적 책임을 말하고 있지만 그 일본(군)의 책임은 수요를 창출한 죄, 즉 아담 스미스의 '보이지 않는 손'과 같은 시장원리에 의해 지극히 자연스럽게 운영되는 '위안부' 매매시장을 창출한 죄라는 식으로 말한다. 수요공급의 원리에 의해 자연스럽게 운영되는 시장 메커니즘 속에서 수요를 가진 것도 죄라면 죄라 할 수 있지만

---

301 박유하, 『제국의 위안부』, 뿌리와이파리, 2015, 25쪽.

그것은 '강제력'을 행사한 것과는 거리가 먼 죄라는 것이다. 이와 같은 판정에서 일본의 '국가적 폭력'은 원천적으로 도외시되거나 간과되고, 그 불법적 책임은 원천적으로 면제된다. 박유하는 심지어 일본 국가는 그러한 시장원리에 편승해 무지한 여성들을 속여 유인한 업자들을 처벌하기까지 했다고 한다. 그는 이렇듯 자신의 면죄부를 발부하기 위해, 김제의 어느 동네 사람이 열두살 소녀를 꼬여 중국 요리업자에게 작부로 팔아 내려다 검거된 사건에 관한 『매일신보』 기사를 인용하기도 한다.

그러나 『주전장』의 내레이터도 이야기하고 있듯이 이런 식의 인신매매 사건은 위안부 문제와는 본질적으로 다른, 어느 정상 국가에서나 사법적으로 다루어야 하는 성질의 문제다. 만약 일본 국가가 위안부 문제를 이런 약취, 유인, 인신매매 사건과 같은 차원에서 다루었다면, 박유하가 인용했던바, 어떻게 총독부 기관지 매일신보에 위안부 모집광고가 실릴 수 있었겠는가. 박유하는 국가가 공인하는 신문에 모집광고가 실릴 정도로 "위안부가 공적인 모집 대상"이었다면 불법성이 없었던 것이라고 단정하는데, 이러한 공공연함이 위안부 문제에 가로놓인 국가폭력과 그 불법성에 면죄부를 부여해 주도록 하는 것은 아니다. 이런 식의 공공연함이라면, 백 년 전 3·1운동 때 일본 헌병들은 비무장의 시위군중들을 상대로 총칼로 무자비한 살상행위를 자행했고, 1980년 5·18 때의 군부 역시 똑같았다. 그들은 장악한 신문방송을 통해 사태의 본질을 가리고 왜곡하기를 서슴지 않았다.

3. 국가의 책임과 개인의 책임

박유하는 나아가 일본 국가의 책임을 감면시켜 주다 못해 이 책임을 업자들에게로 분산, 소멸시키는 논리를 아무렇지도 않게 구사한다.

그렇지만, 그렇다고 해서 그런 군의 수요를 자신들의 돈벌이에 이용하고 자국의 여성들을 지배자의 요구에 호응해 머나먼 타국으로 데려다 놓는 일에 적극적으로 가담한 이들의 존재를 무시할 수는 없는 일이다. 당시에 이런 일을 단속하고 처벌했다는 사실은 이들의 행위야말로 '범죄'이고 따라서 그들에게 책임이 없지 않다는 것을 말해 주는 일이기도 하다. '위안부 문제'를 '범죄행위'로 규탄하는 이들의 표현에 따른다면, 업자들이야말로 '범죄'를 저지른 자들로서 '법적 책임'을 져야 할 사람들이었다.[302]

이 업자들, 즉 "우리 안의 협력자들"[303]이야말로 사실은 나쁜 범죄자들인데, 왜냐하면 그들이야말로 일본(군), 그 국가의 '자연스러운' 수요를 더럽힌 장본인들이기 때문이다. 두 개의 문장이 '그러나'나 '하지만' 따위로 연결될 때 언제나 진의는 뒷문장에 있음을 잊지 말아야 한다. 다음과 같은 문장에서처럼 말이다. "위안부에

---

302 위의 책, 26쪽.
303 위의 책, 39쪽.

대한 '강제성'을 묻는다면, 눈에 보이지 않는 식민지주의와 국가와 가부장제의 강제성을 무엇보다 먼저 물어야 한다. 하지만 동시에, 그런 구조의 실천과 유지에 가담한 이들의 강제성도 함께 추궁되어야 한다.[304] 그런데 이 업자들은 조선인들이었고 그들은 이미 죽어 이 세상에 없지 않은가? 국가의 수요를 이용해 범죄를 저지른 이들이 사라진 마당에 더이상 무슨 추급을, 추징을 할 수 있단 말인가?" "말하자면 수요를 만든 것이 곧 강제 연행의 증거가 되는 것은 아니다."[305]

박유하는 이 말들을 하고 싶었던 것이다. 일본 국가에 책임이 없다고 말하지는 않는 것처럼 보이지만, 사실은 일본 국가는 본질적인 책임이 없으며 책임을 물어야 할 자들은 이미 이 세상에 없다고, 도대체 이 자들에게 묻지 않는 책임을 왜 애꿎은 일본 국가에, 그것도 지금까지 계속해서 묻고 있느냐고 말하고 있는 것이다. 이러한 식의 어법은 '범죄' 이후 오랜 시간이 지난 후에도 아직 묻지 못한 책임을 묻고자 하는 이들을 향한, 차라리, 조롱이라고 해야 할까. 조롱이라고 하기에는 문장들의 표정이 너무나 천연덕스럽다.

박유하는 여기서 더 나아간다. 이 업자들 가운데 조선인들이 많았음을 시사한 데 이어, 이번에는 위안부 정책 이면에는 '가라유키'라는 일본 '전통의' '위안부'들이 있었노라고, 위안부 문제는 이 전통적인 문제가 식민지 상황에서 재연된 데 불과하다고 시사한다. "그런 의미에서는 훗날의 '조선인 위안부'의 전신은 '가라유키상',

---

304 위의 책, 26쪽.
305 위의 책, 38쪽.

즉 일본인 여성들이었다. 그들 역시 가난한 시골 처녀들이었고, 감언이설에 속거나 부모의 뜻에 따라 팔려 간 이들이었다. '일본인 위안부' 역시 가부장제와 국가의, '가난한 여성-사회적 약자에 대한 차별이 만들어 낸 존재였다."[306]

이러한 논리에서 이제 조선인 위안부 문제는 일본적인 전통이 '자연스럽게' 식민지인 조선에 '이식'된 형태에 불과한 것이 된다. 일본의 가난한 집의 딸들이 '전통적으로' 집안을 위해 먼 곳으로 떠나 몸을 팔고 그것이 또 '애국'이 되기까지 하던 전통이 태평양전쟁 중 조선에 와서 조선인 위안부 문제로 나타나게 된 형국이라는 것이다. 그 전통적인 일본의 '가라유키상'들을 외국으로 실어나르는 주체가 업자들이었던 것처럼, 조선에서도 일본 당국이 그것을 모른 척했든 마지못해 개입해 처벌했든 그 주체는 엄연히 조선인 업자들이었고, 그런 점에서 위안부 문제는 식민지배 국가의 식민지 여성에 대한 불법적 성노예 강요 문제가 아니라 집안의 가난을 딸들이 떠맡는 '전통적인' 문제의 일부일 뿐이라는 것이다.

이렇게 되면 이제 위안부들은 가난 때문에 자신을 업자에게 팔아넘긴 자신의 아버지를 비난해야 하는 상황에 직면한다. 그들이 당시에는 미처 깨닫지 못했지만, 그들의 성노예적 노동에 대한 근본적 책임은 제국주의 국가가 아니라 사실은 그녀들의 가난한 아버지들과 그녀들이 속해 있던 조선이라는 나라의 가부장제적 전통이 짊어져야 한다. 이렇게 해서 책임은 앞에서 일본 국가에게서

306　위의 책, 30쪽.

업자에게로 '미끌어졌듯이', 이번에는 조선의 딸을 팔아먹은 아버지들에게로 '미끌어진다.' 그렇다면 이 책임의 연쇄 미끌어짐 현상의 맨 아랫단은 누가 차지해야 하는 걸까? 그것은 문제의 본질을 아직도 깨닫지 못한 채 늙어 버린 위안부 여성들이 짊어져야 하는 죄라는 말일까?

박유하는 그런데 이 위안부들도 애국의식을 품었노라고 한다. 언제나 그렇듯이 역접으로 이어지는 문장을 조심해야 한다. "그것은 분명 국가의 부조리한 책략이었지만, 외국에서 서러운 음지 생활을 하던 그들에게는 그 역할은 자신에 대한 긍지가 되어 살아가는 힘이 되었을 수 있다."[307] 위안부들은 그러니까 일본 국가의 책략의 희생자들이기는 했지만 그들 나름대로 국가를 위해 '다른 방식으로' '헌신'하는 이로서의 "긍지"를 지녔다는 것이다. 여기서 그는 위안부들이 성노예적 삶의 일상에서 혹시라도 느꼈을 수도 있는 감정에 기대어, 그녀들이 성노예적인 삶을 살았던 것은 아니었을 수 있다고 주장하는 것이다. 미국의 흑인 노예가 주인에게 충성심을 가졌다면 그들은 노예가 아니었던 것이라는 식의 어법을 그는 아무렇지도 않게 구사하는 것이다.

여기서 그는 일본의 가라유키상들이 멀리 타지로 나간 일본 남자들에게 "'성적 위무'를 포함한 '고향'의 역할"[308]을 했다고 하는데, 조선 위안부들은 그 일본 남자들에게 어떤 표상적 '위안'의 역할을 했다는 것일까.? 이 책의 제목이 『제국의 위안부』라는 것에

---

307 위의 책, 31쪽.
308 위의 책, 32쪽.

서 시사되듯이 그네들은 일본군과 함께 "지옥 속의 평화"를 누리는, "군수품으로서의 동지"였던 것이다.[309] "가족과 고향을 떠나 머나먼 전쟁터에서 내일이면 죽을지도 모르는 군인들을 정신적, 신체적으로 위로하고 용기를 북돋아 주는 역할. 그 기본적인 역할은 수없는 예외를 낳았지만, '일본제국'의 일원으로서 요구된 '조선인 위안부'의 역할은 그런 것이었고, 그렇기 때문에 사랑도 싹틀 수 있었다."[310] "설사 보살핌을 받고 사랑하고 마음을 허한 존재가 있었다고 해도, 위안부들에게 위안소란 벗어나고 싶은 곳일 수밖에 없기 때문에, 그렇더라고 하더라도 그곳에 이런 식의 사랑과 평화가 가능했던 것은 사실이고, 그것은 조선인 위안부와 일본군의 관계가 기본적으로 동지적인 관계였기 때문이다."[311]

이러한 언급들이 텍스트 분석의 형식을 빌려 계속되는 이 책의 두 번째 글꼭지 '위안소에서-풍화되는 기억들'에서도 마찬가지로 위안부들이 성노예 상태에서 노정할 수 있는 어떤 감정들을 '특화시켜', 바로 그러했기에 그들은 단지 노예였던 것만은 아니며, 이러한 감정의 기억들을 풍화시키기 때문에 문제의 해결은 더욱 어려워진다고 한다. 이 두 번째 글 꼭지의 마지막 부분에서 그는 짐짓 그녀들을 위안부의 운명에 밀어넣은 것이 국가일 수도 있음을 암시하는 듯한 태도를 취한다. 그러나 정확하고 섬세하게 읽을 필요가 있다. 그녀들을 그토록 가혹한 운명에 빠뜨린 것은 일본 국가

---

309 위의 책, 55쪽.
310 위의 책, 65쪽.
311 위의 책, 67쪽.

가 아니라 "식민지 지배구조"[312]라는 어떤 추상적 메커니즘일 뿐이다. 박유하의 논의에서 조선인 위안부라는 성노예 문제는 그네들의 구체적인 감정 수준과 식민지 지배구조나 가부장적 가족구조라는 추상 수준을 오르내리면서 어찌됐든 당시의 일본 국가가 책임 주체가 될 수는 없다는 입장을 고집스럽게 지켜 낸다.

일본이라는 국가는 단지 장기 전쟁을 치르는 데서 어쩔 수 없이 군인들에 대한 '위안'이라는 수요를 가질 수밖에 없었던 것이고, 이를 악용한 것은 업자들이며, 이러한 수요에 대한 공급 의지나 욕망을 품은 것은 위안부 여성들의 아버지들이었을 수도 있고 위안부 여성 자신들이었을 수도 있으며, 그 위안부들이 설혹 성노예 상태에 놓여 있었을지 몰라도 그네들은 제국의 위안부로서 제국의 군인들에 대한 '한없는' 동지애를 느꼈을 수도 있는데, 위안부 문제는 바로 이러한 요소들을 망각한 것, 기억의 풍화 때문에 이 문제에 대한 한국인들의 인식이 편협해지고 메말라가는 것이라고, 박유하는 주장한다. 이러한 논리 속으로 들어가면, 위안부 문제를 오늘날까지 '집요하게', 1965년에 이미 책임을 물은 후에도 계속해서 '물어 대는' 한국인들 또는 위안부 문제를 가지고 싸우는 사람들은 편의적으로 어떤 것은 망각하고 어떤 것은 과장하는 과대 피해망상증 환자들이나 망각증 환자들이 되지 않을 수 없다.

그런데 다른 의미에서 한국인들의 망각증이 실제로 우려되기는 한다. 일본은 전쟁이 끝난 지 반세기하고도 수십 년이 더 지난 지

---

312   위의 책, 91쪽.

금까지도 전쟁의 기억에서 벗어나지 않고 있기 때문이다. 패전의 기억을 계속해서 곱씹는 책의 하나로 가토 노리히로의『패전후론』(1997)이 있고, 전범기업의 강제징용 배상 문제에 대해 한국을 화이트국가 목록에서 제외하는 정치적 선전술을 선제적으로 구사하는 일본의 현실정치 모습도 일본인들이 이 패전의 기억을 집요하게 환기하고 있음을 시사한다. 박유하가 일본문학 전공자라는 사실에서 짐작되듯이『제국의 위안부』도 패전 또는 전쟁 문제에 대한 일본인들의 지속적인 논의에 힘입은 바 있으며, 책의 일부가 "2012년 12월부터 다섯 달 동안 일본의 인터넷매체에 연재했던 글"[313]이라는 데서도 알 수 있듯이, 이 저작은 일본 쪽의 기억의 필요성, 그 '수요'에 맞추어 '공급'된 것이기도 하다.

　일본인들, 특히 '우익'이라 불리는 이데올로그들, 현실정치가들이 이 문제를 '전체적으로' 또는 '객관적으로' 기억하고 있다고는 전혀 말할 수 없을 것이다. 또한 이는 박유하에 대해서도 똑같이 진단할 수 있는데, 예를 들면 다음과 같은 문장에서 확실하게 드러난다.

　"일본군은, 기존의 공창과 사창만으로는 모자라 '위안부'를 더 모집하기로 했을 것이다. 그에 따라 업자에게 의뢰하는 경우도 있었겠지만, 일반적인 '위안부'의 대다수는 '가라유키상' 같은 이중성을 지닌 존재로 보아야 한다. 300만 명을 넘는 군대가 아시아와 남태평양 지역에까지 머무르면서 전쟁을 하게 되는 바람에 수

313　위의 책, 9쪽.

많은 여성들이 필요시된 데에 따라 가혹한 상황에 놓이게 된 것이 '위안부'였다. 하지만 '현지 처녀들이 공창에 합류'했다는 사실은 모든 위안부가 똑같이 일본군에게 '유괴'나 '사기'를 당한 것은 아니라는 사실도 말해 준다."[314] 여기서도 일본 국가(군)은 원거리 전쟁의 필요상 위안부에 대한 수요를 좀 더 가졌을 수 있다고, 당시 일본 국가의 행위를 지극히 '수동적으로' 행한 것으로, '필요악에 마지못해 응한 행위였을' 뿐이라고 강변한다. 그러나 이 제국 일본은 과연 자연스러운 수요-공급 메커니즘이 작동되는 '정상국가'였다고 할 수 있는 것일까?

4. 'NHK 스페셜'의 눈으로 본 태평양전쟁

이 문제는 태평양전쟁 중의 일본 파시즘 체제를 이해하는 문제에 깊이 관련된다. 일본은 중일전쟁을 일으킨 후 제1차 고노에 후미마로 내각이 추진한 '국민정신총동원 운동'의 팔굉일우, 거국일치, 견인지구 등에서부터 1940년 7월에 성립된 제2차 고노에 내각의 이른바 신체제 운동과 익찬 운동, 태평양전쟁 직전 1941년 10월 성립된 도조 히데키 내각의 익찬 체제 등을 거치며 국가사회주의 체제에 근접하는 파시즘 체제의 '완성'을 보게 된다.[315]

---

314 위의 책, 38쪽.
315 전상숙, 「일제 군부 파시즘 체제와 '식민지 파시즘」, 『동방학지』, 124, 2004, 613~623쪽, 참조.

이 파시즘 체제가 밀어붙인 태평양전쟁의 실상이 어떠했는가는 여러 연구들을 통해서 상세하게 밝혀져 있지만, 일본군이 필리핀을 점령하면서 이룩한 놀라운 변화는 특히 주목하지 않을 수 없다. 필리핀은 당시 미국의 식민지 지배를 받고 있었는데, 일본군은 자신들의 짧은 점령기간 동안 필리핀 사람들에게 반일 감정을 심어 놓는 데 성공했던 것이다. NHK 스페셜이 제작한 태평양전쟁 필리핀 편(제5집)에 따르면, 1944년 10월 맥아더가 필리핀에 되돌아오자 필리핀 사람들은 2년 7개월 만에 돌아온 그를 해방군으로 맞아들였다고 한다.

이 일본 다큐멘터리는 자신들이 저지른 일을 자신들의 미래를 위해 잊어버리지 않고자 했다. 일본군이 필리핀 점령 기간 동안 저지른 일들에 대한 근본적 성찰을 촉구하는 목소리를 담고 있다. 내레이터는 어째서 그런 일이 벌어졌는가를 묻는다.

일본군은 이 필리핀에서 50만 명에 가까운 전사자를 냈으며 레이테섬에서만 8만 명이 죽었다고 했는데, 그 원인은 물론 미군의 압도적인 군사력에 있겠지만, 그럼에도 간과할 수 없는 부분이 있었다. "그것은 일본이 대동아공영권이라는 기치 아래 필리핀을 지배하는 동안 일본이 그 경제를 수탈하고 이른바 일본적인 가치관을 주입하여 필리핀 사람들의 강한 반발을 유발했다는 사실입니다. 그 반발이 수많은 주민들을 적으로 돌려 게릴라 활동을 활성화시켜 전쟁의 결과를 더욱 비참하게 만들었습니다. 다른 나라를 자신들의 이익을 위해 지배하려 했고, 거기서 전쟁을 치른다는 것이 어떤 것인가? 또한 그것이 어떤 결과를 낳게 하였는가? 이번에는 그 문제를 이 레이테섬 등이 있는 필리핀에서의 싸움을 무대로 살펴보도록 하겠습니다."

이 내래이터의 조언을 따라 다큐멘터리가 무엇을 이야기하고 있는지 짚어 보기로 하자. 우선, 맥아더의 미군이 물러간 후 일본은 바탄반도에서 포로가 된 미군과 필리핀군을 수용소로 옮기면서 무려 1만 명을 죽음에 이르게 했는데 그 9할이 필리핀인들이었다. 필리핀 점령지에 일본군이 실시한 군정은 가혹했다. 필리핀에 관한 지식을 거의 갖추지 못한 채 주민들에게 대동아주의를 일방적으로 주입했고, 카톨릭신자가 많은 그들에게 천황 숭배를 강요했으며, 영어 대신 일본어를 쓰게 하고 이웃끼리 서로 감시하고 밀고하도록 조장했다.

일본군의 점령 방침은 대동아공영 기치 뒤로 은폐된 목적들을 보여 주는데, 군에게 부족한 자원은 필리핀 주민들의 희생이 어떠하든 현지에서 획득, 자급하여 가혹한 생존조건을 견딘다는 것이다. 필리핀의 피해는 참혹했다. 인플레에 시달리고, 쌀을 징발당했으며, 전통적인 사탕수수 재배 대신 목화 재배를 강제당해 농업이 결딴났고, 주민들은 구리를 강탈하는 강제노역에 끌려갔다. 노역장의 가혹한 노동조건과 일상적인 폭력을 견디다 못해 탈출이 늘어나자 일본군은 외출조차 금지했다. 이에 따라 게릴라 저항 조직이 불같이 일어났는데 일본군은 관련자를 체포하면 민간인이든 아이들이든 가리지 않고 '모조리' 죽여서 그 숫자가 9만 명에 달했다.

미군의 필리핀 회복 작전은 필리핀 게릴라들의 적극적인 호응과 주민들의 강한 반일 감정 속에서 진행됐다. 레이테섬에서는 2

만 명의 일본군이 맥아더의 700척 선단을 맞섰으나 완패했고, 뒤이은 해전에서는 6만 명이 괴멸당했다. 패주 잔병 1만 명은 섬 한쪽에 몰려 저항하다가 섬멸당하고 그나마 살아남은 병사도 원한이 사무친 필리핀 사람들에게 살해돼서 일본군 최후 거점이었던 섬의 캉키포트산에서는 살아 돌아온 자가 없다시피 했다. 그런데 미군의 마닐라 회복 전투 중에도 필리핀 사람들의 희생은 계속돼서 일본군의 만행과 미국의 폭격으로 무려 십만 명에 이르는 희생자가 생겼다. "필리핀인을 죽이려면 최대한 한곳에 모아 놓고 탄약과 노력을 아낄 수 있는 방식으로 처분하라." 이런 일본군의 명령에 어떤 합법성과 자연스러움이 있는가.

필리핀만 남방의 예외적 상태라고 볼 근거가 없으므로, 전쟁에 동원된 다른 식민지 사람들, 예컨대 위안부들도 그곳 원주민들과 같은 가혹한 환경에 처했었을 것으로 추론할 수 있다. 그리고 그 원인은 물론 결코 가혹한 그곳 자연환경이 아니라, 자신들만의 이데올로기로 무장했기 때문에 어떤 수단 방법이든 가리지 않을 수 있었던 일본군과 국가, 바로 그 행위 주체들이었던 것이다. 이와 같은 사태는 박유하가 말한 그 남방 일본군의 '수요'가 결코 자연스럽거나 정상적일 수 없었을 것임을 말해 준다. 이러한 일들을 애써 잊은 뒤에야, 당시 조선총독부가 조선인들을 어떻게 다루었는지를 망각한 뒤에야 우리는 위안부들이 자연스러운 수요공급의 원리에 의해 조달되었을 것이라고 평가할 수 있다. 위안부들이 비록 그렇게 조달되긴 했지만 그들 역시 '아름다운' 평화를 누리는 순간들도 있었을 것이라고, 아무렇지도 않게 평가할 수 있을 것이다.

5. 박유하 재판을 둘러싼 지식인 성명의 실체

태평양전쟁이 천황제 파시즘, 대본영의 파멸로 끝날 것이 확실시되자 일본 국가(군)는 자신들이 저지른 일에 관계된 자료들에 대한 광범위한 증거 인멸에 나섰다. 천황제 파시즘 하의 일본 국가기구 자체가 그런 의미에서 거대한 범죄기구였다고 할 수 있으며, 위안부 문제의 증거 인멸은 그 범죄의 일부에 지나지 않는다고 보는 것이 오히려 타당할 것이다. 중일전쟁 이후 난징 대학살, 731부대 생체실험 등에 관한 자료의 증발은 증거 인멸의 대표적인 사례이고 필리핀에서의 게릴라 처형 등에 대한 자료들도 비밀에 붙여졌으니, 위안부 문제에 관련된 기록의 '부재'도 그와 같은 일련의 범죄적 증거 인멸 행위로 인한 것이라고 판단할 수 있다.

대부분의 범죄행위가 완전하기 어렵듯이 제국 일본의 범죄들은 여기저기 흔적이 남겨 놓고 있고, 무엇보다 살아 있는 '자료'라 할 위안부 여성들의 존재까지 완전히 인멸하지는 못했다. 그 범죄행위를 비록 충분히 '복원'하기는 어렵다 해도 과거를 부정, 부인하려는 세력을 향한 실체적 논박이 가능한 것은 이 때문이다. 그러나 앞에서도 살펴보았듯이 이들 '부인론자들'은 위안부 할머니들의 증언의 불확실성이나 번복 같은 정확성 부족을 문제삼는 한편, 남아 있는 당시의 기록 자료들과 이 문제에 관한 자료라고 볼 수도 없는 것들을 이리저리 뒤섞고 자신들에게 유리하게 해석하여 일종의 '부재 증명'을 시도하고자 한다. 이것이 우리가 오늘날에도 여전히 감당하지 않을 수 없는 '논란'과 '논쟁'의 기초이다.

이러한 의미에서 간과하기 어려운 현상 중 하나가 바로 박유하 재판을 둘러싼 성명 사태다. 이 성명은 1심 재판에서 무죄판결을 받았던 박유하가 항소심에서 유죄 취지의 벌금을 선고받자 국내외 '지식인' 98명의 이름으로 2017년 12월 7일에 발표된 것이다. 『한국경제신문』 보도에 따르면, 미국의 노엄 촘스키, 일본의 오에 겐자부로, 와다 하루키, 우에노 치즈코, 한국의 안병직, 김철, 윤해동, 장정일, 배수아 등이 참여해서 "『제국의 위안부』 소송과 관련해 한국에서 학문, 사상, 표현의 자유가 위협에 처했다는 성명을 발표했다." 원래 이 소송은 『제국의 위안부』(2013.8)에 대해 "2014년 6월 16일 '나눔의 집' 측에서 위안부 할머니들의 명예를 훼손하고 인격권을 침해한다는 이유로 출판, 홍보 및 판매금지 가처분신청을 제기하고 저자인 박유하와 출판사 '뿌리와 이파리' 대표 정종주에 대해 민·형사 소송을 제기"한 데서 비롯된 것이다. 검찰이 기소하자 박유하의 기자회견과 유시민, 홍세화, 고종석, 김규항 등 '지식인' 191명의 공동성명이 있었고, 2심에서 박유하에 대해 유죄 취지의 판결이 내려지자 '세계적' 석학들이라는 사람들이 '대거' 참여한 공동성명 행위가 이루어진 것이다. 성명은 '학문의 자유'라는 헌법상의 권리를 전면에 내세우는 내용을 담고 있었다.

작년부터, 한국에서 이 책이 명예훼손의 민사재판에 휘말리게 된 것에 대해 우리는 우려의 눈길을 보내왔습니다만, 이번에 더욱 큰 충격을 받게 된 것은 검찰청이라는 공권력이 특정 역사관을 기반으로 학문과 언론의 자유를 억압하는 행동을 취했기 때문입니다. 무엇을 사실로 인정하고, 역사를 어떻게 해석할지는 학문의 자유에 관한 문제입니다. 특정 개인에 대한 비방이나 폭력선동을 제외하고, 언론에 대해서는 언론을 통해 대항해야 하며, 학문의 장에 공권력이 발을 들여놓아서는 안 된다는 것은 근대 민주주의의 기본원리라고 여겨집니다. 학문과 언론의 활발한 전개야말로 건전한 여론 형성을 위한 중요한 재료를 제공하고, 사회에 자양분을 공급하기 때문입니다.

한국은 정치행위뿐만 아니라 학문과 언론이 권력에 의해 삼엄하게 통제되었던 독재시대를 헤쳐 나와 자력으로 민주화를 달성하고 정착시킨, 세계에서 보기 드문 나라입니다. 우리는 그러한 한국사회의 저력에 깊은 경의를 품어 왔습니다. 그러나 현재, 한국의 헌법이 명기하고 있는 '언론·출판의 자유'나 '학문·예술의 자유'가 침해받고 있는 것을 우려하지 않을 수 없습니다. 또, 한일 양국이 이제 겨우 위안부 문제를 둘러싼 해결의 실마리를 찾으려고 하는 때에 이번 기소가 양국민의 감정을 불필요하게 자극하여 문제의 해결을 어렵게 하는 요인이 되지 않을까 걱정됩니다.

한국에서 언론·출판의 자유나 학문·예술의 자유가 침해받고 있다는 진단은 그 표면적 의미만을 보아서는 일견 타당하지만, 그 침해가 어디로부터 어떻게 오고 있는지를 생각하면 이 진술이 얼마나 현실에 무지한지, 또는 현실을 왜곡하고 있는지 생각하지 않을 수 없게 된다. 실로 한국에서는 현대사가 전개된 이후 제대로 된 언론·출판의 자유나 학문·예술의 자유를 누린 적이 거의 없었다고 해도 과언이 아닌데, 먼 과거에서 찾을 것도 없이 최근 이명박, 박근혜 두 정부 치하에서도 언론과 출판, 학문과 예술의 자유는 심각한 위협에 처했었다고 할 수 있다. 이는 두 정부 아래서 쌍용 사태와 용산 참사가 일어나고 세월호 참사 같은 심대한 국가폭력이 자행되고 있었음에도 공식적인 언론들은 이를 제대로 보도한 예가 없다시피 했고, 지식인, 학자, 예술인들은 블랙리스트에 들거나 연행되는 위험을 감수하지 않고는 쉽사리 진실을 말하기 어려웠다. 뿐만 아니라 이 '해묵은' 위안부 문제에 관해 일본 아베 정부와 한국 박근혜 정부가 2015년 12월 28일에 단돈 10억 엔으로 문제가 "최종적, 불가역적"으로 해결된 것이라는 식으로 '통치기'를 시도했을 때도 언론과 출판, 학문, 예술계는 권력의 위협을 의식해 그다지 목소리를 내지 않았다. 그러므로 성명서가 말하는 그 자유가 언제적 자유인지를 정확히 언급하지 않는 한 성명서의 진술은 공허하다고밖에 말하지 않을 수 없다. 특히 성명의 그 자유가 항소심 재판부의 일천만 원 유죄판결에 의해 '결정적으로' 침해되었다고 본다면, 그것은 너무나 안이하다 못해 한국의 현실에 지극히 무지한 소치라고 보지 않을 도리가 없다.

그런데 한편으로 이렇게 논의하면서도 두려움이 없지는 않다. 성명의 서명자들이 노엄 촘스키나 오에 겐자부로 같이 대단한 후광을 거느린 사람들이라는 사실을 보면서 혹시 현실을 모르는 것은 성명을 제기한 그들이 아니라 그들에 대한 비판적 인식을 거둘 수 없는 필자 쪽이 아닌가 하는 한 가닥 의문을 아예 거둘 수는 없기 때문이다. 반면 이 세계적 석학들과 다른 입각점을 취하는 사람들도 없지는 않아서, 예를 들면 박노자라든가 서경식, 정영환 같은 이들이 문제를 보는 관점이나 방식은 오히려 필자에 가까울 것이라고 생각되는 한 가닥 위안이 없지 않다.

6. 지식인 성명, 그 현대판 좌우합동, 동아협동체론

박유하 재판은 쉽게 다루기만은 어려운 점이 있는데, 그것은, 만약 이 성명서가 비판하는, 학문의 자유에 대한 국가의 침해라는 것 때문에 기소와 심판이 이루어지지 않는다면, 삶을 유린당한 위안부 여성들은 박유하의 학문적 행위로 인해서 발생한 또 한 번의 '폭력'을 어디서 어떻게 보상, 배상받을 수 있을지, 그 답안이 묘연하다는 데 있다.

박찬욱의 영화 『복수는 나의 것』, 『올드 보이』, 『친절한 금자씨』 같은 복수 시리즈들이 문제적인 것은 세상으로부터 얻은 상처와 원한을 합법적 방법으로는 해결할 수 없는 상황에 처한 인간의 문제를 그린다는 데 있다. 박찬욱 영화는 언제나 현실을 알레고리적, 상징적으로 접근하기 때문에, 영화 텍스트 안에서는 지극히 비현실적인 스토리도 그 텍스트 외적 지시 체계를 보면 현실에 대한 지극히 날카로운 통찰을 담고 있는 때가 많다. 예를 들어, 쌍용자동차 사태로 해고되고 사법적 처리를 당한 사람들, 용산 참사로 생명을 잃거나 사법적 처리 대상이 되어야 했던 사람들, 그리고 세월호 참사로 아들딸을 잃고도 마치 좌익사범이라도 되는 양 국가적 폭력과 선전의 희생양이 되어야 했던 부모들은, 그들이 기대야할 '이성적인' 국가가 오히려 자신들을 억압하고 유린하는 상황에서 어디 가서 어떻게 자신들의 피해를 구제받을 수 있을까? 박찬욱 영화가 국가폭력과 그에 노출된 사람들의 관계만을 겨냥하는 것은 아니지만, 그러나 그의 영화는 단지 개인 대 개인의 원한뿐 아니라 사회적 기구들, 그것을 대표하는 국가기구로부터 받은 피해를 복구할 수 없는 인간들의 원한을 그린다는 점에서 오늘의 문제에 대해 다시 한번 시사적인 가치를 지닌다.

이와 같은 맥락에서 박유하에 대한 위안부 여성들의 명예훼손 민·형사 소송 제기는, 개인적인 차원에서 복수나 보복을 하는 것이 아니라 이성적이고 합법적인 방식으로, 그때까지 자신들의 호소를 한 번도 제대로 들어주지 않았던 국가기구 가운데 하나인 법원에게 피해 보상과 가해 장본인 처벌을 요청한 것이라 할 수 있다. 그런데 성명처럼 "학문의 장에 공권력이 발을 들여놓아서는 안된다는 것은 근대 민주주의의 기본원리"이고 학문의 자유를 보호해야 해서 검찰이 기소하지 않고 사법부가 판결을 내리지 않는다면 위안부 여성들은 자신들의 피해를 구제받을 어떤 수단도, 또그 가능성도 없게 된다. 이것은 위안부 여성들에 대한 또 하나의 국가적 폭력이자 그 구성원을 보호해야 할 국가의 또 다른 직무유기라고 할 수 있다.

일본에 이와 유사한 사례가 있다. 1999년 6월 22일 일본 법원이

소설작가 유미리의 작품 「돌에서 헤엄치는 물고기」에 관한 소송에서 소송을 제기한 여성의 '편을 들어', 위자료 130만 엔을 지급할 것과 단행본 발간을 금지할 것 등을 판결한 사건이다. 이 뉴스를 전한 당시의 "중앙일보" 기사에 따르면 재일한국인이자 원래 유미리 작가의 친구였던 원고는 "유씨가 나를 소설의 모델로 삼으면서 얼굴에 상처가 나 있고 부친이 체포된 전력이 있다는 사실 등을 묘사해 프라이버시를 침해했다"며 소송을 제기했다고 했다. 이에 대하여 작가 측이 허구적인 예술 장르로서의 소설의 '표현의 자유'를 들어 방어를 시도했을 것임은 얼마든지 상상 가능하다. 그렇다면 이러한 판결을 행한 일본 사법부가 문제시되어야 하는 것일까?

이 사례는 위안부 여성들의 박유하를 향한 소송의 본질이 국가에 의한 학문의 자유 침해에 있지 않음을 보여 준다. 박유하의 학문의 자유와 유미리의 표현의 자유가, 피해 당사자와 관련하여 서로 유사한 성격의 권리 침해를 한 것은 아닌가 하는 것이 문제이고, 이 권리 침해를 위안부 여성이나 유미리 작가의 친구가 직접적이고도 사적인 자기 구제에 나서지 않는 한 국가기구인 행정부나 사법부가 어떤 판단을 내려야 하는 필요를 부정할 수 없는 것이다.

성명서를 발표한 '지식인'들은 과연 이 유미리의 사례를 몰랐을까? 사실 유미리의 판례는 너무나 유명해서 성명에 참여한 사람들이 이 소송의 존재에 대해 무지했을 리도 없고 또 그것을 기억하지 못할 리도 없다. 그럼에도 불구하고 많은 일본의 '양심'들이 박유하의 '편을 들어' '학문의 자유'라는 미명하에 한국의 유죄 판결을 비판했고, 태평양 건너 작은 나라의 사정을 아는지 모르는지 알 수 없는 노엄 촘스키 등은 자신의 이름을 '빌려주었고', 한국에서는 왕년의 '좌익'과 '우익'이 합동하여, 위안부 여성의 '편을 들어' '학문의 자유'를 옥죈 검찰과 사법부를 향해 비판의 칼날을 세웠다.

여기서 역사적 국면 하나를 떠올리지 않을 수 없다. 앞에서 잠깐 언급했던 고노에 후미마로 내각 시기에 '동아신질서론'이 일본과 한국을 풍미했고 이 '새로운' 담론은 동아협동체론이니 동아연맹론 같은 하위 담론들로 갈래를 쳐 나갔던바, 이러한 '사상적' 모색의 두드러진 특징 가운데 하나는 과거의 좌익 지식인들이 이 새로운 체제 구상에 적극적으로 뛰어들거나 찬동을 표명했다는 사실이다. 그러니까 지금 우리는 박유하 소송에 대한 성명서를 '일본발' 21세기 한국의 신판 동아협동체론의 맥락에서 살펴볼 수 있는 것이다.

안병직이나 김철 같은 '지식인'들이 과거 '좌파' 지식인들이었음은 널리 알려져 있다. 지금은 이른바 전통적인 '우파'보다도 더 오른쪽으로부터 활동하는데, 그 자신들만은 민족주의 내셔널리즘이나 최근 유행하는 언어로 말하면 이른바 '반일 종족주의'와는 다른 견지를 가진 진정한 세계주의자, 보편주의자들로서 편협한 국수주의와 맹렬한 싸움을 전개하는 중이라고 생각하고 있는지는 알 수 없다.

새로운 사상 담론이 퍼지던 당시에도 바로 그와 같은 '왕년의' 좌파들이 있었다. 예컨대 유진오는 「김상사와 T교수」(1935.1) 같은 심각한 현실비판에서 「신경」(1942.10) 같은 동아신질서론 소설로 이

월해 갔고, 채만식도 이광수의 전격적인 대일협력 행보에 '힘입어' 작가는 자신의 시대에 굴복하게 마련이라는 식으로 신체제론의 등장에 편승하는 포즈를 취했다. 박치우, 신남철, 서인식이나 인정식 등은 동아협동체론이니 하는 동아신질서론류의 '사상들'에 '공명'했다.

그러나 그 담론들은 결국 제국주의 일본이 만주전쟁과 중일전쟁 이래 협착한 세계정세를 헤쳐 나가기 위한 '사이비' 담론들에 불과했음을 이제는 모두가 안다. 이른바 동아신질서에 제국으로부터 식민지를 턱 놓아주어야 한다고 주장한 안중근의 '동양평화론' 같은 '진정한' 의미의 동아신질서론의 자리는 없었다. 일본의 지식인까지 참여하여 학문의 자유 침해를 우려한 박유하 판결 비판 성명에도 아시아 사람들을 환난에 빠뜨린 제국주의전쟁을 진정으로 되돌아보고 새로운 역사적 단계를 열어젖히고자 하는 시도는 찾아보기 어렵다

필자는 이미 1990년을 전후로 한 시기로부터 좌니 우니 하는 틀에 박힌 이념적 레테르를 구사하는 모든 담론들에 식상해 버렸지만, 오늘날의 성명서 사태를 보면서 이것은 또 다른 형태의 좌우 합동이자 동아협동체임을 실감한다. 예나 지금이나 그 합동은 좌가 우를 향해 나아가는 것이다. 왜냐하면 국가권력의 폭력 앞에서 오래 버티기는 누구나 어려운 일이기 때문이다. 그리고 자꾸 한 방향으로 생각하려고 노력하다 보면 어느덧 그것이 진실이 되고 신념이 되는 것처럼 생각되는 새로운 계단이 펼쳐질 때도 있다. 사람은 망각과 환상의 동물이기 때문이다.

5장
한국근대문학 연구의
이론주의적 경향

1. 루카치와 바흐친의 소설 연구 방법

한국근대문학 연구에 있어 이론주의적인 태도라는 것이 무엇인지 먼저 가늠해 볼 필요가 있겠다. 이론주의적인 태도란 하나 이상의 대립 개념을 갖고 있는 것처럼 보인다.

무엇보다 이론주의적인 태도는 실증적인 학문 연구 태도와 구분되는 어떤 연구 태도를 지칭한다. 실증적인 연구 태도라 함은 무엇일까. 예를 들어 이상(李箱)을 연구 대상으로 삼는다고 할 때, 그것은 무엇보다 이상 텍스트를 확정하는 작업, 그의 생애를 보다 정밀하게 탐구하는 작업, 이상 텍스트에 나타나는 상호텍스트적 양상을 선행 문헌과의 관계를 통해 드러내는 작업, 마지막으로 그의 작품에 나타나는 여러 요소, 즉 시공간적 배경이나 인물의 구체적 양태, 작중에 등장하는 물상 등을 사실에 비추어 재해석하는 작업 등을 의미할 것이다.

그렇다면 이론적 연구는 이 같은 작업을 통해서 확정된 텍스트, 밝혀진 작가의 생애, 당대적 연관성 등에 바탕하여 작가와 작품의 의미를 기존의 문학이론에 근거, 재해석함을 의미하는 것이 된다. 실증적 연구가 1차적 연구에 해당한다면 이론적 연구는 2차적 연구에 해당할 것이다.

말로 이루어진 것은 직접적인 '실증'이 불가능하며 오로지 더 합리적인 해석만이 가능할 뿐이라는 점에서 보면 이론으로 실증을 넘어서려는 것은 자연스럽다.[316] 그러나, 그 불가능한 실증에의 의욕이 없는 이론적 연구 또한 허망할 것이다. 이론주의적 연구란 이론적 연구 태도가 지나친 상태에 이른 것을 의미하는 것이 된다. 즉, 실증적 연구보다 이론에 바탕한 연구를 우월한 것으로 보고 이것으로 시종할 때 이론주의적 태도는 성립된다.

본래 '주의'라는 것은 비판이나 냉소의 의미로 사용되곤 했음을 이해할 필요가 있다. 이 글은 일단 그 같은 의미에서 이론주의를 비판적으로 다루고자 한다.

조금 더 들어가 보면, 한국근대문학 연구에 있어 이론주의적 연구라는 것은 한편으로 연구 대상을 선험적으로 다루는 태도를 폭넓게 지칭하는 말임을 알 수 있다. 즉 이론주의적 연구란 경험적 연구에 대립되는 뜻을 내포하고 있다.

예를 들어, "유물변증법적 사실주의"라는 용어가 사용된 적이

---

316 칼 포퍼에서 임레 라카토스로 이어지는 합리성 옹호의 흐름에서 이 같은 태도를 엿볼 수 있다. 신중섭, 「과학의 합리성」, 『현대 과학철학의 문제들』, 아르케, 1999, 참조.

있었다. 이는 "사실주의"라는 말에 "유물변증법적"이라는 말을 첨가하여 새로운 차원의 사실주의를 지칭하는 개념으로 사용하고자 한 것이었다. "유물변증법적"이라는 말 대신에 "혁명적", "사회주의적", "당파적" 등의 용어를 접맥시켜도 그 의미는 실상 크게 달라지지 않는다. 발자크, 스탕달, 플로 베르, 졸라, 모파상 등으로 대변되는 "부르주아 사실주의"에서 진일보한 사실주의, 노동자계급 당파성에 기초함으로써 세계를 보다 리얼하게 재현해 낼 수 있는 사실주의를 지칭하기 위한 서로 다른 이름에 불과하기 때문이다.

　사실주의라는 말 앞에 붙은 관형어는 투명한 사실에의 근접성을 보장해 주는 무엇을 가리키기 위한 것이다. 그것에 입각하면 사실주의를 더 근본적으로 만들 수 있다는 신뢰가 이들 개념을 가능케 한다. "유물변증법적 사실주의"란 말로 다시 돌아와 보면, 그것은 문학에 유물변증법적 시각을 적용한 것이다. 유물변증법에 입각하면 그 문학은 더 근본적인 사실주의에 도달할 수 있다는 가정에 기댄 것이 바로 "유물변증법적 사실주의"라는 말이다. 이때 유물변증법이란 대립물의 통일, 양질전화, 부정의 부정 같은 대원리 및 내용과 형식, 본질과 현상, 전체와 부분 등의 관계에 대한 일반론이다. 따라서 "유물변증법적 사실주의"란 창작과 비평에 그 같은 대원리, 일반 원리를 적용한 문학이 된다. 이렇게 될 때 문학은 그 원리를 문학 외부의 것으로부터 수혈받게 된다. 유물변증법이라는 일반 과학을 문화에 적용, 응용, 변형시킨 것이 바로 "유물변증법적 사실주의"이고, 이 용어에 이르러 철학은 문학에 원리를 제공하는 모태로서 그 중세적 지위를 회복하게 된다.

즉, "유물변증법적 사실주의"라는 말에는 문학을 그 내부로부터 탐구하기보다는 외부로부터 규정해 들어가는 선험적 시각이 깃들어 있다. 루카치의 소설이론에서도 이와 같은 시각을 엿볼 수 있다. 모더니즘에 대한 리얼리즘의 본질적 우위를 주장한 루카치가 이미 『소설의 이론(die Teorie der romam)』에서 이른바 정신사적 방법이라는 선험주의에 입각해 소설의 본질을 규정하고 여러 소설을 계통화시켰음은 널리 알려진 사실이다. 이는 "한 경향이나 한 시대와 같은 몇 개 되지도 않는, 그것도 대부분 직관적으로 파악된 특징으로부터 일반적인 종합 개념을 만들어 내서는, 이러한 일반화로부터 연역적으로 개별적 현상에 접근하여 설득력 있는 하나의 포괄적인 종합에 도달했다고 생각"[317]하던 당대의 학문적 유행에 따른 것이었다고 그 자신에 의해 비판된 바 있다. 이에 반해 바흐친은 이 같은 선험주의적 접근 태도를 혐기시했던 것이, 그는 소설을 귀납적으로, 실제로 존재하는 모든 소설 작품들의 총합으로 이해했던 것이다. 그에 따르면 소설은 정의를 내리기가 지극히 어려운 대상이다.

소설은 여전히 많은 장르들 중의 하나로 간주되고 있다. 또한 소설을 이미 완성된 한 장르로서 이마 완성된 다른 장르들로부터 구별하고, 엄격한 장르적 요소들로 이루어진 잘

---

317 게으르그 루카치, 『소설의 이론』, 반성완 옮김, 심설당, 1985, 10쪽.

규정된 하나의 체계로 작용하는 소설의 내적 규범을 발견하려는 시도가 이루어지고 있다. 대부분의 경우 소설에 관한 연구는 아무리 최대한 포괄적이라 해도 소설의 온갖 변형태들을 서술하는 목록에 지나지 않는다. 그러나 끝내 이 서술은 하나의 장르로서의 소설을 위한 포괄적인 정식을 시사해 주지 못했다. 게다가 전문가들은 유보조항을 달지 않고는 단 하나의 명확하고 불변하는 소설의 특성도 뽑아낼 수 없었는데, 그 유보조항은 즉시 하나의 장르적 특성으로서의 그 특성을 실격시키게 된다.

그렇게 '유보된 특성들'의 몇몇 예는 다음과 같다. 소설은 다층적인 장르다.(비록 훌륭한 단층적 소설도 또한 존재하지만) 소설은 정밀한 플롯이 있는 역동 적 장르다.(비록 순수한 묘사의 기술을 문학이 허용하는 한계까지 밀고 나간 소설들도 물론 존재하지만) 소설은 복잡한 장르다.(비록 다른 장르들과는 달리 순전히 경박한 오락으로서 대량 생산되기는 하지만) 소설은 산문 장르다.(비록 운문으로 된 탁월한 소설도 존재하지만) 우리는 위에 열거한 예들과 유사한 소설의 수많은 '장르적 특성들'을 더 제시할 수 있지만 이런 특성들은 순진하게 덧붙여진 어떤 유보조항에 의해서 즉각 무효로 되고 만다.[318]

위의 인용문이 보여 주듯이, 루카치와 바흐친의 태도는 명백히

---

318 미하일 바흐친, 『장편소설과 민중언어』, 창작과비평사, 1987, 24~25쪽.

대립적이다. 루카치가 선험적이라면, 즉 어떤 규범을 선험적으로 제시하고 그에 따라 논리를 전개해 나간다면, 바흐친은 경험적, 즉 실제로 존재하는 것들을 망라, 종합함으로써 새로운 규범(소설 장르의 본질과 그 특성)에 도달하는 방향을 취한다. 그 결과 소설에 대해 그가 내린 결론은 "소설은 그 본성에 있어서 반규범적이며, 유연성 그 자체", "소설은 끊임없이 자기 자신을 탐구하고 검토하며, 확립된 형식들을 재고하는 장르"라는 사실이다.[319]

소설에 관한 탐구에서 그가 목표로 하는 것은 "매우 유동적인 장르의 기본적인 구조적 특성, 즉 그 독특한 변화 능력의 방향과 그 외의 문학에 미치는 영향력의 방향을 결정하는 특성에 다다르는 길을 모색"[320]하는 것이다. 『소설의 이론』의 저자가 취한 방법이 연역적이라면 바흐친의 방법은 귀납적이다. 따라서 전자가 닫힌 방법이라면 후자는 열린 방법이다. 일반 법칙에 의존하든 직관에 의존하든 연구의 대상 자체를 전체적, 종합적, 귀납적으로 다루지 않는 연구는 편협하거나 왜곡된 결론에 이끌리거나 대상에 대해 배타적인 태도를 취하기 쉽다. 소설이 삶의 외연적 총체성이 주어지지 않은 시대, 즉 신에 의해서 버림받은 세계의 서사시이고 그리하여 주어지지 않은 총체성을 찾아 나선 개인 영혼의 모험이라면, 그와 같은 본질에서 먼 거리에 있는 소설은 열등한 소설이거나 소설 이전의 것으로 치부될 위험성에 노출된다. 그러나 이것은 소설의 귀납적 탐구로부터 본질을 얻은 것이 아니라 역사철학으로부

---

319 위의 책, 60쪽.
320 위의 책, 27쪽.

터 본질을 얻은 것인 까닭에 소설이라는 장르의 전체상 또는 실상으로부터 벌어지는 결과를 야기할 수 있다.

문제는 한국근대문학 연구에도 대상을 그 자체로 탐구하기보다는 선험적으로, 문학 외적인 담론에 입각해 규정해 가는 경향이 농후하다는 점이다.

마지막으로, 한국근대문학 연구에 있어 이론주의란 한국 현대사의 특수성과 밀접한 연관을 갖는 것으로, 서구 이론으로부터 작품·작가·문학사를 연역하여 설명하는 것으로 만족하는 일련의 연구 경향을 의미한다. 이는 학문의 식민성이라는 문제로 요약될수 있으며 다시 이는 한국근대문학 연구의 최대 맹점이라 하지 않을 수 없다.

최근 들어 서구 추수주의, 서구 중심주의에 대한 반성의 기운이제고되면서 또 다른 편향으로서 동양 중심주의가 고창되고 있다. 특히, 아시아를 하나의 단위로 '묶어' 이해하려는 경향이 두드러지고 있다. 이 또한 문제가 없지 않으나, 이는 비평계 일각에서나 볼수 있는 현상이고, 현대문학 연구에 있어서는 지금도 서구 문학이론을 근간으로 삼아 이를 한국근대문학의 제 현상에 대입, 적용하는 수준에 머무르는 연구가 대다수를 차지하고 있는 형편이다. 이 같은 이론주의는 한국근대문학 연구에 있어서 일종의 전통이되다시피 했다고 해도 과언이 아니다. 제도화된 석·박사 논문은 방법론에 관한 서술을 필수적인 구성 부분으로 하는데, 이때 그것은 해당 대상에 접근하기 위한 구체적인 방법을 서술했다기보다는 서구 문학이론을 얼마나 잘 이해하고 있는가를 보여 주는 전시장 같은 역할을 하는 경우가 많다.

논문이 한국근대문학의 현상을 본래 그것의 실상에 맞게 재구성하고 여기에 더 새롭거나 깊은 설명을 부여하기보다는 해당 서구 문학이론의 적실성과 유효성을 입증하는 것처럼 보이는 경우도 많다. 이는 특히 모더니즘 문학을 대상으로 한 연구에서 두드러지는 현상이지만 여타의 문학 현상을 주제로 삼는 경우에도 예외는 많지 않다.

이와 같은 경향으로 말미암아 나타나는 문제는 무엇보다 해당 서구 문학이론과 실제 연구 대상이 되는 한국문학 현상 사이에 일어나는 일종의 탈구 현상이다. 한국문학 현상이 그 실상이 중시되기보다는 서구 문학이론의 적실성, 유효성을 설명하기 위한 실례 역할을 하게 되면서, 그 이론적 모델을 충족시키는 사실은 과대평가되고 거기서 어긋나는 사실은 간과되는 경향이 나타났다. 서구에서 새로운 문학이론이 수용될 때마다 한국의 근대 작가들은 새로운 '주의자'가 되곤 한다. 이상은 실존주의자에서 신경증, 실어증 환자가 되고 여기서 더 나아가 또 다른 무엇이 된다. 박태원이나 김기림은 물론 임화나 김남천과 같은 리얼리스트들 또한 그 같은 시대적 변천으로부터 자유롭지 못하다. 어떤 작가가 모더니스트도 되고 포스트모더니스트가 되고 어떤 리얼리스트가 모더니스트나 포스트모더니스트가 될 수 있는 것이 현금 한국근대문학 연구 풍토다. 연구의 축적이 해당 대상에 대한 '진실한' 지식의 증대로 이어지고 그에 따라 해당 대상의 실상이 보다 풍부해지고 전체화되기보다는 새로운 연구 결과로 기존의 연구결과를 단순히 대체하고 있다는 의문이 생긴다.

과학을 과학으로 만들어 주는 것은 무엇일까. 과학의 생명이
그 귀납적 성격에 있다면, 인문과학 역사 자연과학과 마찬가지로
대상 또는 영역이 곧 그 연구 방법을 결정해 주지 않는다면 해당
인문학의 과학성은 보장되지 못할 것이다. 역사학이 이른바 역사
철학이라는 철학에 의해 방법론을 제공받는 단계에서 벗어나 역
사라는 대상 그 자체에 의해 그 연구 방법이 제약될 때 비로소 본
격적인 근대적 학문으로 정립될 수 있었다면, 문학 역시 철학이나
역사학의 방법론과는 다른 독자적인 연구 방법론을 가짐으로써
비로소 근대적 학문의 면모를 가질 수 있게 된다고 할 수 있다. 그
것이 러시아형식주의자들, 신비평주의자들이 문학 연구에 공헌한
대목일 것이다. 『문학의 이론(Thoery of Literature)』의 저자들은 다음
과 같이 말한다.

귀납법과 연역법, 분석, 종합 및 비교 따위의 이러한 기본
적 방법은 모든 형의체계적 지식에 공통된 것이다. 그러나 분
명히 여기 다른 해결책이 등장한다. 즉 문학의 학문은 반드시
자연과학의 방법은 아니더라도 역시 이지적인 방법인 확실한
독자적 방법을 가지고 있다. …… 자연과학의 방법과 목적과
인문과학의 그것과의 사이에는 이러한 상위가 있다는 것이
고지식하게 인식되어야만 할 것이다.[321]

---

321 르네 웰렉 · 오스틴 워렌, 『문학의 이론』, 김병철 옮김, 을유문화사, 1982, 20쪽.

이 문학이라는 학문의 독자적 방법이란 결국 문학이론 외에 다른 것이 아니다.

　　문학비평과 문학사는 둘 다 다 같이 어떤 작품, 어떤 저자, 어떤 시대, 어떤 국민문학이 지난 개성과 특성을 밝히려는 데 그 목적을 두고 있다. 그러나 이와 같이 개성의 특질을 밝히려는 것은 문학이론을 기초로 한 데서 보편적 관계에 서만 쟁취될 수 있는 것이다. 문학이론, 즉 방법의 원칙(organon)은 오늘날 문학의 학문이 크게 필요로 하는 과제다.[322]

『문학의 이론』의 저자들은 문학을 여타의 학문으로부터 구별되는 독자적인 학문으로 만들어 주는 "문학이론, 즉 방법의 원칙"이 필요함을 역설하고 있다. 이를 한국근대문학 연구라는 문제를 중심으로 유추해 보면, 한국근대문학 연구자들은 한국근대문학 연구를 보편적인 문학연구, 또는 서구문학 연구와는 구별되는 독자적 학문으로 만들어 줄 문학이론을 필요로 하는 것이 아닐까.
　　그러나 안타깝게도 지금의 연구자들은 이와 같은 독자적 방법론이 본격적으로 모색되지 못하는 시대를 통과하고 있다. 대상에 대한 방법론을 구비하지 못한 연구는 과학적인 연구라고 할 수 없다면, 한국근대문학은 아직 과학적인 연구를 행하고 있다고 자신 있게 말할 수 없는 형편이다.

322　위의 책, 24쪽.

서구 문학이론을 방법론 삼아 한국문학 현상에 대입, 적용하고 있는 많은 석·박사논문은, 이 점에서, 역설적으로 이론의 과잉이 아니라 이론의 부재로 인한 결과라 해야 마땅하다. 흔히 이론주의 적이라 운위되는 연구 태도는 실은 한국에서의 근대문학 연구 전통의 일천함과 그 이론의 빈곤함을 드러내는 것에 다름 아니다. 많은 연구자들이 이 이론의 결핍을 서구 문학이론이라는 정교하고 풍부하게 다듬어진 방법론으로 보충하고 있다는 점에서 한국의 근대문학 연구는 아직도 식민성을 극복하지 못하고 있다고 해도 과언은 아닌 것이다.

일단, 이상의 논의를 간단히 요약해 보면, 한국근대문학 연구에 있어 이론주의적 연구 태도란 실증적 연구의 의의를 과소평가하는 것, 선험적이고 문학 외적인 이론에 근거한 대상 분석에 안주하는 것, 마지막으로 무엇보다 서구 문학이론을 한국근대문학에 대입, 적용하는 데 머무는 것 등이 복합된 어떤 연구 태도를 지칭한다고 할 수 있다. 그리고 이는 이론 또는 방법론의 과잉이라기보다는 진정한 한국근대문학 연구를 위한 이론 또는 방법론의 결핍을 의미하는 것이 된다.

2. 이명원의 김윤식 비판과 어긋난 논점

최근 문학비평 쪽에서는 몇 가지 주목할 만한 논란이 있었다. 조선일보사의 동인문학상 제도를 둘러싼 것, 이명원의 김윤식 비판을 둘러싼 것 등이 그것이다.

이른바 문학 권력에 관련된 문제라는 공통점을 갖고 있는 이들 문제를 이 자리에서 길게 논할 필요는 없을 것이다. 그러나 이들 논란에 특히 한국근대문학 연구자들에 관련된 민감한 문제가 포함되어 있는 것만은 틀림없는 사실이다. 전자, 이명원이 김윤식의 저작의 일부를 근거로 그를 표절 행위를 감행한 마비된 정신의 소유자로 비판한 것은[323] 여타의 비평적 문제를 떠나서 학문 연구의 측면에서 보면 비판하는 이의 모럴 문제를 생각하지 않을 수 없게 한다.

학문의 세계에서 그 이력과 업적이 일천한 이가 자기보다 많은 공력을 쌓은 이를 쉽게 비판하는 일은 있을 수 없다. 비판은 그것을 수행하는 이 자신에 의해서 그 절차와 방법과 수준이 엄격히 통제되지 않으면 안 된다. 한편으로 연세대학교에서 진행되고 있는 일련의 상황은 한국근대문학 연구의 정체성 문제와 관련된, 한층 심각한 문제점을 드러낸 것이 아닐까 한다. 그것은 한국근대문학 연구가 그 전문성을 의심받고 있음을 의미하기 때문이다. 그러나 그 전문적 차원이라는 점에서는 후자보다는 전자에 논의의 여지가 있을 것이다.

오랜 시간에 걸친 김윤식의 한국근대문학 연구는 크게 보면 대략 1980년경을 중심으로 두 개의 시기로 나뉠 수 있다. 첫 번째 시기가 독자적인 방법론의 모색으로 특정지어진다면 오늘에 이르는

---

323 이명원, 「타는 혀」, 새움, 2000, 273쪽.

두 번째 시기는 서양의 방법론에의 현저한 경사가 그 특성이라고 말할 수 있을 정도로 커다란 방법적 선회가 있었다.[324] 앞의 시기에 그는 김현과 함께 『한국문학사』(민음사, 1973)를 펴냈던바, 이는 이른바 한국사의 내재적 발전론을 문학적으로 옹호하고자 하는 의도가 있었다.

한국문학사가 개별문학이라는 의미는 한국문학사의 기준이 한국사 총체 속에 있다는 사실의 소박한 인식을 뜻하는 것이다. 피상적으로 볼 때 그러한 진술은 편협한 지방성, 파행성의 노출로 오해되기 쉬우며 심지어는 배타적인 쇼비니즘 내지는 문화의 보편성을 압살하는 사고방식으로 간주될지도 모른다. 그러나 주체 민족의 행복에 감상적으로 작용하지 않는 문화 파악력은 역사의 추진력이 될 수 없을 것이다.

이 진술은 두 가지 입지점을 가지고 있다. 그 하나는 박은식, 신채호 중심의 민족사학을 통해 한국사가 서구 근대사학을 습득할 수 있었다는 점이며, 다른 하나는 소위 향보편성의 역방향에 섰던 작품, 이를테면 염상섭의 『삼대』, 김남천의 『대하』, 이기영의 『고향』 등이 다른 의미에서 문제를 던지고 있다는 점이다. 여기까지의 진술은 주변분화성 극복이라는 한마디로 집약된다.[325]

---

324 방민호, 「숙명과 그 극복이라는 문제」, 『비평의 도그마를 넘어』, 창작과비평사, 2000, 130쪽, 참조.
325 김윤식, 「한국문학의 인식과 방법」(1972), 『운명과 형식』, 솔, 1992, 257~258쪽.

한국문학사가 "개별문학"이고 그 기준을 "한국사 총체" 속에서 찾는다 함은 그것을 서양문학은 물론 중국이나 일본문학과도 구별된, 지극히 독자적인 것으로 설정하려는 의욕이 엿보이는 생각이다. 한국근대문학의 기점을 영·정조 시대까지 소급해 올린『한국문학사』는 이와 같은 적극적 문제의식의 산물이다. 그러나, 독자적인 문학사에의 의욕에도 불구하고, 특히 1920년대 이후 일본 및 서양문학의 모방에서 멀리 벗어난 것처럼 보이지 않고 따라서 그 아류적 양상으로 오해되기 쉬운 한국근대문학의 제 양상은 그로 하여금 의욕과 실상 사이의 모순을 의식하게 했다고 판단된다. 대표적인 저작 가운데 하나인『한국 근대문예비평사 연구』(일지사, 1976)를 통해서 이를 엿볼 수 있다.

이 시대의 문학이 사회운동과 유달리 관련되어 있음이 강조되어야 하며, 동시에 일본문학과의 관련도 밀접한 상태에 있을 것이다. 그것은, 사회주의 운동의 사상이 일본에서 거의 직수입되었기 때문이다. 특히 프로문학은 흔히 국제적 추수주의로 알려져 있지만, 실제로는 동경문단의 지부적인 혐의가 농후한 것이다. 고쳐 말하면, KAPF 문학은 소련문학과는 무관한 채 거의 전부가 일본 프로문학과의 관련에서 명멸해 간 것이다. 내용과 형식론에서부터 심지어는 전향문제에 있어서도 일본 측의 效○임이 드러난다. 따라서 일본 프로문학비평과의 비교문학적 고찰은 불가피한 바가 있을 것이 예견된다. 또 하나 비교문학적 방법을 보강케 하는 것은 프로문학론 자체, 즉 이데올로기의 비동화성을 들 수 있다. 자칫하면 한국 프로문학비평은 번안비평이란 한정사가 붙을지도 모르는 것이다. 따라서 일본측의 자료도 2차 자료의 성격을 띨 수가 있는 것이다. 그렇다고 해서 한국의 프로문학이 일본프로문학의 완전한 추구라고만 볼 수 없음도 물론이다. 식민지하에 있어서의 한국 프로문학이 그만큼 한국적 전개와 투쟁과 내외적 갈등에 놓여 있었을 것임은 분명한 것이다. 창작에서는 더할 나위 없는 일이거니와 비평 혹은 이론 전개에서도 한국적 특성이 엄연히 있을 것이다. 민족주의문학과의 대비를 본고가 시도한 것은 그 때문이다. 그럼에도 우리의 이러한 기대가 얼마나 허망한 것인가는 전향론에서 암시를 받을 수 있을 것이다.[326]

한국문학이 근대문학에의 행정에 들어섰음을 뚜렷한 담론의 형태로 보여 주는 KAPF비평이 일본 문학비평의 아류작에 불과할 수도 있다는 '사실' 앞에서 그는 일종의 "허망"함을 느끼고 있다. 그것이 1920년대 이후 해방에 이르기까지 전개된 각종 비평적 논의를 종합한 결과라면 한국근대문학에서 독자적인 전통의 존재를 이해하고 이를 이론화하는 작업이란 얼마나 어려운 작업인지 상상해 볼 수 있다.

물론 이 저작은 비평사를 저널리스틱한 논쟁 중심으로 정리하

---

326 김윤식, 『한국 근대문예비평사 연구』, 일지사, 1976, 13~14쪽.

고 있는 만큼, 그것을 통해 촉발된 각인들의 문제의식이 결실을 맺는 저작 중심의 비평사가 보여 줄 수도 있는 것을 결여하고 있다. 논쟁은 전체 비평사의 일부를 이루는 것이고 그러해야 마땅하다. 중요한 것은 비평사는 정신의 응집물이므로 보다 통합적인 방식으로 다루어질 필요가 있으리라는 것이 필자의 생각이다.

그럼에도 의욕에 걸맞은 실상을 충분히 확인할 수 없다는 김윤식의 고민은 이해할 수 있는 일인데, 최근에 비평적 논란이 된『한국 근대소설사 연구』(을유문화사,1986)는 난관에 직면한 그가 일종의 방법론적 선화를 거친 결과였다. 이 저작은 주지하듯이 가라타니 고진(柄谷行人)의『일본근대문학의 기원』에서 근대문학 연구의 방법론적 지평을 발견한 것으로 이른바 '제도로서의 문학론'에 입각하여 한국근대문학의 제 현상을 설명하고자 한 시도였다.

즉, 그는 이 저작을 통해 주체적이고 독자적인 방법론에의 의욕에서 벗어나 후발 근대문학이라는 점에서는 많은 유비점을 찾을 수 있는 일본문학의 비평에서 그 연구 방법론을 적극적으로 수용하는 쪽으로 방향전환을 꾀했다. 이는『한국 근대문예비평사』의 고민이 전면에 노출된 것으로 단순히 심리적 콤플렉스 차원으로 소급될 수 없는, 한국근대문학사의 난점을 내포하고 있는 문제다.

동아시아 문화권이라는 공통성 탓에 여러 면에서 유비점을 찾을 수 있다 해도 일본의 근대문학과 한국의 근대문학은 서로 그 양상이 매우 다른 실체임이 분명하다. 특히나, 근대화 과정에서 정치적, 문화적 식민지 경험을 거친 한국의 경우 서구나 일본문학의 모방 내지 아류라는 국내외의 견해를 불식시킬 수 있는 실제적 연구의 필요성이 절실하다. 이 점에서 보면, 김윤식의 방법론적 선회는 그가 그와 그의 세대에 각인된 근대주의라는 주박에 사로잡혀 버렸음을 의미하는 것이라서 아쉬움이 남는다. 우리에게는 유비이상의 독자적 탐구가 필요할 것이기 때문이다.

한국근대문학 연구는 한국근대문학의 '실상' 그 자체로부터 추상된 이론이 아니라면 정녕 과학적이라고 자신할 수 없는 것이다.[327] 서구에서 배태된 문학이론임에는 이론의 여지가 없음에도 오리엔탈리즘이나 포스트콜로니얼리즘의 문제의식이 우리에게는 일회적인 비평적 유행일 수 없는 이유는 바로 여기에 있다. 우리는 그 같은 시각의 원조 아래 우리 문학의 고유한 특질과 양상을 드러내고 이를 전통화하는 데 힘쓰지 않으면 안 된다.

3. 학위논문들의 서구 문학이론 패러다임

최근 한국근대문학 연구에서 커다란 힘을 행사하고 있는 이른바, 이론주의에 대해서는 다른 어떤 예를 생각하기 전에 필자 자신의 석사논문을 반성적 차원에서 검토해 보는 것이 순서일 것이다.

---

327   이같은 방법론적 선회에도 불구하고 김윤식의 이후 연구는 『이광수와 그의 시대』, 『염상섭문학 연구』, 『이상문학 연구』, 『김동리와 그의 시대』 등이 보여 주듯이 그 실증성 면에서 중요한 의미를 지난 1차 연구라 할 수 있다. 이 점에서 보면 그는 여타의 문학 연구 방법론 이전에 실증주의자에 가깝다. 『한국근대소설사 연구』 이래 잦은 방법론적 전신에도 불구하고 그의 연구가 매우 중요한 의미를 지니는 이유는 바로 이 실증성 때문일 것이다. 다시 말해 그의 평생에 걸친 한국근대문학 연구에 있어 가장 큰 강점은 실증적 성격에 있으며 방법론적 선회는 오히려 약점이라면 약점인 것이다.

필자의 석사논문은 「전후소설에 나타난 알레고리 연구-장용학·김성한 소설을 중심으로(1993.6)」다. 이 논문은 서울대학교 석사논문으로서는 전후문학을 다룬 최초의 것이라고 할 수 있으나 획기적인 문제의식하에서 씌어진 것이라고는 할 수 없다. 이 논문을 쓰던 무렵 서울대학교 국문과 대학원의 현대문학 전공자들은 학문 연구 방향의 한 전환점을 맞이하고 있었다. 1990년을 전후로 하여 일어난 세계사적 변화가 시류에 민감한 현대문학 전공자들을 크게 자극한 결과, 그 무렵까지 약 10년간 연구의 한 주류를 이루고 있다시피 했던 KAPF문학 연구 및 사회주의리얼리즘 문학이론에 바탕한 문학 연구의 실효성에 강력한 의문이 대두된 것이다. 석사논문이 학문적 제도의 일부이고 그 중요 절차의 하나이기에 불명확성, 불투명성이 지배하는 그 같은 과도적 상황 아래서도 논문을 쓰지 않을 수 없다는 사실은 심각한 부담으로 작용했다.

1950년대의 소설을 대상으로 논문을 쓰겠다는 발상은 연구 대상을 옮김으로써 이 시대적 부담으로부터 다소나마 자유로워질 수 있으리라는 기대에 바탕한 것이었다. 한 패러다임의 유효성 및 적실성이 심각하게 의문시되는 시점에 그 패러다임과 불가분리한 관계를 맺고 있는 1930년대나 해방 공간을 대상으로 논문을 쓰는 일은 매우 위험한 일로 판단되었다. 1950년대라면 그 이유야 어찌되었든 좌파 문학인들은 거의 모두 월북해 버린 상태가 되었으므로 역설적으로 일종의 이데올로기 '영점'의 시대가 열린 것이라 할 수 있고, 이 같은 비정상성이 오히려 지난 시대를 지배한 패러다임으로부터 다소 자유로운 연구를 가능케 해주리라고 생각했던 것이다.

결과적으로, 이 논문은 몇 가지 점에서 필자에게 한국근대문학 연구 방법론상 반성의 시각을 제공해 주었다. 과거의 패러다임에 의존하지 않으리라 했던 생각에도 불구하고 이 논문은 기본적으로 1920년대 이후의 한국문학을 모더니즘과 리얼리즘의 길항 관계로 이해하는, 근거 불확실한 '근대성이론'을 무의식적인 전제로 삼고 있었으며, 이 같은 선험성으로 말미암아 논문은 과도한 의미 확장을 꾀하고 있었다.

알레고리 경향을 갖는 전후소설의 의미를 문학사적으로 규명하기 위해서는 모더니티 지향성이라는 측연에서 알레고 리를 검토할 필요가 있을 것이다. …… 장용학·김성한의 전후소설에서 나타나는 알레고리적 방법은 먼저 이 새로운 형식 실험의 측면에서 파악될 수 있을 것이다. …… 알레고리적 방법의 이러한 새로움은 전후작가들의 모더니티 지향이라는 일반성 속에서 검토되어야 한다고 본다. …… 이렇게 볼 때 전후작가들의 소설적 실험은 우리 근대소설의 한 축인 모더니즘적 지향의 새로운 출발점으로 위치 지워질 수 있을 것이다. …… 이렇게 볼 때 알레고리적 방법을 수용한 전후작가들은 전후에 새롭게 출발하는 모더니즘적 경향의 한 시금석 역할을 하고 있다고 볼 수 있을 것이다.[328]

---

328 방민호, 「전후소설에 나타난 알레고리 연구」, 서울대학교 석사학위논문, 1993,6, 87~89쪽.

과연 한국근대문학을 모더니즘과 리얼리즘의 길항 관계로 설명할 수 있을까. 그렇지 않다는 것이 지금 필자의 생각이다. 마찬가지로 그것을 전통 지향성과 근대 지향성으로 이분하는 것도 적절하게만 생각되지는 않는다.

무엇보다 이 같은 패러다임은 그 논리를 만족시키는 것처럼 보이는 대상들에 주의를 집중하게 하는 반면에 그렇지 않은 작품들은 간과하게 하곤 한다. 이는 문학 연구에서는 치명적인 약점으로 작용할 수 있다. 이 같은 '선험적' 가정에서 벗어나기 위해 필요한 것은 한국문학의 양상 전체를 두루 포괄적으로 보는 시야의 확보와 연구 자체의 성실성일 것이다. 그러나, 이 논문은 귀납적 과정을 충분히 거치지 못한 채 성급한 일반화를 꾀하고 있다.

이 논문의 기저를 이룬 또 다른 가정 가운데 하나는 주제와 기법의 상관성 또는 시대와 장르의 연관성에 관한 믿음이었다. 미셀 푸코의 '에피스테메' 개념을 상기시키고 패러다임의 문제와도 밀접한 연관을 맺고 있는 이 믿음을 논문은 당연한 것으로 수용하여 논의를 진전시키고 있음을 볼 수 있다.

각각의 시대는 그에 걸맞은 사유 방식과 가치관을 갖고 있는 것이라고 볼 때 이들 대표적인 전후작가들에게서 나타나는 알레고리는 작가 자신의 선택일 뿐 아니라 그 시대의 선택이라고 볼 수도 있을 것이다. 이 점에서 특히 이들의 알레고리 소설은 주제와 기법의 상관성 혹은 시대와 장르의 관련성 속에서 깊이 있게 조명되어야 할 필요를 제기하는 것으로 생각된다. 이들 대표적인 전후작가들의 작품 속에서 나타나는 알레고리는 단지 기술적인 차원에서 현상적으로 탐구되어서는 안 된다고 본다. 알레고리적 방법이 담지하고 있는 내적 의미를 탐구하고, 이것이 작품 속에서 구체적으로 발현되는 양상에 대해 세밀히 검토하며, 이러한 방법의 수용이 왜 전후에 빈번하게 이루어질 수 있었는가에 대한 시대적 조건을 살핌으로써 이들 작품이 갖는 문학사적인 의미를 획득하고자 하는 적극적인 노력이 필요한 것이다.[329]

주제와 기법의 상관성이라든가 시대와 장르의 관련성에 대한 믿음이 그 자체로 경원시되어야 할 이유는 별로 없다. 오히려 이 같은 시각을 취함으로써 문학 연구는 깊이 있는 분석에 도달할 수 있을 것이다. 문제는 외견상 실상에 근거한 것처럼 보임에도 불구하고 그 같은 탐구가 서구 문학이론의 직수입을 위해 뒷문을 열어 놓고 있는 경우가 허다하다는 것이다.

필자로부터 거칠게 시작된 전후문학에 대한 수사학적 연구가 나아간 방향은 그것을 그 실상에 걸맞게, 그 시공간적 제약성을 의식하면서 연구하는 데서 벗어나 한국문학 연구 방법을 서구 문학이론에 더 깊이, 전면적으로 종속시키는 양상을 보인 것이 아닌가 한다.

현재 서울대학교 대학원생들의 연구 풍토는 대체로 주체적이지

---

329 위의 논문, 2쪽.

도 실증적이지도 못하다는 것이 필자의 판단이다. 여기에는 김윤식의 연구 역정을 전체적으로 헤아리지 못한 채 1980년대 후반 이후, 그리고 특히 동구권 사회주의의 몰락 이후 전면화된, 그의 '방법주의'를 무비판적으로 답습한 것이 커다란 작용을 하고 있는 것으로 보인다. 기본적인 실증적 자세도 갖추지 못한 채 '방법주의'에 매달려 서구 문학이론을 얼마나 더 많이 깊이 아는가가 그 연구자의 능력의 가늠자인 것처럼 이해되는 모습을 볼 때, 지금 젊은 연구자들의 한국문학 연구 수준은 김윤식이나 그의 후배 세대들보다 오히려 후퇴한 것은 아닐까 하는 생각까지 하게 된다.

　석사논문 이후 필자는 박사논문을 쓴 것 외에 다른 논문은 거의 없다고 해도 과언이 아닌데, 그 가운데 하나가 「이어령의 구세대비판 및 장용학의 한자사용론의 의미」(『한국 전후문학의 분석적 연구』, 월인, 1999)다. 이는 전후의 문학 현상 및 그 담당자들을 세대론의 견지에서 이해하고자 한 것으로, 전후문학이 전쟁의 여파로 형성된 것이라는 선입견에서 벗어나 근본적으로 이해하고자 하는 의도를 담고 있었다. 그러나 실제 논문은 석사논문이 '방법주의'에 기울어 있었다는 점을 의식한 탓에, 관련 자료를 남김없이 정리한 '실증성' 외에 뚜렷한 성과를 보여 주지 못하였다. 사실을 집적하고 이를 체계적으로 정리하는 데에 연구의 궁극적 의의가 있지 않다면 무엇을 어떻게 연구해야 하는가. 필자가 채만식 문학 연구로 나아간 것은 그 같은 나름의 고민의 소산이라 할 수 있다.

　실증성을 구비하면서 그것을 넘어 대상이 되는 문학 현상을 그것의 실제에 걸맞게 내적으로 분석하고 그 의의를 결정하는 것, 서구나 일본의 세련되고 첨단적인 문학이론이든 한국이나 중국의 전근대적인 문학이론이든 그것이 가치 있는 지식을 제공하는 것이라면 방법적 원조를 받음을 두려워하지 않되 궁극적으로는 우리가 연구하고자 하는 대상이 한국의 근대문학이라는 '지금·이곳'의 논리, 그 유명론적 태도를 잃지 않는 것, 그것이 이른바 이론주의적 연구 태도를 지양할 수 있는 시각일 것이다.

4. 한국근대문학의 '기원', 연구의 난제

최근에 발표된 논문 가운데 본 논문의 주제와 관련하여 많은 것을 생각하게 하는 논문이 둘 있었다. 공교롭게도 모두 서울대학교의 박사논문이어서 이 글의 주제를 풍부하지 못하게 하는 약점이 있으나 최근 연구의 한 경향을 대변하는 점이 있으므로 부득이 논의에 올려 보고자 한다.

최근에 한국근대문화 연구는 대체로 두 방향으로 확장되고 있는데, 그 하나는 전후 시기에서 1960년대로까지 연구 대상을 늦춰 잡는 것이며 다른 하나는 구한말에서 일제강점에 이르기까지의 시기를 대상으로 한국근대문학의 기원을 탐구하고자 하는 것이다. 이 장에서 논의에 올리고자 하는 두 논문은 후자에 해당하는 것으로, 김동식의 「한국의 근대적 문학개념 형성과정 연구」(1999)와 권보드래의 『한국 근대소설의 기원』(소명출판, 2000)이 그것이다.

두 논문은 모두 한국에서 근대문학이 어떤 형성 연원을 갖고 있

는가에 관심을 집중하고 있으며, 푸코의 에피스테메라는 개념을
전제로 삼고 있다는 점에서 대전제를 같이하고 있다고 볼 수 있다.

　본 논문에서는 19세기 말~1910년대의 시기가 과도기나 이
행기가 아니라, 그 이전이나 그 이후의 시기와 구별되는 사유
체계 또는 관념체계를 형성하고 있었던 시대라는 관점을 취
하고자 한다. 정치적 공공영역의 발생과 계몽의 기획으로 대
변되는 이 시기의 사유체계는 그 이전이나 그 이후와는 엄연
히 구별되는 것이기 때문이다.[330]

19세기 말에서 1910년에 이르는 시대를 독자적인 하나의 시대
로, 따라서 하나의 구조적 분석 대상으로 파악하고자 하는 「한국
의 근대적 문화개념 형성과정 연구」의 문제의식은 "…… 문학이라
는 관념과 체계는 그 자체로 본질적이거나 영속적인 것이 아니라
역사적으로 구성된 근대적인 제도 또는 역사적으로 제도화된 관
념의 체계……"[331]라는 시각으로부터 얻어진 것이다. 이와 같은 문
제의식은 『한국 근대소설의 기원』의 저자에 이르면 더 구체적인 모
습으로 나타난다.

　1896~1910년이라는 시기를 굳이 '1910년대'라 부르려 하

330　김동식, 「한국의 근대적 문학개념 형성과정 연구」, 서울대학교 박사학위논문,
　　　1999, 6쪽.
331　위의 논문, 1쪽.

는 이유는, 이렇게 함으로써 이 시기를 가능한 한 〈있는 그대로〉 복원해 보려는 시각의 토대를 마련할 수 있으리라는 생각 때문이다. 1900년대 당시를 지배했던 인식의 일반적인 틀을 재구성해 보고자 하는 것이 이 논문의 먼 목적이다. 푸코의 예를 따라 에피스테메(épistémè)라고 불러도 좋을 〈인식 일반의 틀〉이란, 한 시대를 살아가는 모든 의식을 규율하는 인식론적 배치[disposition épistémologique]를 말한다. 1900년대 이전과 이후 한반도라는 지역에서의 삶이 완전히 달라졌다 해도, 이것이 곧 이전에 없었던 요소들이 일시에 출현하여 경험과 의식을 압도했음을 뜻하지는 않는다. …… 문제는, 그럼에도 근대 이전의 '문장지학(文章之學)'과 근대의 '문학'은 판이하게 다른 것이라는 사실이다. 근대문학은 특정한 글쓰기[écriture]를 고립시키고 그 독자의 정신적 토대를 찾으며 창작과 향유에 있어서의 특수한 관습을 체계화하는 일련의 실천 속에서 비로소 생겨난 것이기 때문이다.[332]

이렇게 1986~1910년(또는 19세기 말~1910년대)을 인식론적으로 구별되는 하나의 독자적인 시대로 간주하게 되면, 이 시기는 하나의 공간적 성격을 획득하게 되고 이에 따라 이 공간을 이루는 제 요소의 배치 혹은 배열이나 이들 요소들 간의 관계 혹은 체계라는 것이 문제로 떠오르게 된다. 김동식의 논문에 하버마스의 공공영

332　권보드래, 『한국 근대소설의 기원』, 소명출판, 2000, 19쪽.

역(Öffentlichkeit) 개념이 수용되어 중요한 기능을 떠맡게 되는 이유 역시, 이 같은 시대에 관한 공간적 상상력 도입에 있었으며[333] 이 점에서는 권보드래의 논문도 일맥상통하는 점이 있다.

이 점에서 두 논문은 푸코의 탈구조주의의 이론적 세례로부터, 또한 이를 대폭적으로 수용하여 일본 근대문학의 기원을 해명하고자 했던 가라타니의 저서로부터 자유롭지 못하다. 즉 두 논문의 상상력은 근본적으로 서구 및 일본 이론의 한국적 적용이라는 맥락 안에 위치해 있으며 그것이 전면에 드러난다.

서구나 일본의 이론이 한국문학을 연구하는 데 아무런 구실도 할 수 없다고 한다면 그것은 여지없이 틀린 말일 것이다. 그러나 근대문학의 형성 과정에 관한 서구나 일본의 이론 및 연구는 그것이 한국에서의 근대문학 형성에 관한 연구에 선행하여 있는 까닭에 중요한 참조 대상이 될 수는 있으되 그것 자체로 설명력을 갖는 충분한 도구가 될 수는 없다. 그럼에도 두 논문은 발상법 면에서 서구와 일본의 이론 및 연구를 추수하고 있다는 인상을 남긴다. 물론 두 논문이 한국에서의 근대문학(소설) 형성 과정상의 특수성에 주목하고 있지 않다고 말한다면 이 역시 실상에 어긋난 비판이 될 것이다. 두 논문의 연구 대상은 어디까지나 한국에서의 근

---

333 "문학적인 영역의 변화에 대한 설명으로는 문학제도 자체의 분화과정을 기술할 수 없다는 생각은 본 논문의 방법론적 전제이다. 일반적으로 기존 연구에서 비(非)문학적 자료로 취급했던 자료들을 통해서 주도적인 담론의 전반적인 모습을 그려 내고, 주도적인 거대담론과의 관련성 속에서 문학양식의 위상을 검토하는 작업이 본 논문이 담당해야 할 몫이다.(김동식, 앞의 논문, 5쪽) '문학 외적인 것'과 '문학적인 것'의 재배치 구조를 파악하고 그 과정을 추적하는 것이 논문의 주제를 이룬다는 것으로 이해할 수 있을 것이다.

대문학(소설) 개념의 형성 과정이며 서구, 일본의 이론과 연구는 이를 해명하기 위한 수단으로 도입된 것이다. 특히 권보드래의 논문은 조선에서의 근대문학의 형성이라는 특수성에 상대적으로 더 큰 관심을 드러내고 있다.

　〈외래(外來)〉냐 〈자생(自生)〉이냐를 따지는 시각에 대해서도 마찬가지 답을 할 수 있을 것이다. 1900년대 한국에서 서구 및 일본의 영향은 막대한 것이었으나, 이 사실이 한국의 무력한 수동성을 뜻할 수는 없다. 한국은 때로 번역이나 번안의 수준에서, 때로 새로운 생산의 수준에서 외부의 자극을 받아들이면서 이를 자기 맥락 속에서의 실천적 효과로 전화시켰다. 문제는 언제나 특수한 효과를 낳는 수용자의 특수한 맥락이었다. 상황과 맥락[concext]은 변수일 뿐 아니라 의미를 형성하는 궁극적인 인자(因子)이기도 하다. 같은 요소라 해도 다른 맥락 속에서는 상이한 효과를 낳을 수밖에 없고, 그렇다면 그것은 더이상 〈같은〉 요소일 수 없다. 아무리 외부의 자극이 결정적인 경우라 할지라도, 그 효과를 구체적으로 실천하고 정착시키는 것은 언제나 수용자의 특수한 상황이다. 수용이라는 자기화 과정 속에서 애초의 원천[source]은 비판되고 재구성되며 새롭게 확장된다.[334]

334　권보드래, 앞의 논문. 22~23쪽.

이처럼 근대문학 형성 과정에서 발휘된 주체적 능동성에 대한 관심 탓인지 몰라도 권보드래의 논문은 김동식의 논문보다 더 많은 실증적 고찰을 행하고 있으며 그만큼 더 구체적인 논리 개진을 보여 준다. 이 점에서 본다면 권보드래의 논문은 김동식의 논문에 비해 확연히 진일보한 연구라고 할 수 있다.

그러나 한편으로 생각해 볼 것은 과연 후자의 연구 없이 전자의 연구가 가능하였겠는가 하는 점이다. 즉 후자의 연구는 선행 연구로서 응당 노출할 수밖에 없는 약점을 드러내 보인 것이라 할 수 있다. 더욱이 한국에서의 근대문학(소설) 개념의 형성이라는 주제를 '처음으로' 연구 대상화했다는 점에서 보면 후자의 연구가 지닌 의의를 펼요 이상으로 과소평가할 수는 없다.

그렇다면 두 논문에서 필자가 느끼는 문제점은 정작 무엇인가? 그것은 두 논문이 이른바 '조선적' '특수성'이라는 것에 더 큰 관심을 갖고 그것을 해명하는 데 주목했어야 한다는 것이다. 19세기 말에서 1910년대까지의 과정을 거치면서 조선에서의 문학(소설)은 일본 및 서구의 문학(소설)과 같은 것이 되었는가? 만약 그렇지 않다면 우리는 한국에서의 근대문학(소설)의 형성이라는 주제보다는 '조선적' 근대문학(소설)의 형성, 그 '특수성'에 집중할 필요가 있을 것이다. 그런데 이것은 이른바 이식문학론으로 깊은 오해를 받고 있는 임화가 생전에 탐구했던 주제였다. 그의 『文學의 論理』(學藝社, 1940)를 보면 그가 조선적 소설, 조선적 비평 등 일본과는 다른 어떤 '특수성'을 잡아내려는 노력을 기울이고 있었음을 알 수 있다. 그의 견해를 이식문학론이라 비판하는 것은 구중서가 이미 지적

했듯이 원문 해석의 오류를 범하는 일 이상이 될 수 없다.[335] 그의 신문학사 방법론은 이식(移植)을 승인하는 데 그치지 않고 주체적인 창조를 강조하는 데로 나아가고 있기 때문이다.[336]

필자는 김동식과 권보드래의 논문이 한국에서도 근대문학(소설) 개념이 역사적으로 구조화된 것임을 드러내는 데는 상당한 성과를 얻었으나 그 문학(소설)이 어떻게 일본이나 서구와는 다른 것이 되었는가를 해명하는 데는 충분하지 못했던 것으로 생각한다. 한국의 근대문학 연구자들 앞에는 바로 이 같은 문제가 해명의 과제로 놓여 있다. 그리고 그것은 조선적 근대문학(소설)의, 그야말로 특수한 전통을 탐구하는 작업이 될 것이다. 그러나, 한편으로 이와 같은 작업은 앞으로의 과제일 뿐이다. 두 논문이 준비되고 쓰여지는 데 따랐던 힘겨운 노력과 성과에 대해서는 각별한 인정이 필요할 것이다.

---

335 구중서, 『한국문학과 역사의식』, 창작과비평사, 1995 중 「한국문학사 방법론들에 대한 종합적 검토」, 참조.
336 임화, 『문학의 논리』, 학예사, 1940 중 「신문학사방법론 서설」, 참조.